HOF DER MONSTER UND DES BÖSEN

KÖNIGIN DER SCHATTEN

ELIZA RAINE

ELIZA RAINE

HOF DER MONSTER UND DES BÖSEN

KÖNIGIN DER SCHATTEN

BRÄUTE DES NEBELS UND DER FAE

Für alle, die niemals aufgeben.
Bei Odin, du schaffst das.

YGGDRASIL
THE ICE COURT
THE EARTH COURT
THE FIRE COURT
THE GOLD COURT
THE SHADOW COURT

EINE ZUSAMMENFASSUNG

...

HOF DER RABEN UND DES UNTERGANGS

Reyna ist eine elternlose, menschliche Runenträgerin, auch *Goldgeber* genannt, die für die Gold-Fae Stäbe herstellt. Sie ist der einzige Mensch in *Yggdrasil*, der kein braunes, sondern kupferfarbenes Haar trägt. Als ein besonders gewalttätiger und grausamer Gold-Fae, Lord Orm, beschließt, sie zu seiner nächsten Konkubine zu machen, schmiedet sie einen Fluchtplan. Bevor sie ihn jedoch in die Tat umsetzen kann, werden sie und ihre engsten Freunde, Lhoris und Kara, von dem berüchtigten Prinzen Mazrith vom Schattenhof entführt.

Schatten-Fae können in die Köpfe der Menschen eindringen – etwas, das Reyna Angst macht, weil sie schon ihr ganzes Leben lang ein Geheimnis wahrt. Jedes Mal, wenn sie mit Gold arbeitet, wird sie von Visionen von untoten Monstern heimgesucht, die man Hungernde nennt, und die in den äußersten Regionen *Yggdrasils* leben.

Mazrith hat einen Plan, für den er Reyna braucht, und ist gezwungen, sie durch eine Verlobung an sich zu binden. Nur so kann er seine irre Stiefmutter, die Königin, daran hindern, alle drei *Goldgeber* zu töten. Der Prinz führt Reyna zu einem geheimen Schrein unter dem Berg, wo es einen Ring aus Statuen und eine Inschrift gibt, die lautet: *Die kupferhaarige Goldgeberin hat den Schlüssel.*

Nach einem gescheiterten Fluchtversuch und einem Schlangenangriff, trifft Reyna eine magische Eule, die von einer mysteriösen Fae geschickt wurde, um ihr zu helfen. Reyna beginnt, zu glauben, dass der Prinz vielleicht nicht das ist, wofür ihn alle halten. Goldene Runen gehen von ihm aus, was unmöglich sein sollte.

Als sie eine goldene Statue im Schrein repariert, hat sie eine Vision, doch anstelle der Hungernden sieht sie Mazrith, der mit seiner Mutter spricht. Diese sagt ihm, dass ihn ihr Tod fünf Jahre lang mit Magie versorgen wird, und dass er in dieser Zeit einen Nebelstab finden muss.

Daraufhin wird Reyna von jemandem vom Schrein gestoßen, und nur durch Vorors Eingreifen entgeht sie dem Tod. Sie erkennt ihre Chance zur Flucht, beschließt aber, sie nicht zu nutzen. Ihr Schicksal ist mit dem Schrein und dem Prinzen verbunden, und sie weiß, dass sie ihm nicht entkommen kann. Auf dem Weg zurück wird sie von Hungernden angegriffen, die es spezifisch auf sie abgesehen haben. Der Prinz taucht mit einem riesigen Bären auf, um sie zu retten. Sein Stab explodiert, verwundet ihn schwer, doch auch die Untoten sind vorübergehend außer Gefecht gesetzt. Er sagt zu Reyna, dass die Königin auf dem Weg sei und dass sie fliehen solle, doch dann bricht er zusammen.

HOF DER GIER UND DES GOLDES

Anstatt vor der Königin zu fliehen, beschließt Reyna, den Prinzen zu retten. Sie verstecken sich in einer Höhle, wo sie entdeckt, dass seine Verletzung ernst ist und golden leuchtet. Er ist gezwungen, ihr zu gestehen, dass ein Fluch auf ihm liegt und dass er nur bis zu seinem dreißigsten Geburtstag hat, um diesen zu brechen. Mehr will er ihr nicht verraten.

Sie werden aus dem Inneren des Berges gerettet, und die Königin kündigt Festspiele, ein sogenanntes *Leikmot*, an. Alle Fae-Höfe sollen teilnehmen, mit Ausnahme des Feuerhofs, dessen Bewohner sehr zurückgezogen leben. Die Königin verkündet, dass Reyna als Vertreterin des Schattenhofs an den Spielen teilnehmen soll, um zu beweisen, dass ihr Hof Mazriths Entscheidung, sich eine menschliche Braut zu nehmen, vertrauen kann.

Drei weitere Wettstreiter treffen ein: Lord Dokkar von den Erd-Fae, Lady Kaldar von den Eis-Fae und Lord Orm von den Gold-Fae. Im Schattenhof finden drei Spiele statt, von denen Reyna die ersten beiden verliert. Während sie jedoch daran teilnimmt, hat sie auf einmal Visionen, in denen sie durch die Augen ihrer Gegner sehen kann.

Zwischen den Spielen gelingt es Reyna und dem

Prinzen, die Statue im Schrein zu reparieren, die ihnen ein Rätsel offenbart. Sie lösen das Rätsel und besuchen die antike Statue eines sagenumwobenen Berserkers im Inneren des Berges. Mit Vorors Hilfe gelingt es ihnen, ein Stück Jade von der verrückten Statue zu bekommen.

Doch noch ehe sie die Jade zum Schrein bringen können, sagt Mazrith etwas, das Reyna klarmacht, dass er in den Fae-Wein-Traum eingedrungen war, den sie von ihm hatte. Während sie sich streiten, berührt sie das Stück Jade, was eine Vision seiner Stiefmutter auslöst, die einen Nebelstab hält.

Sie platzt mit allem heraus, was sie gesehen hat, und das war auch Mazriths sterbende Mutter. Mazrith wird wütend und erklärt, dass er die Suche alleine fortsetzen wird, bevor er geht. Als sie schließlich versucht, ihm zu folgen, erfährt sie, dass er weggerufen wurde, um einen Angriff der Hungernden abzuwehren. Sie nimmt am Pferderennen teil und gewinnt. Orm verspottet sie jedoch, und sie begreift, dass ihre Freunde in Gefahr sind. Als sie zu ihnen rennt, sind sie weg.

KAPITEL I
REYNA

Alles in meinem Kopf drehte sich, als ich mich in dem leeren Raum umsah.

Wie hatte das passieren können?

Karas Buch lag aufgeschlagen auf dem Boden, und ich entdeckte Lhoris' Pfeife auf der Armlehne des Stuhls, in dem er gesessen hatte, als ich sie das letzte Mal gesehen hatte.

Tränen stiegen mir in die Augen, mehr aus Wut als aus Trauer.

Wer hatte meine Freunde entführt?

Hier hätten sie sicher sein sollen. Ellisar hatte sie bewacht.

Ellisar.

Die flüchtige Erinnerung an den großen Mann, der auf dem Boden im Wohnzimmer lag, drängte sich durch die betäubende Panik in meinem Kopf.

Ich rannte zurück in den Raum und sah, wie Frima seinen massigen Körper umdrehte.

»Komm schon, sprich mit mir, du großer Trottel«, murmelte sie. Er blutete aus einer Platzwunde an der Stirn, aber seine Brust hob und senkte sich.

»Wachen«, murmelte er, und Frima blickte nach oben und flüsterte einen Dank an die Götter.

Ich ging zu ihnen hin und ließ mich in die Hocke sinken.

»Welche Wachen?«

»Königin«, ächzte er und öffnete die Augen einen Spalt weit. »Mein Kopf ...« Seine Augen wurden weiß, worauf Frima ihm mit beiden Händen auf die Wangen schlug.

»Reyna, hol Brandy. Schnell.«

Ich tat, was sie verlangte, und lief zum Getränkeschrank an der gegenüberliegenden Wand. Meine Hände zitterten, als ich ungeschickt etwas von dem Getränk einschenkte.

Wenn er recht hatte und die Wachen der Königin meine Freunde mitgenommen hatten ... Sie waren *Goldgeber*. Die wertvollsten Werkzeuge ihres Erzfeindes.

Ich verdrängte meine Angst und kam mit dem Getränk zurück. Frima hatte Ellisar in die Höhe gezogen, sodass sein Körper an ihrer Seite ruhte. Sie nahm mir das Glas ab.

»Die Wunde ist nicht tief, er hat kaum Blut verloren. Nur ein harter Schlag auf den Kopf«, sagte sie leise zu mir.

Ellisar hob eine Hand und blinzelte darauf hinab. »Warum ist sie blau?«

Frima knurrte und fluchte. »Ein *sehr* harter Schlag auf den Kopf.«

»Ellisar, warum haben die Wachen der Königin meine Freunde mitgenommen?« Ich versuchte, die Panik aus meiner Stimme zu verbannen und ruhig mit dem verletzten Mann zu sprechen. Ich scheiterte.

Er sah benommen zu mir auf. »Die Frau hat etwas aufgeschrieben«, sagte er undeutlich.

Ich fiel auf die Knie. »Wo? Wo hat sie es aufgeschrieben?«

Sein Blick fiel auf seine Brust, und Frima und ich schauten ebenfalls dorthin. Ein Stück Papier war an der Innenseite seines Pelzes befestigt, sodass nur eine Kante herausragte.

Ich griff danach.

»Um das Ende der Spiele im Schattenhofs zu feiern, laden wir herzlich zu einem Maskenball ein, der heute um Mitternacht stattfinden wird«, las ich vor. »Um für passende Unterhaltung zu sorgen, wurde jedem Teilnehmer etwas Kostbares gestohlen. Der Ball wird die Möglichkeit bieten, dies zurückzugewinnen. Grüße, die Krone des Schattenhofs.«

Frima nahm mir das Papier weg, bevor ich es zerreißen konnte. Wut ließ schwarze Flecken an den Rändern meines Sichtfeldes tanzen, und mein Mund fühlte sich staubtrocken an.

»Hat sie verdammt noch mal nicht schon genug angerichtet?«

»Beruhige dich. Das bedeutet, dass sie noch am Leben sind«, erwiderte Frima und überflog die Notiz.

Ich klammerte mich an ihre Worte.

Sie lebten noch.

Aber die Königin war verrückt. Völlig aus den Fugen geraten. Konnte ich darauf vertrauen, dass sie sie bis Mitternacht am Leben ließ?

Außerdem bedeutete am Leben nicht unverletzt.

Ich drehte mich auf dem Absatz um und ging auf die offene Tür zu. »Reyna, wo willst du hin? Ohne Maz kannst du nicht …«

»Ich kann und ich werde.«

Ich blieb nicht stehen, um mir ihren Protest anzuhören.

Plötzlich überkam mich eine unerwartete Welle von Wut auf Mazrith.

All das wäre nicht passiert, wenn er nicht einfach gegangen wäre. Die Königin hätte nicht den Mut gehabt, in seine Gemächer einzudringen.

Nun, ich hatte vielleicht nicht seine Macht oder seine Position – im Grunde überhaupt nichts, was ich als Druckmittel verwenden konnte –, aber ich konnte nicht bis Mitternacht in meinem Zimmer sitzen, während meine Freunde vielleicht gefoltert wurden.

»Ich schaffe es ohne dich, du dummer, Schlangen liebender *Veslingr*«, zischte ich, während ich durch die blutfarbenen Korridore stürmte.

»Du bist nicht allein.« Vorors Stimme erklang in meinen Kopf, und zu meiner Überraschung stiegen mir erneut Tränen in die Augen. »Ich weiß nicht, ob ich dir helfen kann, aber ich weiß, dass du nicht allein bist.«

»Danke, Voror. Weißt du, wo sie sind?«

»Nein. Aber ich kann nicht durch die Wände des Thronsaals gelangen. Die Magie, die ihn beschützt, ist zu stark.«

»Du glaubst also, dass sie dort sind?«

»Ich habe noch nicht den ganzen Palast durchsucht, nur die Sklavenquartiere und den Kerker.«

»Okay. Danke.«

»Ich verstehe nicht, woher Orm wusste, dass das passieren würde«, sagte die Eule, und meine Schritte kamen ins Stocken.

»Du hast recht. Er wusste davon ...«

»Da ist etwas zwischen ihm und der Königin.«

»Etwas Romantisches?«

»Etwas Politisches.«

Ich nickte. »Mazrith glaubt das ebenfalls. Sie planen etwas, das über diese Spiele hinausgeht.«

Ich hatte die große Treppe erreicht und nahm immer zwei Stufen auf einmal.

»Reyna, den Thronsaal der Königin ohne den Prinzen zu betreten, ist gefährlich.«

»Glaubst du, ich weiß das nicht?«

»Du bist mit nichts als einem Holzstab bewaffnet.«

»Noch einmal: warum erzählst du mir etwas, das ich bereits weiß?«

»Ich will dich lediglich dazu bringen, deine Entscheidung noch einmal zu überdenken.«

Ein flatternder, weißer Schemen erregte meine

Aufmerksamkeit. Die Eule stürzte herab und landete auf der breiten Balustrade direkt vor mir. Ich blieb stehen, während er mich aus seinen großen Augen anblinzelte.

»Ich weiß, Voror. Ich weiß, dass es gefährlich ist. Aber das wird mich nicht davon abhalten, es zu tun. Ich muss sicherstellen, dass meinen Freunden kein Schaden zugefügt wird.«

»Und was wirst du tun, wenn es doch so ist?«

Er sprach den Gedanken aus, dem ich mich nicht stellen wollte.

Was in Odins Name *könnte* ich tun? Die Eule hatte recht, ich hatte nichts außer einem Holzstab. Mein einziger Vorteil in Bezug auf meine Feinde war der Prinz des Schattenhofs. Der *abwesende* Prinz des Schattenhofs.

»Ich werde mir etwas einfallen lassen.«

»Als du dir das letzte Mal etwas hast einfallen lassen, hast du dich im Austausch gegen sie angeboten. Das darfst du diesmal auf keinen Fall tun, Reyna.«

Ich sah ihn mit zugeschnürter Kehle an. »Mein Leben ist nicht mehr wert als ihres.«

»Das Schicksal *Yggdrasils* liegt in deinen Händen, Reyna. Hast du das vergessen?«

»Natürlich nicht«, murmelte ich. Dieser Unsinn schwirrte mir regelmäßig und unaufgefordert durch den Kopf.

»Du trägst deiner Welt gegenüber eine Verantwortung.«

»Meine Welt? Alle hassen mich, verdammt noch mal! Behandeln mich wie Scheiße! Was soll ich dieser Welt bitte schuldig sein?«

»Du hast nur einen Bruchteil der Individuen getroffen, die in *Yggdrasil* leben«, sagte Voror streng. »Willst du die ganze Welt anhand einiger verdorbener Seelen beurteilen?«

Ich starrte ihn böse an. »Ich möchte meine Freunde sehen.«

»Und ich werde dir helfen. Aber ich werde nicht zulassen, dass du die falsche Entscheidung triffst.«

Ich wollte ihm sagen, dass mich niemand aufhalten konnte, dass ich mein ganzes Leben lang schlechte Entscheidungen getroffen hatte, aber meine Freunde und ich immer noch hier waren.

Aber kein Wort kam über meine Lippen.

Hatte die Eule recht? Verurteilte ich eine ganze Welt aufgrund einiger verdorbenen Individuen?

Und obwohl ich wusste, dass mein Leben nicht mehr wert war als das eines anderen, musste ich mich damit abfinden, dass ich eine Schachfigur in einem Spiel war, das größer war als ich. Jetzt hingen nicht nur Lhoris' und Karas Leben von mir ab, sondern auch Mazriths.

Obwohl ich wütend auf ihn war, bedeutete mir das etwas. Mehr als mir lieb war.

»Königin Andask!«

Eine wütende, männliche Stimme erscholl im Korridor und hallte von den Wänden wider.

Voror ergriff sofort die Flucht, und Dokkar kam am Fuß der Treppe in Sicht.

Sein wütender Blick traf auf meinen, und er blieb stehen. »Wo ist ihr Thronsaal?«

Rasch ging ich die Treppe hinunter und zeigte darauf. »Hat sie Euch jemanden weggenommen?«

»Sie wird ihre kranken Spielchen noch bereuen«, knurrte er.

Jede Spur des entspannten, selbstbewussten Fae, den ich bei den Spielen gesehen hatte, war verschwunden.

Hellgrün blitzende Luft wirbelte um seinen Stab herum, und sein sonst sanftes Gesicht war hart und wutverzerrt.

Ich begann zu joggen, um mit ihm Schritt zu halten, und war überrascht, dass sich die Türen des Thronsaals öffneten, als wir sie erreichten.

Mein Tempo verlangsamte sich instinktiv, als ich die Schwelle des schrecklichen Raums erreichte. Ich musste meine Beine dazu zwingen, weiterzugehen und mich auf den langen Teppich zu tragen, der auf die Königin und ihren Thron am Ende des Raums zuführte. Sie war das Einzige, was hell beleuchtet war; der Rest des Saals war in Dunkelheit gehüllt. Sie trug einen kunstvollen, schwarzen Pelzkragen mit roten Edelsteinen, in denen sich das flackernde Kerzenlicht brach, und mein Blick wanderte direkt zu der Stelle über ihrem Kopf. Erleichtert stellte ich fest, dass diesmal nichts über ihr hing.

Ihre Lippen verzogen sich zu einem Lächeln und enthüllten ihre schwarzen Zähne, dann wedelte sie mit der Hand, in der sie ihren Stab hielt.

Sämtliche Wandleuchten gingen in Flammen auf und enthüllten mit Totenköpfen gefüllte Urnen, die den langen Teppich säumten, sowie einen sehr hohen Vorhang, der an aufgehängten Balken links neben dem

Thron hing. Mit einer weiteren Handbewegung fiel der Vorhang zu Boden.

Dokkar schrie wütend auf. Ich rannte los.

Sieben Personen und eine exquisite, goldene Krone schwebten in der Luft, umwickelt von Schattenbändern.

Alle schienen zu schlafen, aber ich nahm ihre Gesichter kaum wahr. Lhoris und Kara waren die letzten in der Reihe, und ich ging direkt auf sie zu.

»Was habt Ihr ihnen angetan?«, forderte ich, während Dokkar fast zeitgleich dieselben Worte äußerte.

»Sie sind unverletzt«, sang die Königin mit einem Lächeln.

»Ihr habt kein Recht!«, schrie der Erd-Fae und schritt über den Teppich auf ihren Thron zu.

»Im Gegenteil, ich habe jedes Recht. Der Vertrag, den Euer Hof bei der Zusage zum *Leikmot* unterzeichnet hat, gewährt mir ausdrücklich die Erlaubnis für Veranstaltungen wie diese.«

Sie zog von irgendwo neben sich ein Stück Papier hervor, und eine dünne Schattenranke trug es zu dem Fae.

Sein Gesichtsausdruck verfinsterte sich, und sie lachte klingelnd.

»Lasst mich raten, Lord Dokkar. Ihr könnt nicht lesen?« Als er nichts sagte, sprach sie weiter. »Nun, dann müsst Ihr mir ganz einfach glauben, dass die Einzelheiten unserer Vereinbarung festhalten, dass dies fair und ehrenhaft ist.« Sie zeigte auf die Gefangenen. »Wir müssen eine Show bieten! Es ist das erste Mal seit Jahrhunderten, dass so etwas auf die Beine gestellt worden ist. Es wäre eine Schande, wenn es langweilig wäre.«

»Etwas stimmt ganz und gar nicht mit Euch, Eurer Definition von Ehre und diesem ganzen verfluchten Hof«, zischte Dokkar.

»Ruhig, ruhig. Im Vertrag steht auch einiges über gutes Benehmen und Respekt gegenüber anderen Fae.«

»Seid Ihr in ihre Köpfe eingedrungen?« Meine Stimme veranlasste die beiden Fae dazu, sich mir zuzuwenden.

Die Augen der Königin wurden schmal. »Das wäre laut demselben Vertrag äußerst verwerflich. Natürlich habe ich das nicht getan.«

Ich glaubte ihr kein Wort.

»Wenn Ihr meiner Nichte auch nur ein Haar krümmt ...«, begann Dokkar, und ich verspürte einen Hauch von Mitgefühl für den wütenden Fae. Aber er schaffte es nicht, seinen Satz zu Ende zu bringen.

»Königin Andask! Ich gratuliere Euch zu dieser schockierenden Wendung!«

Orm schritt über den Teppich und warf einen flüchtigen Blick auf die Gefangenen. Ich hätte mein gesamtes Vermögen darauf verwettet, dass die Krone das Kostbarste war, was ihm gestohlen worden war. Interessant, dass ihm auch mindestens ein lebendes Wesen wichtig war. Ich überflog die Gestalten, beobachtete aber auch ihn und versuchte herauszufinden, wer seine Schwachstelle sein könnte.

»Ich dachte mir schon, dass ihr beeindruckt sein

würdet, Lord Orm«, sagte die Königin und lächelte ihn an.

Kaldar kam in den Raum gerannt, bevor er antworten konnte.

»Agda!«, rief sie, dann hielt sie an und betrachtete die Szene um sich herum. »Was hat das zu bedeuten?« Mit ein paar langen Schritten erreichte sie die schlafenden Gefangenen, und ihre blassen Wangen färbten sich rosa.

»Fragt Orm«, rief ich und zog erneut die Aufmerksamkeit aller auf mich. »Er wusste davon.«

Mit einem trotzigen Gesichtsausdruck legte der Gold-Fae eine Hand an seine Brust. »Natürlich habe ich nicht davon gewusst. Das sind meine Verwandten«, sagte er und sah die Königin an. »Könnt Ihr uns versichern, dass ihnen kein Schaden zugefügt wurde? Der Vertrag besagt, dass die Folter von Unschuldigen unzulässig ist.« Er warf Dokkar einen grausamen Blick zu. »Ich habe ihn sorgfältig gelesen.«

»Sie haben die ganze Zeit über geschlafen«, sagte sie lächelnd. »Und sie werden auch weiterhin unversehrt bleiben, es sei denn, es gelingt Euch nicht, Euch auf dem heutigen Ball ihre Freiheit zu verdienen.«

»Das ist nicht fair!«

»Sie haben dem nie zugestimmt. Das könnt Ihr nicht tun!« Ich sprach zeitgleich mit den anderen Fae.

Orm schwieg.

Der Vertrag schwebte auf mich zu, getragen von einem Schattenband. »Wenn Ihr das lesen oder jemanden finden würdet, der es für Euch tut, würdet Ihr feststelle, dass ich nichts falsch gemacht habe. Ich schwöre.«

»Ich habe nie irgendeinen verdammten Vertrag unterschrieben!«

»Du bist die Vertreterin des Schattenhofs, kleiner Mensch. Und der Schattenhof hat unterschrieben.«

»Dafür werdet Ihr bezahlen, Andask«, spuckte Kaldar und kam meiner Antwort zuvor.

»Ich freue mich auf Euren zweifellos unzureichenden Versuch der Rache«, sagte die Königin mit süßer Stimme. »In der Zwischenzeit schwöre ich bei der Macht meines Stabes und bei Odin, dass ihnen bis Mitternacht kein Schaden zugefügt wird.«

»Nun, es gibt kein größeres Versprechen als das«, sagte Orm achselzuckend. Er verneigte sich tief vor ihr. »Bis heute Abend«, sagte er und marschierte dann zurück über den Teppich davon. Dokkar gab einen wütenden Laut von sich und ging zu den zwei braunhäutigen Fae hinüber, die in den Schatten hingen. »Ich komme wieder«, flüsterte er, dann folgte er Orm aus dem Thronsaal. Auch Kaldar warf einen langen Blick auf ihre Leute und ging dann.

Ich wusste, dass ich mit ihnen gehen sollte. Mit der Königin allein zu sein war das Letzte, was ich jetzt riskieren sollte.

»Wenn Mazrith hier wäre, hättet Ihr sie niemals entführt.”

»Doch, das hätte ich, kleines Mädchen. Außerdem ist er nicht hier. Deine Überlegungen sind also irrelevant.«

»Ich weiß, was Ihr tut.«

»Nein, tust du nicht.« Sie leckte sich langsam mit der Zunge über die Lippen.

Hinter mir waren leise Schritte zu hören, und ich erblickte Rangvald in seinen langen Roben. »Meine Königin, es gibt Vorbereitungen für heute Abend, die Eure Aufmerksamkeit erfordern.« Er drehte sich zu mir um. »Lady Frima bittet Euch, sie umgehend in der Schlangensuite aufzusuchen.«

Mit einem Zischen wandte ich mich Lhoris und Kara zu. »Haltet noch ein paar Stunden durch. Ich schwöre bei Odin, wenn sie euch etwas tut, werde ich sie töten.«

KAPITEL 2
REYNA

»Dieser verdammter Mazrith!« Ich trat gegen die Kaminverkleidung.

Brynja hatte an meinem Haar und meinem Gesicht gearbeitet, um mich so aussehen zu lassen, dass ich in diese Gesellschaft dieser Verrückten passte.

Als das Dienstmädchen ein paar Kleider vor mir ausbreitete, wählte ich sofort das aus, das am meisten auffiel. Es hatte ein steifes, scharlachrotes Mieder und einen leicht fallenden Rock mit einem langen Schlitz, der mir viel Bewegungsfreiheit ließ.

Wenn heute Abend alle Augen auf mir und den anderen Teilnehmern ruhten, wollte ich mutig aussehen. Zuversichtlich. Ich wollte jede Gelegenheit nutzen, um der Königin, die mich so gerne als »klein« bezeichnete, etwas zu beweisen.

Aber ein Kleid würde mir nicht damit helfen, meine Freunde zu befreien.

Was, wenn ich scheiterte?

Dieser schreckliche Gedanke hatte mich immer wieder heimgesucht, seit ich den Thronsaal verlassen hatte.

Was, wenn die gestellte Aufgabe zu schwierig war, weil sie für Fae und nicht für Menschen gemacht war?

Natürlich würde es so sein. Die Königin hatte es auf mich abgesehen, auch wenn es nur darum ging, an Mazrith heranzukommen.

Meine Wut auf den Prinzen nahm zu. »All das wäre nie passiert, wenn er nicht weggegangen wäre!«

Frima zuckte mit den Schultern. Die losen Träger ihres schwarzen Kleides fielen ihr über die Schultern, als sie ein Glas Brennnesselwein an die Lippen führte. »Vielleicht nicht, aber dann hätten die Hungernden die Menschenclans getötet, die er beschützen soll. Wäre dir das lieber?«

Ich starrte sie böse an. Sie hatte recht, aber vom Gegenteil überzeugt zu werden war nicht das, was ich jetzt brauchte. Ich brauchte meine Wut.

»Er hatte einen Wutanfall, weil ich Geheimnisse vor ihm hatte. Ist das fair? Ich meine, würdest du jemandem, der dich entführt hat, all deine verfluchten Geheimnisse offenbaren?«

Sie neigte den Kopf. »Worüber ihr euch streitet, ist eure Sache, aber Maz legt Wert auf Ehrlichkeit. Aus gutem Grund.«

»Nun, ich liebe meine Freunde. Und jetzt, seinetwegen, werden sie vielleicht ...« Ich verzog das Gesicht und brach ab.

Frima hielt mir ihr Glas hin. Ich biss mir auf die Lippe und nahm es entgegen.

»Ich gebe zu, es ist seine Schuld, dass ihr hier seid, Reyna. Aber ich denke, du weißt, dass deine Wut der Königin gelten sollte, nicht Maz. Versuch, sie zu kanalisieren. Benutze sie, um es ihr zu zeigen. Um zu gewinnen.«

»Was ...« Ich machte eine Pause, dann trank ich ihr Glas aus und genoss das Brennen in meiner Kehle. Ich starrte auf das leere Gefäß, und meine Stimme wurde zu einem Flüstern. »Was, wenn ich es nicht schaffe?«

Die Fae holte tief Luft und klopfte mir dann kräftig auf die Schulter. »Das wirst du. Du hast das Pferderennen gewonnen. Und wenn es eine Prüfung ist, bei der Magie erforderlich wird, werde ich alles in meiner Macht Stehende tun, um dir zu helfen.«

Ich blickte sie an. »Wirklich?«

»Wann wirst du mir endlich glauben?« Ihr Griff um meine nackte Schulter wurde fester. »Ich diene Maz. Bis zum bitteren Ende. Und wenn er will, dass du in Sicherheit bist, will ich ebenfalls, dass du in Sicherheit bist.« Ihr Griff lockerte sich wieder. »Und wenn er dich mag, mag ich dich ebenfalls.«

»Ich glaube ... Ich glaube, dass er mich gemocht hat.« Meine Stimme war immer noch leise.

»Er wird sich wieder einkriegen.«

Ich schüttelte den Kopf. »Ich hatte etwas gesehen, was ich nicht hätte sehen sollen. Etwas sehr Persönliches, und ich hatte es ihm nie erzählt.«

Frimas Augen funkelten, und ihre Lippen wurden

schmal. »So gerne ich auch wissen möchte, was mit ihm los ist, du musst aufhören. Wenn er denkt, dass du seine Geheimnisse herumerzählst, wird es nur noch schlimmer werden.«

»Ich wollte es dir nicht sagen, ich habe nur …« Ich suchte nach den richtigen Worten. »Du musst nur wissen, dass er sauer ist. Stinksauer.«

»Du hast ihn ebenfalls angeschrien. Hat er etwas falsch gemacht? Abgesehen davon, dass er, du weißt, dich entführt hat.«

»Er hat sich in meine Träume geschlichen«, sagte ich stirnrunzelnd.

Frimas Mundwinkel zuckte. »Waren das etwa Fae-Wein-Träume?«

Mein Gesicht lief knallrot an. »Woher weißt du das? Ist das etwas, was er zu tun pflegt?« Wut loderte in mir auf.

Sie lachte. »Nein. Aber wenn man sich ansieht, wie ihr beiden miteinander umgeht, ist das nicht schwer zu erraten. Es ist nur eine Frage der Zeit, bis ihr euch gegenseitig umbringt oder fickt.«

Ich trat zurück, unfähig, ihrem Blick noch länger standzuhalten. »Nun, ich glaube nicht, dass es mir möglich sein wird, ihn umzubringen, denn er ist ein allmächtiger Fae und ich nur ein Mensch mit einem Stock.«

»*Sie ist kein Mensch.*« Taits Worte hallten in meinem Kopf wider, und ich verscheuchte sie.

»Gutes Argument. Also bringt er dich um oder fickt

dich«, sagte sie und zuckte mit den Schultern. »War es ein schöner Traum?«

»Darauf werde ich nicht antworten.«

»Das bedeutet ja.« Sie ging zum Getränkeschrank und nahm sich ein weiteres Glas Wein.

»Wie lange haben wir noch bis zum Ball?« Ich wollte unbedingt das Thema wechseln, wünschte mir aber sofort, ich hätte es nicht getan, als Bilder von Lhoris und Kara, die im Thronsaal in den Schatten hingen, in meinem Kopf auftauchten.

»Lange genug, um das zu trinken«, murmelte sie, dann sah sie mich an. »Du schaffst das, Reyna. Auch ohne Maz.«

Ellisar gesellte sich zu uns, als wir von der Schlangensuite zum Festsaal gingen, wo der Ball stattfinden sollte.

»Wie fühlst du dich?«, fragte ich ihn.

»Pochende Kopfschmerzen«, murrte er. »Aber wenigstens ist nicht mehr alles blau. Ich habe versucht, sie zu beschützen«, fügte er hinzu und warf mir einen Seitenblick zu. Es war das erste Mal, dass ich den großen Mann so lange ohne ein Grinsen im Gesicht gesehen hatte.

»Ich glaube dir.« Genau wie bei Frima, war ich mir sicher, dass auch Ellisar den Befehlen seines Herrn bis zum bitteren Ende Folge leisten würde. Und ich hatte das Gefühl, dass er uns weniger verachtete als Svangrior.

»Wenn die Königin ihnen etwas getan hat, werde ich dafür sorgen, dass mir der gleiche Schmerz widerfährt. Es ist meine Schuld, dass sie sie hat.«

Bei seinen Worten hob ich die Augenbrauen. Tapferkeit. Ehre. Loyalität. Es waren die Werte *Yggdrasils*, die man im Goldhof nur selten sah.

»Sie hat geschworen, ihnen keinen Schaden zuzufügen.«

Er nickte. »Ich bete, dass sie ihr Wort gehalten hat und du der Aufgabe gewachsen bist.«

»Dann müsste es Schach sein«, murmelte ich.

»Das ist nicht undenkbar«, sagte Frima. Wir hatten die große Treppe erreicht, und unter uns sah ich Fae in prächtiger Kleidung über die markanten Fliesen schreiten.

»Wir können nur hoffen.«

Als wir die offenen Türen zum Festsaal erreichten, stockte mir der Atem, und ich spürte, wie sich Frima neben mir anspannte.

»Gesegneter Odin«, hauchte sie.

»Sie spielt keine Spielchen«, murmelte Ellisar.

Er hatte nicht Unrecht. Die Königin hatte dafür gesorgt, dass ihre Gäste ihren Besuch im Palast des Schattenhofs nicht so schnell wieder vergaßen.

Die Urnen, die ich zuvor im Thronsaal gesehen hatte, säumten jetzt die kastanienbraunen Wände der riesigen Halle und waren bis zum Rand mit Schädeln gefüllt. Die gewölbte Decke war mit schwarzen und silbernen Bändern bespannt, die so tief hingen, dass sie fast bis zu den Gästen reichten. Es hätte hübsch ausgesehen, wären sie nicht mit

Augäpfeln geschmückt gewesen. Ein riesiger, hufeisenförmiger Tisch dominierte den Raum. Er war mit Platten mit Essen beladen, und Hunderte von Fae in den schönsten Kleidern, die ich je gesehen hatte, standen in kleinen Gruppen darum herum, tranken und unterhielten sich.

Es war jedoch der Boden, der meine Aufmerksamkeit auf sich zog. Er bestand aus Glas, und darunter schien ein schnell fließender Strom aus Blut zu fließen, in dem sich das Licht brach.

»Bitte sag mir, dass das ein Trick oder ein Zauber ist und dass unter den Räumen des Palastes nicht wirklich Blut fließt«, flüsterte ich und zeigte darauf.

Frima antwortete nicht.

Ein in feine, schwarze Gewänder gekleideter Sklave stand neben der Tür und schlug auf eine kleine Trommel, als wir in den Raum traten.

»Ich präsentiere die Verlobte von Prinz Mazrith Andask, Reyna Thorvald.«

Es wurde still im Raum, und mehr als hundert Köpfe drehten sich zu uns um. Ich straffte meine Haltung und hoffte, dass der Puder, den Brynja aufgetragen hatte, die Röte verbarg, die mir zweifellos ins Gesicht stieg.

Ein weiterer, gut gekleideter Sklave kam herbei und reichte uns Gläser mit Wein.

Frima setzte sich in Bewegung, und ich zwang mich dazu, ihr durch den Raum zu folgen. Jeder Fae, an dem wir vorbeikamen, sprach gezwungen klingende Glückwünsche aus, doch ihr Misstrauen und ihre Abscheu waren deutlich zu spüren.

Über dem schnell fließenden Fluss aus Blut zu stehen, machte mich nervös, da meine Augen ständig von der Bewegung angezogen wurden. Man würde nicht tief fallen, aber nach meiner jüngsten Begegnung im Schrein hatte ich keine Lust, auf einem durchsichtigen Boden zu stehen.

Ich wollte einfach nur meine Freunde befreien.

Ich suchte die Menge nach der Königin ab und entdeckte sie am Kopfende des Hufeisentisches. Nachdem ich noch ein paar Minuten lang gelächelt und den Fae zugenickt hatte, die aussahen, als wollten sie mir einen Dolch in die Brust rammen, sobald ich mit ihnen sprach, machte ich mich auf den Weg zu ihr.

Sie trug ein prunkvolles, schwarz-grünes Kleid, das von noch prunkvollerem Schmuck unterstrichen wurde. Ich versuchte, ihren Stab anzusehen, aber jedes Mal, wenn ich meinen Blick darauf richtete, schienen seine Konturen zu verschwimmen.

»Reyna. Du siehst beinahe so aus, als ob du hierhergehören würdest«, sagte sie in ihrem typischen, kränklich-süßen Ton zu mir.

»Ihr seht bezaubernd aus«, sagte Rangvald und neigte leicht den Kopf.

Noch ehe ich antworten konnte, schlug sie mit ihrem Stab auf den Glasboden.

Mein Puls schoss in die Höhe.

»Werte Gäste! Unsere Teilnehmer sind eingetroffen. Lasst die Unterhaltung beginnen!«

Der Platz zwischen den Tischen war von Schatten

verhüllt, und als sie sich auflösten, erschien ein langer Balken, der hoch über dem Raum hing.

Alle Gefangenen waren um ihre Körpermitte herum mit einem Seil gefesselt, das über den Balken geworfen worden war und auf der anderen Seite in einer großen, schwarzen Kiste auf einem Podest verschwand.

Sie sahen aus, als würden sie immer noch schlafen, obwohl sie drei Meter über dem Boden hingen.

»Werte Teilnehmer, geht zu den Kisten mit Euren Lieben, wenn Ihr das wünscht«, rief die Königin mit einem Lächeln.

Wir alle taten, was sie vorschlug.

»Die Seile, die sie halten, sind in den Kisten festgebunden. Ihr müsst sie lediglich lösen. Allerdings würde ich empfehlen, jemanden darum zu bitten, sie aufzufangen. Sie werden ein Stück weit fallen«, fügte sie mit einem klingelnden Lachen hinzu.

Ich sah mir die beiden Kisten an. Sie hatten weder Deckel noch Scharniere, nur ein rundes Loch auf der Vorderseite, das mit dunklen, undurchdringbaren Schatten gefüllt war.

Was war dort drin?

»Um der Veranstaltung etwas mehr Spannung zu verleihen, möchte ich Euch einige meiner Haustiere vorstellen«, sagte die Königin.

Sie winkte mit der Hand, und auf dem Balken erschienen acht riesige Spinnen, eine über jedem der herabhängenden Gefangenen. Ihre Beine bewegten sich, aber sie kamen nicht von der Stelle, als würden sie von einer unsichtbaren Kraft zurückgehalten.

Ich biss mir hart auf die Zunge, und mein Innerstes verkrampfte sich.

Alle Spinnen in *Yggdrasil* waren giftig.

»Obwohl sie ziemlich langsam sind, ist ihr Gift unglaublich stark«, sang die Königin. »Also bitte, wenn Euch das Leben Eurer Lieben am Herzen liegt, solltet Ihr nicht zu lange zögern.«

Irgendwo ertönte eine Trommel, und ein aufgeregtes Flüstern erhob sich von der Menge.

»Los!«

Was auch immer die Spinnen zurückgehalten hatte, verschwand, und ich steckte meine Hand in die Kiste, an der Kara festgemacht war.

KAPITEL 3

REYNA

Wasser, war mein erster Gedanke.

Schmerz war mein Zweiter.

Er schoss von hundert Stellen an meiner Hand meinen Arm hinauf und verpuffte, als er meine Schulter erreichte.

Ich biss die Zähne zusammen und hörte, wie Orm neben mir fluchte.

Die Zufriedenheit darüber, dass der Fae Schmerzen verspürte, trieb mich an. Als ich meine Hand durch das Wasser bewegte und nach dem Seil suchte, das Kara festhielt, spürte ich, wie sich Hunderte weiche, schlüpfrige Dinger über meine Haut bewegten, welche die ständigen Schocks auszulösen schienen. Zitteraale.

Ich ballte meine Hand zur Faust und versuchte, ihr eine Sekunde lang Erleichterung zu verschaffen. Dann suchte ich weiter und tat alles, was ich konnte, um den Schmerz zu ignorieren.

Mit einem Gefühl von Erleichterung schlossen sich

meine Finger um einen Pflock, an dem ein grobes Seil festgebunden war. Ich fand die Stelle, an welcher der Knoten am engsten war, und begann, daran zu ziehen.

Als ich es tat, änderten sich die elektrischen Schocks sofort, und ihre Intensität steigerte sich von schmerzhaft zu qualvoll.

Von neben mir hörte ich weitere, laute Flüche und nahm an, dass die anderen das Seil ebenfalls gefunden hatten. Ich schloss die Augen, holte tief Luft, konzentrierte mich und zwang meine Finger dazu, den Schmerz zu ignorieren. Aber die Schocks und das eiskalte Wasser hatten noch einen anderen Effekt, nämlich ein Taubheitsgefühl in meinen Fingern, das ich nicht mehr ignorieren konnte.

»Komm schon, Reyna«, zischte ich vor mich hin. Das Seil löste sich an der breitesten Stelle. Ich fuhr mit den Fingern über den Rest des Seils und überlegte, wo ich als Nächstes ziehen sollte.

Die Menge keuchte, und ich öffnete die Augen und richtete meinen Blick direkt auf die Spinnen. Sie bewegten sich schnell am Seil entlang, obwohl noch keine den Abstieg zu ihrer Beute begonnen hatte.

Ich verdoppelte meine Anstrengungen und stieß einen unwillkürlichen Schrei aus, als das Seil plötzlich unter dem Ziehen meiner tauben Finger nachgab.

»Frima!«, schrie ich, als sich das Seil lockerte und Karas Körper zu fallen begann.

Frima schoss aus der Menge hervor und fing sie gerade noch auf. Ein weiterer Körper begann zu fallen, und ein blauhaariger Fae stürmte heran, um ihn aufzufangen.

Ich drehte mich wieder um, verschwendete keine Zeit mehr und steckte meine andere, weniger taube Hand in das Loch der nächsten Kiste.

Diesmal war der Schmerz sofort unerträglich. Meine Instinkte übernahmen die Kontrolle, und ich riss meine Hand wieder aus der Kiste, wobei das, was mich gebissen hatte, immer noch daran festhing.

Benommen starrte ich auf den kränklich gelben Skorpion, der an der Unterseite meines Daumens hing, bevor sich meine Sinne wieder klärten. Ich schlug meine Hand auf den Boden, sodass er abfiel und davonhuschte. Mit einem tiefen Atemzug sah ich, wie die Wunde an meiner Hand grün anlief. Ich wusste nicht, wie viele noch da drin waren, aber ich wusste, dass Lhoris' Leben von mir abhing.

»Es sind nur Schmerzen, Reyna«, sagte ich mir mit zusammengebissenen Zähnen.

»Es wird schnell vorbei sein«, erklang Vorors Stimme in meinem Kopf.

»Danke, Voror«, flüsterte ich und steckte meine Hand wieder hinein.

Da waren noch mindestens fünf, dachte ich. Tränen füllten meine Augen, als sie immer wieder ihre Stacheln in meine Hand schlugen.

Diesmal fand ich das Seil schneller, aber der Schmerz machte es unmöglich, meine Finger richtig zu bewegen, und meine Sinne verwandelten sich in eine heiße, quälende Masse.

Ich fummelte an dem Seil herum. Mir war bewusst, dass ich nicht annähernd so schnell war wie bei Karas Seil, aber ich weigerte mich, die Spinne anzusehen, die sich auf Lhoris zubewegte.

Mit einem üblen Fluch zog ich meine Hand aus der Kiste und hoffte, weitere der bösartigen Kreaturen vertreiben zu können.

Ich zog zwei mit mir heraus und schüttelte sie grob ab, bevor ich meine Hand ansah. Sie war so geschwollen, dass ich erstaunt war, dass meine Finger überhaupt etwas mit dem Seil hatten machen können. Ich steckte meine andere Hand hinein und konnte das Seil endlich richtig spüren. Ich zog so fest ich konnte, bevor das Stechen erneut begann.

Die Menge jubelte, und ich konnte mich nicht davon abhalten, hinzusehen. Orms Krone fiel zu Boden.

Ganz automatisch fiel mein Blick auf Lhoris' Seil. Die Spinne war einen Fuß von seinem hilflosen Körper entfernt.

Ich zog am Seil, aber es hatte sich noch überhaupt nicht gelöst. Mein Puls raste so sehr, dass mir schwindelig wurde. Ich versuchte krampfhaft, Luft einzusaugen, während ich meine Finger dazu zwang, weiterzumachen.

Ein langsamer Takt begann, als die Gäste mit den Fingern auf die Tische trommelten und in einem Crescendo mit den Füßen stampften. *Ein Countdown.*

Fanden sie das unterhaltsam? Ein verdammtes Spiel, das sie sich zum Vergnügen ansahen?

»Das ist barbarisch!«, schrie Dokkars wütende Stimme.

Ich hörte, wie Kaldar einen erstickten Schrei ausstieß.

Meine Wut vertrieb den Schmerz, aber meine dumme Hand wollte nicht richtig funktionieren. Ich schaute auf die andere hinab und fragte mich, ob ich sie noch einmal wechseln sollte, aber sie schien noch mehr geschwollen zu sein.

»Komm schon, du verfluchtes Scheißding.« Ich riss so fest ich konnte am Seil, aber meine dicken Finger konnten es nicht einmal mehr greifen.

Angst durchströmte mich, als mir klar wurde, dass meine Hände nutzlos waren.

Ich konnte es nicht schaffen. Ich konnte das Seil nicht lösen, bevor die Spinne ihn erreichte.

»Frima!«, rief ich und schaute an den hängenden Gefangenen vorbei zu der Fae.

Ihr Gesicht war teilnahmslos, aber ihre Augen waren voller Wut. Der Griff um ihren Stab wurde fester, während ich das Seil vollends losließ.

Würde sie ihm helfen? Der Königin trotzen und gegen die Spielregeln verstoßen, um eine *Goldgeberin* zu retten, die sie kaum kannte?

Bitte, bitte, bitte, Freya, Odin *und Frima*, bitte rettet ihn.

Schatten schossen durch den Raum, und ein gewaltiger Knall ließ alle aufsehen.

Alle außer mich.

Meine Augen waren weiter fest auf die Seile gerichtet. Die Schatten schnitten durch das Geflecht, als bestünde es aus weicher Butter. Lhoris stürzte zu Boden, und Frima bemerkte es gerade noch rechtzeitig und fing den Großteil seines Gewichts auf, sodass sein Kopf nicht auf dem harten Boden aufschlug. Kaldars Gefangener landete hart auf dem Fae unter ihr.

Ich zog meine Hand aus der Kiste. Tränen verschleierten meine Sicht, als ich mich zur Tür umdrehte.

Ich wusste bereits, wen ich dort sehen würde.

Mazrith stand im Türrahmen. Schatten wirbelten in einer wütenden Wolke um ihn herum, und seine Schädelmaske glänzte bedrohlich. Seine riesigen Schultern waren nackt, und seine Brust war mit schwarzer Kriegsbemalung bedeckt. Sein schwarzes, geflochtenes Haar hing ihm locker über die Schultern.

Ich sank auf die Knie, als sein Blick auf mich fiel.

Danke. Danke. Danke.

Ich wusste, dass er meine Gedanken nicht hören konnte, aber ich versuchte trotzdem, sie zu übermitteln.

»Du hast meine Abwesenheit ausgenutzt, um mit unseren Gästen Spielchen zu spielen?«, knurrte Mazrith, als er den Raum betrat.

Ein unnatürliches Geräusch tauchte auf, zusammen mit dem Gefühl, dass etwas ganz und gar nicht stimmte. Ich warf einen Blick auf meine Hände.

War es das Skorpiongift, das meinen Verstand vernebelte?

»Nichts, was du nicht selbst getan hättest, mein Sohn.« Die Königin lächelte, als sich die Menge teilte, um einen Pfad zwischen ihnen zu schaffen.

»Im Gegenteil. Ich habe unseren Hof und unsere Gäste vor einem einzigartigen Angriff verteidigt.«

»Einzigartig?« Die wiederholte Verwendung ihres eigenen Wortes entging niemandem. »Das bezweifle ich, mein lieber Sohn«, lächelte sie.

»Oh, glaub mir, Stiefmutter. Er war wahrlich einzigartig.«

Er hob seinen Stab, und sechs Krieger betraten hinter ihm den Raum. Sie trugen einen Käfig zwischen sich, um dessen Gitterstäbe herum Schatten wirbelten. Sie konnten jedoch nicht verbergen, was sich darin befand.

Ich kippte nach hinten, denn ich schaffte es nicht einmal mehr, mich auf den Knien zu halten.

Es war ein Hungernder.

KAPITEL 4
REYNA

Die Königin öffnete den Mund und schloss ihn dann wieder. Ich starrte zwischen ihnen hin und her und zwang mich dazu, nicht den Käfig mit dem Hungernden anzusehen, dessen abscheuliches Stöhnen die schockierte Stille im Festsaal durchbrach.

Die Königin warf einen Blick auf Orm, der von den Kisten zurücktrat. Sein Gefangener kam langsam wieder zu sich, blinzelte und murmelte etwas vor sich hin.

»Prinz Mazrith«, sagte Orm und breitete die Arme aus. »Findet Ihr es nicht ein wenig unpassend, so etwas zu einem Fest mitzubringen?«

Mazrith knurrte ihn an. »Es ist unpassend, ein Fest zu veranstalten, während unser Hof von Monstern angegriffen wird! Wo ist der Kommandant der königlichen Garde?« Er wirbelte zur Königin herum. Sie warf Rangvald einen Blick zu und nickte. Er eilte davon, wobei er einen weiten Bogen um Mazrith und den Käfig machte.

Kaldar ging rasch auf zwei junge, bewusstlose Fae mit blauem Haar zu.

»Ich entschuldige mich bei unseren Gästen für diese Unterbrechung«, sagte die Königin laut.

Dokkar ignorierte die Königin völlig und wandte sich an Mazrith. »Sie haben Euren Hof angegriffen?«

»Ja. Wir haben sie hinter die Grenze des Wurzelflusses zurückgedrängt.«

»Gab es viele Opfer?« Der unausgesprochene Teil dieser Frage hing schwer in der Luft. *Haben sie es geschafft, aus den gefallenen Menschen weitere Hungernde zu schaffen?*

»Wir trafen gerade noch rechtzeitig ein, um den Schaden zu begrenzen.« Mazriths Antwort war schroff. »Dieses Fest ist vertagt. Im Morgengrauen werden wir Kriegsrat halten.« Er blickte zwischen Kaldar, Dokkar und Orm hin und her. »Da Ihr hier seid, seid Ihr willkommen, Euch uns anzuschließen.«

Er schlug mit seinem Stab auf den Boden, und die sechs Krieger hoben den Käfig und verließen rückwärtsgehend den Raum. Svangrior kam herein und ging direkt auf Frima und meine Freunde zu. Lhoris erwachte mit blassem Gesicht und riss die Augen auf. Kara schlief noch. Svangrior bückte sich und hob das Mädchen hoch, und Frima half Lhoris auf die Beine und murmelte ihm zu, dass sie ihm alles erklären würde.

In meinem Kopf drehte sich alles, aber mein Puls verlangsamte sich endlich, und ich versuchte, aufzustehen. Meine Hände taten höllisch weh und waren inzwischen so geschwollen, dass es aussah, als würde ich ein riesiges Paar grüne Handschuhe tragen.

Etwas Kaltes berührte meine Seiten, dann spürte ich, wie mich etwas stützte.

Schatten. Sie wirbelten um mich herum und halfen mir beim Aufstehen. Ich sah Mazrith an, doch er hatte sich nicht bewegt. Ich hielt meinen Blick auf ihn gerichtet und sah weder die Königin noch die Scharen von schwatzenden Fae an, als ich auf die Tür zuging.

»Danke«, sagte ich, als ich den riesigen Faeprinzen erreichte. »Er wäre gestorben.«

In den blassen Augen hinter seiner Maske war Wut zu sehen. »In die Schlangensuite. Sofort.«

Kaum befanden wir uns in den Gemächern des Prinzen, sprachen alle gleichzeitig.

»Geht es ihr ... Geht es ihr gut?« Ellisars Stimme war ungewöhnlich leise, als Svangrior Kara in den Sessel setzte.

»Sie wird sich erholen«, murmelte der Faekrieger. Lhoris und ich traten an ihre Seite. Sie sah friedlich aus, und ihre Brust hob und senkte sich stetig.

»Was ist passiert?«, fragte Lhoris und sah mich an, während die Fae ihre Fragen an Mazrith richteten.

»Die Königin hat euch entführt, um mit den Teilnehmern ein Spiel zu spielen«, begann ich, aber Mazriths Stimme übertönte uns alle.

»Reyna. Komm mit mir.«

Er marschierte in sein Schlafzimmer, und ich schluckte meine Nervosität herunter und folgte ihm.

»Ich habe es ernst gemeint. Danke, dass du Lhoris gerettet hast«, begann ich, kaum hatte ich das Schlafzimmer betreten. Hier drinnen war es dunkel, und das Feuer war fast erloschen.

Mazrith nahm seine Maske ab und strich sich das Haar aus dem Gesicht. Die Perlen in seinen Zöpfen glänzten im Feuerschein, und seine Augen blitzten, als er mich ansah.

»Waschraum.«

Ich hob die Augenbrauen.

»Haben die Schmerzen aufgehört?« Er zeigte auf meine Hände.

Plötzlich wurde mir klar, dass es so war. »Ja.«

»Dann bleibt dir nicht mehr viel Zeit, bevor du deine Fingerspitzen verlierst. Waschraum.«

Eilig folgte ich ihm in das etwas heller erleuchtete Badezimmer. Er zeigte auf die Kupferbadewanne, und ich kniete mich daneben und streckte beide Hände aus.

Schatten wirbelten von seinem Stab und wickelten sich um meine geschwollenen Hände.

Mazrith schwieg.

»Was tun die Schatten?«, fragte ich. Es war schwer, ruhig zu klingen, aber ich versuchte es.

»Diese Skorpione stammen von meinem Hof. Sie wurden mit Schattenmagie gemacht. Ich kann das Gift herausziehen. Die Wunden der Einstiche werden von selbst heilen«, antwortete er gepresst. Er betrachtete die Schatten, nicht mein Gesicht.

»Mazrith.« Langsam hob sich sein Blick zu meinen Augen. »Ich habe dir nichts von der Vision von deiner Mutter erzählt, weil ich dir nicht wirklich vertraut habe. Aber jetzt ... tue ich es.«

Du bist eine Lügnerin und eine Heuchlerin. Ich will nichts mehr mit dir zu tun haben.

Diese Worte wanderten durch meinen Kopf, während er mich anstarrte. Schweigend.

Mein Magen verkrampfte sich. »Du heilst mich, also nehme ich an, dass du zumindest etwas weniger wütend bist?«

»Ich will nicht, dass du stirbst.«

»Nun, das ist wohl ein Anfang.« Ich schenkte ihm ein verlegenes Lächeln, das er nicht erwiderte. Ich seufzte. »Schau, ich verstehe, dass du es nicht magst, belogen zu werden.«

»Es geht um mehr als das, und das weißt du«, knurrte er. »Du behauptest, dass es dir Angst mach, wenn Geheimnisse aus deinem Kopf gestohlen werden, und doch hast du ...« Er verstummte und starrte ins Leere.

Ich straffte die Schultern und wappnete mich mental. »Es gibt einen Grund, warum ich Angst davor habe, dass meine Geheimnisse entdeckt werden«, sagte ich langsam.

»Weil du kein Mensch bist?« Seine Worte klangen wie ein Knurren.

Ich kniff die Augen zusammen. »Natürlich bin ich ein Mensch. Ich weiß nicht, was mit mir passiert, aber ich kann dir garantieren, dass ich ein Mensch bin.«

Er schnaubte.

Ich schluckte noch einmal, diesmal schwerer. »Nein, es ist ein anderer Grund. Ich habe dir noch mehr zu erzählen. Nicht über dich, sondern über mich. Aber nur, wenn du mit mir zusammenarbeitest, um der Sache auf den Grund zu gehen.«

Schatten tanzten in seinen hellen Augen, als er in meine blickte, und ich musste mich dazu zwingen, seinem forschenden Blick weiter standzuhalten.

»Erzähl mir genau, was du gesehen hast. Von meiner Mutter und mir.«

Ich nickte. »Ich werde dir alles erzählen. Wenn du mit mir zusammenarbeitest.«

»Ich lasse mich nicht erpressen, *Gildi*.« Er fletschte die Zähne und lehnte sich vor, während er sprach. »Erzähl mir, was du über mich weißt und was du mir verheimlicht hast, und ich werde entscheiden, was weiter passieren wird.«

Ich schloss die Augen, holte Luft und erzählte ihm dann genau, was ich in der Vision von seiner Mutter gesehen hatte und was in der zweiten Vision passiert war.

Als ich meine Augen wieder öffnete, blickte er nicht mehr mich, sondern den gefliesten Fußboden an. »Das ist alles?«

»Alles, was mit dir zu tun hat, ja.« Sein Blick wanderte wieder zu mir, und ich rutschte unbehaglich hin und her. Wenn ich vollkommen ehrlich zu ihm sein wollte, sollte ich es lieber zu Ende bringen. »Abgesehen von, ähm, etwas, das noch etwas neuer ist.«

Wut huschte über seine Züge. Ich versuchte, abwehrend die Hände zu heben, aber die Schatten hielten sie fest. »Es geschah nach unserem Streit!«

»Was?«

»Nun, diese andere Sache, von der ich dir erzählen muss. Aber das werde ich nur tun, wenn wir uns gegenseitig helfen.«

Er seufzte. Es war ein langes, knurrendes Seufzen.

»Ich vertraue dir nicht.«

Ein Anflug von Ärger überkam mich. »Hey, das beruht auf Gegenseitigkeit, okay? Was diese ganze Angelegenheit mit Vertrauen betrifft, bist du alles andere als unschuldig. Du hast mich nicht nur entführt und gedroht, meine Freunde zu töten, was kaum eine Grundlage für eine vertrauensvolle Zusammenarbeit ist, du hast dich auch in meine privaten Gedanken eingeschlichen, obwohl du versprochen hattest, es nicht zu tun!«

Sein Blick wurde etwas milder. »Das tut mir leid.«

»Tut es?«

»Dass ich dein Vertrauen enttäuscht habe, ja. Nicht, dass ich mir das, was ich gebraucht habe, in einem Traum anstatt in deinem Bett geholt habe. Auch nicht, dass ich dich entführt habe.«

Meine Wangen wurden heiß. Ein angenehmes Kribbeln breitete sich in meinen Handgelenken und in meinen Fingern aus, und ich versuchte, mich darauf zu konzentrieren.

»Nun. Das hier wäre komplizierter, wenn wir ... ähm. Du weißt.«

Mazrith sagte nichts.

Ich kaute einen Moment lang auf meiner Lippe herum und schaute dann auf meine Hände. Die grüne Schwellung war größtenteils verschwunden, stattdessen bedeckten rote Stichwunden meine Haut.

»Mir tut es auch leid«, sagte ich leise. »Dass ich es dir nicht früher gesagt habe. Und dass du deine Mutter verloren hast.«

Er schwieg lange. »Sagst du das oft?«

Ich sah zu ihm auf. »Dass es mir leidtut?« Er nickte. »Nein, sehr selten. Hilft das?«

»Ja.«

»Also vergibst du mir?«

»Nein. Und ich vertraue dir immer noch nicht.« Er holte tief Luft, und ich bemerkte frische, doch nicht sehr tiefe Schnitte an seinen Schultern. »Aber wir werden das durchstehen. Ich glaube, dass uns das Schicksal keine Wahl lassen wird.«

Ich blickte ihn finster an. »Wenn ich alle meine Geheimnisse preisgeben soll, brauche ich etwas mehr als das.«

Er zuckte mit den Schultern, sodass sein Haar darüber fiel. »Das ist alles, was ich dir gebe.«

»Also, selbst wenn ich dir alles sage, was ich weiß, wirst du mir nichts von deinem Fluch oder von deiner Mutter erzählen?«

»Ich werde dir nicht mehr sagen, als du wissen musst. Genau wie bisher.« Er stieß sich von der Wand ab, kam rasch auf mich zu und ging vor mir in die Hocke, sodass wir auf einer Augenhöhe waren. Er nahm mein Kinn zwischen Daumen und Zeigefinger und hielt es fest.

Mein Herz hämmerte und mein Atem stockte, als mich sein eiserner Blick traf.

Als er sprach, war seine Stimme leise. »Hier geht es nicht um mich, kleine Lügnerin. Ich beginne, zu begreifen, dass es hier um dich geht. Das bedeutet, dass du mir alles erzählen wirst, damit wir herausfinden können, was du tun musst, um dieses verdammte Durcheinander wieder in Ordnung zu bringen.«

KAPITEL 5
REYNA

»Es ist mitten in der Nacht«, sagte ich und beobachtete, wie Mazrith in eine Hühnerkeule biss. »Können wir nicht morgen darüber reden?«

»Nein«, sagte er, ohne mich anzusehen. Wir saßen auf zwei Stühlen vor dem frisch angefeuerten Kamin in seinem Schlafzimmer. Vor ihm stand ein Wagen voller Essen, und ich konnte nur vermuten, dass der Kampf gegen die Hungernden seinen Tribut gefordert hatte, denn es sah aus, als würde er alles davon verschlingen.

»Ich esse, du redest«, sagte er. »Dann halte ich Kriegsrat und überlege, wie ich verhindern kann, dass die Menschen meines Hofes bis zum Ende dieser Woche zu Untoten werden.«

Ich rutschte auf meinem Stuhl herum und nahm einen Schluck von dem Getränk, das er mir gegeben hatte. Meine Geschmacksknospen erwachten zum Leben. *Kaffee.*

"

»Okay. Ich denke, dass es zwei wichtige Punkte gibt. Bei beiden geht es um Visionen.«

Er sagte nichts, aß einfach nur weiter.

Ich nahm noch einen Schluck von meinem Kaffee und beschloss, mit dem einfacheren Thema zu beginnen. »Während der Steinwurf-Herausforderung ist etwas passiert. Damals dachte ich, dass entweder Frima oder du mir geholfen hättet, aber jetzt bin ich mir nicht mehr sicher, denn beim letzten Spiel ist es erneut passiert. Keiner von euch war in der Nähe.«

Seine Hand, die ein Stück Brot hielt, hielt auf halbem Weg zu seinem Mund inne. Er sah mich an. »Das letzte Spiel«, sagte er leise, als hätte er es völlig vergessen.

Ich nickte. »Es lief gut.«

»Wirklich? Idun hat sich also gut geschlagen?«

»Idun hat nichts getan. Deine Stiefmutter wies jedem ein Pferd zu und gab mir Rasa.«

Mazrith erstarrte. »Das Pferd meiner Mutter?«

»Ja.«

Sein Blick wanderte rasch über meinen Körper. »Ich bin erstaunt, dass du keine Knochenbrüche hast.«

Ich warf ihm einen Blick zu, von dem ich hoffte, dass er nicht so selbstgefällig aussah, wie ich mich fühlte. »Sie mag mich zufälligerweise«, sagte ich. »Ich denke, dass wir etwas gemeinsam haben, und zwar den Wunsch nach Freiheit.«

Sein Gesicht wurde sichtbar weicher. Ein warmer Ausdruck erschien in seinen Augen, und ich war mir nicht sicher, ob ich ihn je so gesehen hatte. »Sie hat ein gutes Rennen hingelegt?«

»Sie war unglaublich. Wir haben gewonnen.«

Seine Augen leuchteten auf, doch das Licht wurde rasch wieder von Schatten verschlungen. »Es freut mich, das zu hören.«

»Da sind wir zwei. Aber lass mich dir erzählen, was mir zum Sieg verholfen hat. Abgesehen von Rasa natürlich. Sowohl beim Steinwurf als auch beim Rennen hatte ich Visionen.«

»Wie die von meiner Mutter?« Seine Stimme klang jetzt wieder kühl. Alle Wärme war verschwunden.

»Nein. Nichts dergleichen. Ich sah durch die Augen meiner Gegner. Und ich konnte sogar ihre Gefühle wahrnehmen. Hass, Freude oder Angst.«

Der Prinz ließ seine Hand sinken, und das Stück Brot fiel auf den Wagen. »Und du dachtest, einer von uns sei das gewesen?«

»Ja. Weil ihr mir helfen wolltet. Du verfügst über solche Magie.«

Er schüttelte den Kopf. »Die Königin ist die Einzige, die das tun könnte. Es erfordert die Macht eines Nebelstabs.«

Ich schluckte. »Kürzlich hatte ich noch eine solche Vision.«

Sein Blick bohrte sich in meinen.

»Ich, ähm ... habe durch deine Augen gesehen. Du hast mit Tait gesprochen. Und er hat dir gesagt, dass ich kein Mensch bin.«

»Jetzt bist du also eine Spionin«, knurrte Mazrith.

»Nicht absichtlich! Ich habe keine Kontrolle darüber.

Es begann erst, nachdem du mich hierher gebracht hattest.«

Nach einer unangenehmen Pause sagte er: »Und das Zweite, was du mir erzählen musst?«

Ich nahm einen großen Schluck von meinem Kaffee. »Wir glauben, dass Lhoris mich aufzuziehen begann, als ich etwa zehn war. Ich habe keine Erinnerung an mein Leben davor, aber eines weiß ich: Wann immer ich mit Gold arbeite, habe ich anschließend intensive Visionen.« Ich schaffte es nicht, ihn anzusehen, während ich sprach. Die einzige Person, der ich je davon erzählt hatte, war Lhoris, und das war vor mehr als einem Jahrzehnt gewesen.

Mein ganzes Leben lang hatte ich mit unumstößlicher Gewissheit gewusst, dass ich diese Visionen geheim halten musste. Es wäre falsch, wenn andere davon wüssten. Grundfalsch.

Ich schloss die Augen und zwang mich dazu, weiterzusprechen. Das hier war zu groß für mich. Alleine würde ich es nicht schaffen, was bedeutete, dass ich es mit ihm teilen musste.

»Die Visionen sind immer dieselben. Nun ja, das waren sie, bis zu dem Tag, an dem ich deine Mutter gesehen habe. Es gibt drei, manchmal vier Wellen, bei denen ich immer dieselben Dinge höre, rieche und sehe.«

»Was siehst du?« Die Frage hing schwer in der Luft, und mir wurde schlecht. Ich zwang mich dazu, den Mund zu öffnen, und antwortete ihm dann.

»Die Hungernden.«

Stille erfüllte den Raum.

Schließlich sagte er: »Du hattest dein ganzes Leben lang Visionen von den Hungernden?« Es war keine echte Frage, eher eine ungläubige Aussage.

»Ja.«

»Und doch glaubst du, dass du ein Mensch bist?«

Ich zwang mich dazu, ihn anzusehen. »Ich bin ein Mensch. Eine Runenträgerin, aber ein Mensch.«

»Ich weiß nicht, ob ich dir glauben soll oder nicht.«

»In Bezug auf die Visionen?«

»Nein, ob du tatsächlich glaubst, ein Mensch zu sein.«

Ich starrte ihn böse an. »Warum sollte ich dich belügen?«

»Weil du eine Lügnerin bist.«

Ich stand auf und konnte mich nur mit Mühe davon abhalten, wütend gegen den Stuhl zu treten. »Ich habe dir gerade etwas erzählt, was ich noch nie jemandem erzählt habe, und du beleidigst mich, indem du mich eine Lügnerin nennst? Wenn du mich so behandeln willst, habe ich es satt, mit dir zu reden. Ich bin zu müde für diese Scheiße.«

»Es tut mir leid.«

Seine Worte nahmen mir den Wind aus den Segeln. Ich konnte keine Reue auf seinem Gesicht erkennen, aber er hatte es sofort gesagt. »Wirklich?«

»Dass ich dich beleidigt habe? Ja. Wirklich. Setz dich.«

Ich tat es, rieb mir mit der Hand über das Gesicht und zuckte zusammen, als die vielen kleinen Stichwunden aufs Neue zu schmerzen begannen. Es war ein langer Tag gewesen, und ich war müde. Erschöpfung und Erleichterung darüber, dass meine Freunde in Sicherheit waren, vermischten sich mit dem Adrenalin, das nach dem Preisgeben meines größten Geheimnisses durch meinen Körper floss.

Mazrith sah mich immer noch an. Sein Gesichtsausdruck war nachdenklich, nicht ängstlich.

Ich hatte nicht erwartet, dass er mich fürchten würde, aber ich hatte mit Abneigung gerechnet. Fühlte er sich nicht angewidert von mir? Niemand sollte irgendeine Verbindung mit diesen Kreaturen haben.

Ich fasste all meinen Mut zusammen, schaute ihm in die Augen und brachte die Angst zum Ausdruck, die ich mein ganzes Leben lang alleine mit mir herumgeschleppt hatte. »Sie wissen, wer ich bin. Ich habe sie mein ganzes Leben lang gesehen, und jetzt frage ich mich, ob sie versuchen, mit mir zu kommunizieren. Was, wenn ich von Bedeutung für sie bin?«

Mazrith hielt meinem Blick stand.

»Sie haben sich noch nie so auf einen Hof konzentriert oder versucht, den Wurzelfluss zu blockieren. Ich glaube, dass sie es auf dich abgesehen haben. Und der Grund geht offensichtlich über die aktuellen Geschehnisse hinaus.«

Mein Magen zog sich zusammen. Galle stieg mir in die Kehle, als die singende Stimme der Ältesten in meinem Kopf auftauchte. In dieser Nacht hätten sie mich fast erwischt, und jetzt waren sie mutig genug, den Hof anzugreifen, in dem ich mich befand.

»Was wollen sie von mir? Was um alles in der Welt könnte ich haben, was sie wollen?«

Die Augen des Prinzen verdunkelten sich. »Ich weiß es nicht. Gibt es noch etwas, was du mir sagen willst?«

Vorors Worte über die mysteriöse Fae fielen mir ein. *Das Schicksal Yggdrasils.*

Aber als ich meinen Mund öffnete, um zu sprechen, erklang Vorors Stimme in meinen Geist. »Erzähl ihm nichts von der Fae, die mich aufgesucht hat«, sagte er. »Sie hat sehr deutlich gemacht, dass du die Einzige bist, die von ihrer Existenz wissen darf.«

Ich tat mein Bestes, um mein Gesicht neutral aussehen zu lassen, aber Mazrith musste eine Veränderung bemerkt haben. Er warf mir einen fragenden Blick zu und sah dann nach oben. »Deine Eule spricht mit dir?«

»Ja.«

Mazrith hob eine Augenbraue. »Und? Er befiehlt dir, Geheimnisse vor mir zu wahren?«

Ich nickte langsam. »Es steht mir nicht zu, dieses zu teilen. Nur ihm.«

Mazrith dachte kurz nach. »Das ist fair. Seine Geheimnisse gehören nicht dir. Aber ich muss mich darauf verlassen können, dass du mir alles sagst, was du für wichtig hältst.«

Ich kaute auf meiner Zunge herum und dachte nach. »Er glaubt, dass mein Schicksal nicht nur mit deinem verbunden ist«, sagte ich und hoffte, dass das vage genug, aber wirkungsvoll war.

Mazrith nickte. »Ich bin geneigt, dem zuzustimmen.«

Er aß weiter, und ich zwang meine Muskeln, sich zu entspannen und in den weichen Stuhl zurückzusinken. Ich hatte es geschafft. Ich hatte ihm mein Geheimnis verraten, und es war nichts Schlimmes passiert. Ich war nicht in Flammen aufgegangen, Mazrith hatte mich nicht aus seinem Hof verbannt oder mich den Monstern zum Fraß vorgeworfen. Er hatte gerade wieder angefangen, sein Hühnchen zu essen.

Lange saßen wir schweigend da, wahrscheinlich etwa eine Stunde lang. Ich döste in meinem Stuhl vor mich hin, als ich von seiner Stimme aufgeschreckt wurde.

»Wir müssen den Hungernden besuchen.«

»Was?«, murmelte ich.

»Der Hungernde, den ich als Gefangener hierher gebracht habe. Wir müssen ihn besuchen.«

Ich blinzelte, setzte mich auf und starrte ihn an. »Nein.«

»Ich möchte sehen, was er tut, wenn er dich sieht.«

Mein Mund öffnete sich, meine Müdigkeit war verschwunden. »Wir müssen ihn nicht besuchen, um eine Antwort darauf zu erhalten – er wird versuchen, mich zu fressen! Das tun sie immer!«

Er stand auf. »Reyna, wir müssen herausfinden, welche Verbindung du zu ihnen hast. Das ist eine einmalige Chance.«

»Nein! Warum hast du ihn überhaupt hierher gebracht?«

Ich senkte meinen Blick. »Um den anderen Fae zu beweisen, dass die Bedrohung echt ist. Aber jetzt müssen wir ihn zu unserem Vorteil nutzen und uns Informationen beschaffen.«

Ein Schauer überkam mich. »Er ist kein Ältester, oder?« Im Käfig im Festsaal hatte er nichts gesagt. »Sie können nicht sprechen.«

»Ich brauche keine Worte, um Informationen zu bekommen«, sagte er leise.

Meine Haut kribbelte. »Willst du in seinen Kopf eindringen?«, flüsterte ich.

»Ja.« Er sah mich an. »Und wenn mir das gelingt, während du anwesend bist, kann ich vielleicht herausfinden, was du für sie bist.«

KAPITEL 6

MAZRITH

Reyna sagte kein Wort, als sie mir zu den Zellen folgte. Ich hatte das Gefühl, dass sie nicht einmal versuchte, sich an den Weg zu erinnern, als wir durch den Palast zu dem Turm nahmen, der die Gefangenen des Schattenhofs beherbergte. Jedenfalls die Gefangenen, die meine Stiefmutter nicht zu ihrem Vergnügen gefangen hielt.

Als wir den bewachten Eingang erreichten, war ihre Angst deutlich spürbar, obwohl sie versuche, es zu verbergen. Das Zittern ihrer Beine und ihr herumirrender Blick verrieten sie.

Ich wusste, dass ich ihr nicht vertrauen konnte. Ich wusste, dass sie mich wahrscheinlich ins Grab bringen würde, trotzdem schmerzte es mich, sie so verängstigt zu sehen.

Aber es war notwendig. Wie viele andere Dinge, die ich hasste.

Ich musste herausfinden, warum die Hungernden sie

wollten. Ich musste wissen, was das wahre Risiko für meine Leute war und wie weit sie gehen würden, um sie zu kriegen.

Und ich musste wissen, welches Risiko für Reyna bestand.

Die Laute, welche die Kreatur von sich gab, ließen ihre Schritte stocken, als wir durch die kalten Steinkorridore gingen. Es waren gurgelnde Geräusche, als wäre ihm die Kehle durchgeschnitten worden und er könnte nicht richtig atmen. Was angesichts der Tatsache, dass es sich um einen Untoten handelte, durchaus möglich war.

Menschliche Gefangene kauerten in den Ecken ihrer Zellen, und ein Hauch von Mitgefühl überkam mich, da sie sich das gurgelnde Gejammer der Kreatur anhören mussten. Beinahe hätte ich innegehalten – bis mir einfiel, dass sie hier waren, weil sie gegen die Gesetze des Schattenhofs verstoßen hatten. Gegen die echten Gesetze, nicht gegen den Unsinn der Königin. Alle Bewohner dieser Zellen stellten eine Gefahr für andere dar.

Kaum bogen wir um die Ecke zu der Zelle mit dem Hungernden, richtete er seinen einäugigen Blick auf Reyna. Er stieß sich mit seinen zwei unterschiedlichen Beinen vom Boden ab und prallte gegen die Gitterstäbe. Das nasse Gurgeln wurde lauter. Er zwängte seine verfaulten Arme zwischen dem Metall hindurch, um Reyna zu erreichen, wobei das bisschen Fleisch, das er an sich hatte, an den rauen Stangen hängen blieb und nackte Knochen entblößte.

Reyna atmete schwer und blieb so weit entfernt stehen, wie es der kleine Raum zuließ.

»Gut«, sagte ich leise zu ihr. »Du bist in Sicherheit.«

Sie sah mich nicht an. Ihre weit aufgerissenen Augen waren auf die tobende Kreatur gerichtet.

»Tu einfach, was du tun musst, damit ich verdammt noch mal von hier verschwinden kann«, sagte sie mit zusammengebissenen Zähnen.

Ich lenkte meine Gedanken auf meinen Stab. Schatten brachen daraus hervor und schossen auf die Kreatur zu. Sie erstarrte für einen Moment, da sie oft genug gesehen hatte, wie seinesgleichen von diesen schwarzen Bändern auseinandergerissen worden waren.

Die Schatten schlangen sich um den Kopf des Dings, und ich musste mich konzentrieren, um nicht zurückzuweichen.

Tod, verfaulendes Fleisch, Verzweiflung und vor allem *Hunger*.

Hunger, wie ich ihn noch nie erlebt hatte – von dem ich nicht gewusst hatte, dass er existierte. Es war ein allumfassender, alles verzehrender Hunger. Auf der ganzen Welt gab es nicht genug Nahrung, um den Hunger dieser Kreatur zu stillen.

Ich begann, in den Gedanken des Wesens zu forschen, und zwang meine Macht tiefer in den Geist der Kreatur.

»Geh etwas näher«, sagte ich zu Reyna. Sie holte tief Luft und gehorchte dann.

Das Ding schlug nach ihr, und ein anderes, starkes Gefühl durchbrach den Hunger.

Erlösung.

Ich runzelte die Stirn. Erlösung vom Hunger? War ihr Fleisch anders als das der anderen?

Ja ... Das Wesen glaubte, dass Reyna ihm Erlösung schenken könnte. Sättigung. Sie war anders.

»Hast du, was du brauchst?« Reynas Stimme klang angespannt, und ich ließ meine Schatten zurückweichen.

Ich wollte sie nicht weiter quälen.

»Ja.«

»Freya sei Dank, lass uns ...« Aber sie beendete ihren Satz nicht. Sie schwankte einen Moment lang auf ihren Füßen, und ihre Augen wurden glasig.

Ich fluchte und trat auf sie zu, um sie zu stützen. Ihre Haut war feucht und kalt, und sie schnappte nach Luft. Für einen kurzen Moment huschte ein Ausdruck von Klarheit über ihr Gesicht, dann wurde ihr Blick wieder leer.

Sie hatte mir erzählt, dass sie drei oder vier Wellen von Visionen erlebte.

Eine Schweißperle rann über ihre Schläfe, und ihre Hände zitterten.

Ich hatte das verursacht. Sie hatte nicht hierherkommen wollen, und ich hatte sie dazu gezwungen.

Ich bemühte mich, meine Wut nicht auf meinen Griff um ihren Arm übergehen zu lassen, und beobachtete, wie sie von der dritten Welle überrollt wurde. Ihre Brust hob und senkte sich unter schweren Atemzügen.

Der Hungernde kreischte und rüttelte am Gitter, und ich überlegte, ob ich Reyna hochheben und aus den Kerkern tragen sollte.

Noch ehe ich es tun konnte, klärte sich jedoch ihr

Blick, der sich sofort auf mich richtete. »Können wir jetzt bitte gehen?«

»Kannst du gehen?«

»Um hier herauszukommen, würde ich verdammt noch mal dafür sorgen, dass ich fliegen kann«, krächzte sie.

Rasch verließen wir die Kerker, und als wir außer Hörweite des Hungernden waren, kehrte etwas Farbe in ihre Wangen zurück. Sie sprach jedoch erst, als wir die Schlangensuite erreicht hatten. Das Wohnzimmer war leer, und sie ging sofort zum Getränkeschrank.

»Was hast du in seinen Gedanken gesehen?«

»Er will dich. Es glaubt, dass du anders bist. Dass du seinen Hunger stillen kannst.«

Ihre Hände zitterten, als sie ein Glas von etwas einschenkte, das wie der Brennnesselwein aussah, den Frima mochte.

»Warum?«

»Ich glaube nicht, dass er die Fähigkeit hat, zu verstehen, warum. Nicht einmal als Konzept.«

Enttäuschung zeichnete sich auf ihrem Gesicht ab, als sie ihren Kopf in meine Richtung drehte. »Also war es umsonst.«

»Nein. Es bestätigt, dass sie deinetwegen hier sind.«

Sie schaute weg. »Das wussten wir bereits«, sagte sie leise.

»Was hast du in deiner Vision gesehen?«, fragte ich. »Wieder die Älteste?«

Sekundenlang schwieg sie, dann sagte sie: »Ja. Aber sie hat nicht mit mir gesprochen. Und der Hintergrund war ein anderer.« Sie nahm einen großen Schluck von ihrem Glas. »Normalerweise ist es eine Höhle oder so etwas, und ich kann weitere Hungernde sehen. Dieses Mal kämpften Leute draußen. Es war verschwommen, aber ich sah jemanden, der an einen Baum gefesselt war. Ich glaube, sie haben ihn angezündet. Die Älteste sah zu, drehte sich dann zu mir um und lachte.« Reyna schauderte, dann leerte sie das Glas und schloss die Augen. »Ich verstehe nicht, wie ich etwas mit ihnen zu tun haben kann. Mit etwas so ...«

Sie beendete den Satz nicht. Sie würde mir gegenüber nicht zugeben, dass sie Angst hatte.

Wenn man bedachte, dass diese Kreaturen bereits ihr ganzes Leben lang in ihren Geist eingedrungen waren, ergab ihre Furcht vor Gedankenmagie Sinn. Die Angst, die ich nach dem Schlangenangriff in ihr ausgelöst hatte, ergab Sinn.

Jeder Instinkt in mir drängte mich dazu, durch den Raum und auf sie zuzugehen.

Ich öffnete meinen Mund und wollte ihr sagen, dass ich solch überwältigende Angst nur zu gut kannte.

Dass ich Respekt davor hatte, dass sie sich ihr gestellt hatte, wo andere aufgegeben hätten.

Dass ich nie wieder zulassen würde, dass sie sich vor etwas fürchtete, wenn ich es verhindern konnte.

Ich schaffte es gerade noch rechtzeitig, meinen Mund zu schließen und meine Füße zu beruhigen.

Ich wusste, was passieren würde, wenn ich sie tröstete. Wenn ich meine Wut und mein Misstrauen so schnell vergaß.

Ich brauchte meine Wut. Ich brauchte dieses Misstrauen, um uns weit genug voneinander fernzuhalten, um das zu vollbringen, was das Schicksal für uns geplant hatte.

»Schlaf etwas. Es wird bald Tag, und ich muss Kriegsrat halten.«

KAPITEL 7

REYNA

Die sanfte Berührung einer Hand an meiner Wange riss mich aus meinem unruhigen Schlaf. Ich schreckte auf, tastete nach dem Handgelenk des Eindringlings und fluchte, als meine verletzten Finger schmerzten.

»Reyna, ich bin es.«

»Kara.« Als ich blinzelte, erkannte ich sie verschwommen. »Freya sei Dank, es geht dir gut.«

Sie beugte sich vor und drückte mich in die Kissen. »Dank dir, habe ich gehört.«

»Eigentlich dank Mazrith.« Sie ließ nicht los, also blieb ich im Bett liegen, während ihr kleiner Körper an meine Seite geschmiegt dalag.

»Reyna?«, flüsterte sie.

»Ja?«

»Erzähl es Lhoris nicht, aber ich glaube nicht, dass diese Fae böse sind.«

»Es freut mich, das zu hören, denn ich glaube, wir

sind einer Meinung«, flüsterte ich zurück und drückte sie fester an mich.

Sie nahm meinen Arm und blickte auf meine Hand. »Sie sehen wund aus.«

»Das sind sie, aber gestern war es noch viel schlimmer. Maz hat das Skorpiongift entfernt.«

»Maz?«

»Ja, der große, böse Fae, das uns gefangen genommen hat?«

Sie kicherte. »Ich weiß, wer er ist. Du hast ihn nur noch nie Maz genannt.«

Ich runzelte die Stirn. Sie hatte recht. So hatte ich ihn noch nie genannt. »Hmm. Nun, ich habe beschlossen, ihm zu vertrauen.«

»Das ist wahrscheinlich klug.«

Nach dem Besuch in den Kerkern hatte ich trotz meiner Müdigkeit eine Weile gebraucht, um einzuschlafen. Es waren Stunden vergangen, in denen ich gewusst hatte, dass ich nicht einschlafen konnte, ohne sofort von Albträumen heimgesucht zu werden. Nachdem das Adrenalin versiegt war, das der Besuch bei der Kreatur und meine verblüffende, neue Vision aufgelöst hatten, waren meine Gedanken wieder zu Mazrith gewandert. Die Erleichterung darüber, dass er seinen Zorn überwunden hatte und ich ihm nichts mehr verheimlichen musste, war stärker, als ich mir vorgestellt hatte.

»Kara, ich möchte dir etwas sagen.« Ich richtete mich auf und schob sie zur Seite. Sie setzte sich hin und zog sich eine Felldecke um die Schultern.

»Mein Bett ist nicht so schön«, sagte sie.

»Das ist das Bett des Prinzen. Es ist wahrscheinlich das Schönste im ganzen Hof.«

»Abgesehen von dem seiner verrückten Stiefmutter.«

»Mir wird schon schlecht, wenn ich nur daran denke, wie ihr Bett aussieht. Wie auch immer, hör zu. Gestern Abend habe ich dem Prinzen ein paar Dinge über mich erzählt, von denen sonst nur Loris weiß. Und ich möchte, dass du sie ebenfalls erfährst.«

»Aber was, wenn die Königin ...« Ich hob meine Hand.

»Ich habe darüber nachgedacht. Lhoris weiß davon, also wird sie es so oder so erfahren. Vielleicht weiß sie es bereits.«

Kara schüttelte den Kopf. »Nur, wenn sie es getan hat, während wir schliefen. Keiner von uns erinnert sich an irgendetwas.«

»Nun, hoffentlich hat sie die Wahrheit gesagt und ist nicht in eure Köpfe eingedrungen. Wie auch immer, ich möchte, dass du es erfährst. Du bist mehr als eine Freundin, du bist meine Familie, und es fühlt sich falsch an, dass du es nicht weißt.«

Von den Deckenbalken war ein Flügelschlag zu hören. »Komm runter, Voror. Ich schätze, ich schulde auch dir eine Erklärung.«

»Ich war anwesend, als du es dem Prinzen erzählt hast, aber ich werde noch einmal zuhören, bevor ich meine äußerst wertvolle Meinung vorbringe.«

»Zu freundlich.«

Ich erzählte Kara alles. Beim zweiten Mal war es einfacher, obwohl die Worte nicht mühelos flossen. Ich wusste nicht, ob Kara es genauso gefasst aufnehmen würde wie der vom Krieg gezeichnete Schatten-Fae-Prinz, aber zu meiner Erleichterung rannte sie nicht schreiend davon, als ich fertig war. Stattdessen starrte sie mich aus großen Augen an.

»Reyna, er hat recht. Du kannst kein Mensch sein«, sagte sie schließlich.

Ich blickte sie finster an. »Komm schon. Wie könnte ich etwas anderes sein?«

»Du weißt nicht, wer deine Eltern sind.«

»Schau mich an. Ich bin genauso sehr ein Mensch wie du.«

Sie schüttelte nachdrücklich den Kopf. »Ich habe keine Visionen von Monstern oder sehe durch die Augen eines anderer. Das ist Magie.«

»Es ist Magie, da hast du recht, aber sie muss von jemand oder etwas anderem kommen.«

Ich blickte Hilfe suchend zu der Eule. »Ich bin jetzt weniger überzeugt von meiner ursprünglichen Theorie«, sagte er.

»Was? Warum?«

»Damals wusste ich noch nicht, dass du schon als Kind Visionen hattest.«

»Diese Visionen sind anders.«

Er flatterte mit den Flügeln. »Gedankenmagie ist Gedankenmagie.«

»Gedankenmagie?« Ich starrte ihn an.

»Was sagt er?«, fragte Kara, und ich gab es für sie wieder. »Ich denke, er hat recht. Für mich klingt es eindeutig nach Gedankenmagie«, sagte sie.

»Aber nur Schatten-Fae haben Gedankenmagie, und ich bin eindeutig keine Schatten-Fae.« Ich streckte mein Handgelenk aus. »Schau, ich habe eine goldene Rune. Nur *menschliche Geldgeber* haben das.«

Beide blickten auf die goldene Rune und dann auf die schwarze daneben.

»Könnte dir das Zeichen des Prinzen Magie verliehen haben?«, fragte Kara zweifelnd.

»Ich denke, das hätte er gestern Abend erwähnt. Aber vielleicht frage ich ihn.«

Voror gab einen kurzen Schrei von sich. »Du hast seit deiner Jugend Visionen von Monstern gehabt. Die Rune hat nichts damit zu tun.«

Ich seufzte und erzählte Kara, was er gesagt hatte.

»Das Zeichen könnte deine Spionage-Visionen verursachen, wenn du diese erst seit deiner Ankunft hast«, schlug sie vor.

Bei dem Wort »Spionage« rümpfte ich die Nase, sagte aber nichts. Es war die treffendste Beschreibung, um sie von den anderen Visionen zu unterscheiden. Könnte Mazrith mit dem Zeichen Schattenmagie auf mich übertragen haben?

»Nur um ganz sicherzugehen: Die Spionage-Visionen haben dir geholfen?«

»Ja. Ohne sie hätte ich das letzte Spiel nicht gewonnen. Obwohl Rasa unglaublich war.« Ich verspürte auf einmal den intensiven Wunsch, das Pferd zu besuchen, und schwang meine Beine aus dem Bett.

»Dann werden sie dir vielleicht von einem mächtigen Verbündeten geschickt und haben nichts mit den anderen zu tun.« Plötzlich strahlte sie mich an. »Ich bin so froh, dass du gewonnen hast. Ich wünschte, ich hätte sehen können, wie du diesen schrecklichen Gold-Fae besiegt hast. Heißt das, dass du einen Zopf bekommst?«

Ich hielt inne und nahm Hosen, ein schwarzes Hemd und mein ledernes Mieder aus dem Kleiderschrank. »In dem ganzen Durcheinander habe ich nicht wirklich darüber nachgedacht ...«

Es klopfte an der Tür, dann wurde sie aufgestoßen. Frima steckte den Kopf herein. »Mazrith will dich wegen all diesen geheimen Sachen sprechen, sobald du bereit bist.«

Ich nickte ihr zu und erinnerte mich an die Jade, die in meiner Kommode versteckt war. Wir mussten die Statue reparieren.

Als die Tür wieder zu war, kletterte Kara vom Bett und kam auf mich zu. »Ich denke, alles, was mit dir passiert, hängt zusammen. Und was auch immer du und der Prinz tut, wird hoffentlich ein paar Antworten liefern.«

Ich biss mir auf die Lippe. »Was ist mit den Hungernden?«

»Mazrith wird nicht zulassen, dass sie dich kriegen«, sagte sie überzeugt.

»Ich meine, warum habe ich eine Verbindung mit ihnen? Was, wenn das nicht nur mit dem zu tun hat, was seit unserer Ankunft hier im Schattenhof passiert ist?«

Sie schenkte mir ein schwaches Lächeln. »Der Prinz hat dich entführt. Die Hungernden wollen dich.« Sie zeigte auf Voror. »Eine magische Eule ist zu dir gekommen. Das Schicksal wird dir Antworten liefern, Reyna. Du musst nur lange genug überleben, um sie zu finden.«

Ich beugte mich vor, um sie zu umarmen.

Sie hatte recht. Ich durfte mich nicht von den Hungernden, der Königin, Lord Orm – von keinem von ihnen – aus der Fassung bringen lassen. Wenn Mazrith und ich den Nebelstab fanden, konnten wir seinen Fluch brechen und die verdorbene Königin ihrer Macht entheben. Vielleicht war es das, was das Schicksal *Yggdrasils* verändern würde, das, wozu ich bestimmt war: Die Wiederherstellung des Schattenhofs durch einen ehrenvollen Herrscher könnte massive Auswirkungen auf die Welt haben.

»Wie kann jemand, der so jung ist, so weise sein?«, murmelte ich in Karas Haar.

Sie erwiderte meine Umarmung. »Auf die gleiche Weise, wie du stark bist«, flüsterte sie zurück.

KAPITEL 8
REYNA

Als Mazrith und ich eine Stunde später die Statue unter dem Berg erreichten, war ich gezwungen, auf Karas Vertrauen in meine Stärke zurückzugreifen. Sie wusste nichts von meiner neu entdeckten Höhenangst – im Gegensatz zum Prinzen.

Kaum war er aus dem Boot gestiegen, reichte er mir seine Hand, und anders als zuvor nahm ich sie. Ich setzte mich auf den Stein, damit meine Beine nicht zu sehr zitterten, und rutschte dann vor ihm über den Stein.

Die Scham, die ich beim letzten Mal darüber empfunden hatte, war verschwunden. Ich war mir nicht sicher, ob es daran lag, dass Mazrith bereits wusste, dass ich nicht in der Lage war. Über die Brücke zu gehen, oder ob ich mich tatsächlich weniger über meine Angst schämte.

Als wir die ausgestreckte, steinerne Hand erreicht hatten, stand ich vorsichtig auf, und Voror segelte herab und landete auf dem Steinkopf einer der gesichtslosen Statuen.

Ich ging vorsichtig auf die Statue des Schatten-Fae zu, Mazriths massige Gestalt war direkt hinter mir. »Also dann.« Ich fischte die Jade aus meiner Tasche und beugte mich über die Spitze des Stabes. Ich holte tief Luft und setzte den Edelstein an die Stelle, an der sich eine Lücke befand. Die Jade haftete augenblicklich am Stab, als wäre er magnetisch. Ein hoher Ton ertönte, und ich trat von der Statue zurück. Sie hob langsam ihren Stab, genau wie es auch die andere getan hatte, und begann zu sprechen.

»Raben rufen, eine Schlange zischt,
    Alles verborgen im Sternenlicht.
    Bittere Gewalt und Eitelkeit,
    Ewig verlorene Zurechnungsfähigkeit.
    Nirgends ein Kampf oder erhobene Klingen,
    Sanfte Wellen an den Küsten singen.
    Tiefe Schatten halten die Insel frei,
    Ein Talisman des Thor ist der Schlüssel dabei.
    Rangfolge oder Ehebund,
    Nobles Königsblut siegt aus gutem Grund.«

»Schnell, schreib es auf«, sagte ich. »Hoffentlich ergeben die Anfangsbuchstaben auch diesmal ein Wort.«

Mit Vorors Hilfe schrieben wir das, was die Statue gesagt hatte, auf.

Ich runzelte die Stirn, als ich mir die Wörter

anschaute. »Raben ...«, begann ich, aber Mazrith übertönte mich.

»Rabenstern.«

»Was ist das?« Ich sah zu ihm auf. Der aufmerksame Blick seiner Augen wanderte über die Zeilen, aber in diesem Moment fiel mir ein Licht auf.

Von einer der Statuen schwebte eine Rune empor.

Von einer der gesichtslosen Statuen.

»Schau!«

Mazrith wirbelte herum. »Was?«

»Da ist eine Rune. Du siehst sie nicht?«

»Nein. Kannst du sie lesen?«

Ich ging vorsichtig darauf zu, als sie am konturlosen Kopf der Statue vorbeischwebte. Sie war leuchtend lila, und ich hatte noch nie eine Rune in dieser Farbe gesehen. Ich erkannte sie nicht, und doch wusste ich irgendwie, was sie bedeutete.

»Sternenstein?«

Mazrith gab einen zischenden Laut von sich, und ich drehte mich wieder zu ihm um. »Weißt du, was das bedeutet?«

Er nickte mit ernster Miene. »Ja. Und es ist unmöglich.«

Ich verzog das Gesicht. »Alles, was mit uns passiert, scheint unmöglich zu sein.«

Seine Augen verengten sich. »Siehst du die erste Hälfte des Rätsels, in der es um Raben und Schlangen und keine Kämpfe geht?« Er zeigte darauf.

»Ja.«

»Es bezieht sich auf eine Insel namens *Rabenstern*. Es

ist ein spiritueller Ort des Friedens, welcher der Königsfamilie des Schattenhofs vorbehalten ist.«

»Oh. Aber du bist ein Teil der Königsfamilie, warum sollte das also ein Problem sein?«

»Die Insel kann nur mithilfe eines Amuletts betreten werden, eines, das meiner Familie von den Göttern selbst geschenkt worden war und über Generationen hinweg weitergegeben wurde.« Er zeigte noch einmal darauf. »Thors Talisman.«

Ich betrachtete die Amulette um seinen Hals, und meine optimistische Entschlossenheit geriet ins Wanken. »Ich nehme an, dass es keins von denen ist.«

»Nein. Es ging mit dem Tod meines Vaters verloren.«

»Oh.« Ich kaute auf meiner Unterlippe herum. »Aber es gibt doch sicherlich einen anderen Weg zur Insel. Können wir nicht einfach ein Boot nehmen?«

Er warf mir einen langen Blick zu, dann seufzte er. »Komm mit.«

»Ich wünschte, du hättest einen dieser Zauberwürfel vom Palast«, keuchte ich. Wir waren mehr Treppen hinaufgestiegen, als ich in meinem ganzen Leben gesehen hatte. Ich hatte flüchtige Blicke auf das Äußere des Palastes geworfen und mehrere hohe Türme erkannt, die mit schmalen Brücken verbunden waren, wobei die mittleren zwei höher waren als der Rest. Ich war mir ziemlich sicher, dass wir uns jetzt in einem der mittleren Türme befanden.

»Sprich nicht darüber, wenn andere dich hören könnten«, sagte der Prinz vor mir.

Ich verdrehte die Augen. »Hier ist niemand. Was verständlich ist. Wie hoch sind wir schon?«

»Fast ganz oben.«

»In welchem Turm sind deine Gemächer?«

»Der Westflügel des Palastes gehört mir. Er umfasst zwei benachbarte Türme.«

»Dir gehört ein ganzer Flügel?«

»Ja.«

»Warum sieht dann nur die Schlangensuite anders aus als der Rest des Palastes? Ich war davon ausgegangen, dass alles, was in dieser schrecklichen Blutfarbe bemalt ist, deiner Stiefmutter gehört.«

»Ich hatte Besseres zu tun, als alle Wände neu zu streichen«, murmelte er.

Ich zuckte mit den Schultern. Das konnte ich nachvollziehen.

Die Treppe wurde schmaler, je höher wir stiegen, sodass wir uns nun in einer engen Spirale befanden. Es war Ewigkeiten her, seit ich das letzte Mal einen Treppenabsatz oder eine Tür gesehen hatte.

Die Wände hatten jedoch immer noch diese verhasste Farbe.

Schließlich endete die Treppe. Oben befand sich eine einzelne Steintür, ohne Dekoration oder sonstige Hinweise darauf, dass sie wichtig war.

Mazrith öffnete sie, und die kühle Brise des Schattenhofs wehte uns entgegen. Ich holte tief Luft. Als ich Mazrith durch die Tür folgte, war diese Luft aber gleich wieder weg, denn ich stieß ein ehrfürchtiges Keuchen aus.

Wir waren auf einer Brücke angekommen, welche die beiden Türme verband, und die Aussicht war atemberaubend.

Wir waren so weit oben, dass wir von nichts als einem tiefschwarzen Himmel umgeben waren, der *voller* Sterne war. Sie funkelten in der Schwärze, klar und hell, wie ein Hoffnungsschimmer inmitten der Dunkelheit.

Mazrith begann, über die Brücke zu gehen. Ich folgte ihm langsam und zwang mich dazu, auf den Berg und auf die Landschaft unter mir zu schauen. Hinter den Palastmauern, so weit unten, dass ich es nur noch knapp erkennen konnte, waren die Umrisse von Wäldern und Siedlungen zu sehen, die von den wechselnden Schatten und tanzenden Lichtern verschluckt wurden. Mein Blick blieb an dem dichten Wald hängen, der den Fuß des Berges umgab und aus dieser Höhe kaum zu erkennen war.

Waren die Hungernden jetzt da unten und starrten zu mir hoch?

Auf halbem Weg über die Brücke blieb Mazrith stehen. Ich beugte mich zögernd über das Geländer und suchte nach einer Insel im Wasser. Als ich nichts fand, ging ich auf die andere Seite. »Von hier aus kann man den gesamten Berg sehen«, murmelte ich und ließ den Blick umherschweifen. »Aber ich kann keine Inseln erkennen. Ist sie mit Schattenmagie versteckt?« Es gab viele Türen und Höhlen, die unsichtbar gewesen waren, bis Mazriths Schatten sie enthüllt hatten.

»Sie ist weder versteckt noch da unten.«

Ich drehte mich zu ihm um und blinzelte langsam. »Wie bitte?«

Er ging zum Geländer und zeigte dann *nach oben*.

Ich folgte seinem ausgestreckten Arm.

»Ich sehe nichts.«

»Du musst wissen, wonach du suchst. Am besten zeige ich es dir.«

Ich sah ihn an. »Du willst in meinen Kopf eindringen.«

»Ich möchte ein Bild projizieren. Es ist nicht anders, als wenn ich in Gedanken mit dir spreche. So wie es auch deine Eule tut.«

Ich biss die Zähne zusammen und nickte dann. »Okay.«

Die Überraschung in seinen Augen war deutlich, doch dann neigte er zustimmend den Kopf.

Ein Bild tauchte in meinem Kopf auf, genau wie damals, als Orm mir Bilder geschickt hatte. Es war anders als meine Visionen, denn kein anderer Teil von mir wurde berührt, und keine anderen Sinne wurden angesprochen. Es war, als würde ich ein Gemälde betrachten.

Das Bild zeigte Sterne, doch sie sahen irgendwie anders aus. Starrer. Zusammen bildeten sie eine Reihe funkelnder Punkte, die sich zu *etwas* zusammenfügten.

»Schau dir die Position der hellsten Sterne an. Sie erzeugen eine Form, die aussieht wie ...«

»Eine Krone«, hauchte ich und erkannte die Konstellation, als er das sagte.

»Ja.«

Das Bild in meinem Kopf verblasste, und ich schaute wieder nach oben und suchte nach dem Muster.

Als ich es sah, kam es mir vor, als würden sich die Sterne verschieben. Licht tanzte und wanderte über das leere Stück Himmel, und innerhalb weniger Augenblicke konnte ich eine Insel erkennen. Mitten im Himmel schwebend, ganz aus Sternen bestehend, mit einem kleinen, aber beeindruckenden Gebäude, das darüber emporragte.

»Wie ist das möglich? Es sieht nicht einmal solide aus.«

»Es ist eine Illusion. Die Insel ist so solide wie der Stein, auf dem wir stehen, wenn man näher kommt.«

»Und wie kommen wir näher?«

»Der Talisman aktiviert eine Brücke. Von hier aus.« Er tippte mit der Hand auf das Geländer, und ich bemerkte eine kleine, eingemeißelte Schlange, die eine Krone trug. Ich hätte sie nie entdeckt, da die Linien nicht tief genug waren, um das sich bewegende Licht einzufangen.

Ich schaute zurück zur Insel und konnte den Blick nicht mehr von den schimmernden Lichtpunkten abwenden, welche den Eindruck erweckten, als wäre sie gar nicht da.

Ich musste dorthin gelangen. Dieser Wunsch durchströmte mich mit einer solchen Kraft, dass ich mich fragte, ob es Teil der Magie dieses Ortes war.

»Es muss einen anderen Weg geben, um die Brücke zu aktivieren. Sicherlich haben deine Vorfahren mehr als eine Möglichkeit geschaffen, oder? Was, wenn das Amulett beschädigt worden oder verloren gegangen wäre?«

»Es ist verloren gegangen«, knurrte Mazrith.

Ich sah ihn von der Seite her an. »Können wir es wiederfinden?«, fragte ich zögernd, da ich wusste, wie empfindlich er reagierte, wenn man seine Eltern erwähnte.

Zu meiner Überraschung verkrampfte er sich nicht und blickte auch nicht finster drein. Er seufzte, legte einen Arm auf das Geländer und betrachtete die Schlange darauf.

»Um das Amulett zu finden, müsste ich meinen Vater finden. Und mir wäre es lieber, wenn er bleiben würde, wo er ist.«

Ich starrte ihn an. Er sprach freiwillig über seine Eltern.

»Du weißt nicht, wo er ist?«

Mazrith sah zu mir auf. »Was sagen die Gerüchte in den anderen Höfen, was mit ihm passiert ist?«

»Er soll im Kampf gefallen sein.«

»Im Kampf gegen wen?«

»Es variiert.«

»Meine Mutter starb vor fast fünf Jahren. Wenige Monate später bestieg meine Stiefmutter ihren Thron. Fast genau ein Jahr später verschwand mein Vater. Die neue Königin teilte dem Hof mit, dass er beschlossen habe, sich auf die Suche nach den Göttern zu machen, um herauszufinden, warum sie uns vor all den Jahren verlassen haben. Als Beweis dafür, dass er sie ausgewählt hatte, um in seiner Abwesenheit den Hof zu regieren, präsentierte sie seinen Stab.«

»Den Nebelstab.«

Mazrith nickte. »Ja. Der Stab eines Fae kann nach seinem Tod genommen oder aus freiem Willen übergeben werden. Es ist nicht möglich, ihn zu stehlen. Aber da du eine Runenträgerin bist, hast du das sicherlich bereits gewusst.«

»Ja.« Ich nickte. »Der Hof hat ihr also geglaubt?«

»Selbst wenn nicht, hätten sie keine Wahl gehabt. Meine Stiefmutter machte sich daran, an den anderen Höfen Gerüchte darüber zu verbreiten, dass er in einem tapferen und ehrenvollen Kampf gefallen sei, und teilte dem Schattenhof mit, dass er eines Tages als ein glorreicher Krieger von den Toten zurückkehren würde, dass er wahrscheinlich selbst ein Gott wäre, und ganz *Yggdrasil* sich vor Ehrfurcht verbeugen würde.«

»Du denkst, sie hat ihn getötet.«

»Natürlich.« Er richtete seinen Blick wieder auf die Schlange. »Ich hoffe, sie hat ihn getötet.«

Meine Augenbrauen hoben sich. »Du mochtest deinen Vater nicht.«

»Das ist eine Untertreibung. Er war ... nicht sehr nett zu meiner Mutter.«

»Und du hast sie geliebt.« Das wusste ich aus meiner Vision.

»Sehr.« Er seufzte, dann blickte er wieder zu mir auf. Seine Augen waren voller Emotionen. »Die Königin mag sadistisch und verrückt sein, aber es ist leichter, damit umzugehen als mit dem ständigen Blick meines Vaters.

Meine Mutter hatte versucht, mir zu helfen, aber während mein Vater noch lebte, konnte ich ihre Arbeit nicht fortsetzen. Ich nutzte seine unerwartete, aber willkommene Abwesenheit, um das zu tun, worauf mich meine Mutter vorbereitet hatte. Dich zu finden.«

Ich leckte mir über die trockenen Lippen. »Es tut mir leid.«

Er hob die Augenbrauen. »Dass er tot ist? Ich wünschte, ich hätte ihn selbst getötet.«

»Nein. Dass du deine Mutter verloren hast. Ich habe keine Eltern, aber ich weiß, wie ich mich fühlen würde, wenn Lhoris etwas passieren würde.«

Etwas, was möglicherweise Schmerz war, huschte über sein Gesicht. »Ich werde mich nicht mit Reue herumschlagen, aber eines sollst du wissen: Hätte ich dich zu einer Zusammenarbeit bewegen können, ohne sein Leben zu bedrohen, hätte ich es getan.«

Seine Worte waren sanft und aufrichtig und lösten Gefühle in mir aus, die meine Wangen heiß werden ließen.

Aber er hätte ihn getötet. Ich wusste, dass er es getan hätte.

Was auch immer das Schicksal mit uns vorhatte, es war größer als Lhoris, Mazriths Mutter, vielleicht sogar größer als wir beide.

Mazrith hatte mich dazu bringen müssen, ihm zu helfen. Und er hatte mich um jeden Preis vor seiner Stiefmutter beschützen müssen. Ich warf einen Blick auf die schwarze Rune an meinem Handgelenk, die mich an meinen Entführer band.

Hätte ich das Gleiche getan?

»Ich glaube dir«, hauchte ich, während ich weiter auf die Rune starrte.

Er berührte meine Wange, und ich zuckte zusammen und sah ihn an. »Wir werden es schaffen. Und es wäre schön, wenn wir einander vertrauen könnten.«

Ich nickte und vertrieb meinen Groll. Langsam ließ er seine Hand sinken. Es wirkte ... widerwillig?

»Ja«, sagte ich und nickte energisch. »Wir müssen die Insel erreichen, um den Sternenstein zu finden. Und wenn uns das Amulett deines Vaters nicht helfen kann, muss es etwas anderes geben, dass uns dorthin bringen kann.«

Mazrith blickte die Insel an, dann sah er wieder zu mir. »Vielleicht hast du recht.«

»Ich muss recht haben. Oder unsere Reise endet hier.«

Schatten wirbelten in seinen Augen. »Wir werden einen anderen Weg finden.«

KAPITEL 9

REYNA

Wir waren uns einig, dass uns etwas zu essen beim Nachdenken helfen würde, also machten wir uns auf den Weg zurück zu der Schlangensuite. Als wir jedoch die Gemächer des Prinzen erreichten, wartete dort eine königliche Wache auf ihn.

»Mein Prinz«, sagte der Fae, senkte den Kopf und reichte Mazrith ein zusammengerolltes Stück Papier.

Mazrith nickte ihm zu, und wir betraten seine Gemächer. Er ging direkt in den Kriegsraum, wo Brynja dabei war, Platten mit Pasteten aufzustellen. Frima, Svangrior und Ellisar saßen auf der einen Seite des massiven Tisches und Lhoris und Kara auf der anderen. Kara wirkte deutlich entspannter als Lhoris, wenn es darum ging, mit den Kriegern des Prinzen zu essen.

»Maz«, sagte Frima zur Begrüßung und schob sich ein großes Stück Fleischpastete in den Mund.

Er hielt die Schriftrolle hoch. »Wir haben eine

Botschaft erhalten.« Alle hielten inne und sahen ihn an. Ich ließ mich auf dem nächsten freien Stuhl nieder und zog langsam ein Stück Pastete heran, während er begann, die Schriftrolle laut vorzulesen.

»Mitglieder des Schattenhofs und werte Fae-Gäste, wisset, dass es der Garde meines Hofes gelungen ist, die unnatürlichen Kreaturen zu beseitigen, die in den letzten Nächten unsere Grenzen heimgesucht haben.«

Svangrior unterbrach ihn mit einem Schnauben. »Sie meint, *wir* haben sie daran gehindert, weiter in den Schattenhof vorzudringen, während sie auf der faulen Haut lag und die schlechtesten Kämpfer ausschickte, um ihre Geschichte zu bestätigen, anstatt die königliche Garde zusammenzutrommeln.«

Mazrith hob eine Augenbraue und fuhr dann fort. »Es wurde einstimmig beschlossen, dass Ereignisse wie Angriffe der Untoten unser einzigartiges *Leikmot* nicht unterbrechen sollten. Daher wird die nächste Runde der Spiele in zwei Tagen im Eishof stattfinden.«

Alle sahen sich gegenseitig an.

»Zwei Tage sind nicht viel Zeit. Glaubst du, dass der Wurzelfluss frei von Hungernden sein wird?«

»Es wird eine gefährliche Reise werden.«

»Ich kann mir vorstellen, dass die Eis-Fae bereits jetzt aufbrechen, aber der Rest von uns wird als Flotte reisen – die Hungernden werden keine Chance haben.«

Ich hörte den Kriegern nur mit einem Ohr zu.

Wir würden den Eishof besuchen.

Während all der Jahre, in denen ich geplant hatte, meinen Herren zu entkommen und irgendwo unterzutauchen, hatte ich alle möglichen Vorstellungen darüber entwickelt, wie die anderen Höfe wohl aussehen und welche Geheimnisse und Wunder sie bergen könnten.

Und jetzt würde ich den Eishof tatsächlich zu Gesicht bekommen.

Vor ängstlicher Aufregung wurde mir flau im Magen, und ich aß noch etwas Pastete, um mich zu beruhigen.

»Steht da noch mehr?«, fragte Frima und deutete auf die Schriftrolle.

»Ja.« Mazrith räusperte sich und las weiter. »Um den Beginn der Spiele im Eishof zu feiern, werden die Eis-Fae einen Maskenball veranstalten, gefolgt vom ersten Spiel, das im Morgengrauen beginnt. Unterzeichnet, Königin Andask.«

»Ihr seid besessen von Festen«, grummelte ich mit vollem Mund, aber niemand hörte mich.

»Bei unserem Besuch im Eishof ist größte Vorsicht geboten«, sagte Svangrior und schöpfte sich Karotten auf seinen Teller.

»Das sehe ich genauso. Hast du den Hass in Lady Kaldars Augen gesehen? Sie macht ein Gesicht, als wäre sie mit einer verdammten Makrele geschlagen worden«, sagte Ellisar.

Er hatte recht. Der Hass, den ich gespürt hatte, als ich durch die Augen der Eis-Fae gesehen hatte, war stark und brennend gewesen.

»Ich glaube nicht, dass wir von Lady Kaldar etwas zu befürchten haben«, sagte Mazrith. »Es ist Orm, der mir Sorgen macht.«

»Habt ihr gesehen, wie er und die Königin sich angesehen haben, als ihr den Hungernden hereingebracht habt?«, fragte ich.

Frima nickte. »Sie reden miteinander, da bin ich mir sicher. Aber selbst sie hätten keinen Angriff der Hungernden inszenieren können.«

Ich schaute auf meinen Teller. Sie wussten nicht, dass die Hungernden den Hof angriffen, um an mich heranzukommen. Es hatte nichts mit der Königin zu tun.

Zu meiner Erleichterung ging das Gespräch schnell zu der Frage über, welche Art von Spiele sich die Eis-Fae ausdenken könnten.

Mazrith setzte sich auf den Stuhl neben mir und füllte seinen Teller. »Hoffen wir, dass die Spiele etwas mit Reiten zu tun haben werden«, sagte er leise.

Ich lächelte. »Das wäre toll. Bevor wir abreisen, würde ich gerne Rasa besuchen. Haben wir Zeit dafür?«

Er nickte. »Wir werden morgen etwas reiten. Heute muss ich meine Armee organisieren und sicherstellen, dass an der Grenze das getan wird, was ich befohlen habe. Die Wurzelflüsse müssen sicher befahrbar sein.«

Ich nickte und wusste auf einmal, wie ich den Rest des Tages verbringen wollte. Ich stand von meinem Stuhl auf und ging zu Frima hinüber, die Svangrior mit farbenfrohen Beleidigungen überschüttete.

Als ich sie erreichte, hielt sie inne und sah mich an. »Reyna.«

»Frima.« Ich beugte meine Finger und legte dann eine Hand auf den gefalteten Stab an meiner Hüfte. »Bist du, ähm, heute Nachmittag beschäftigt?«

Sie hob eine Augenbraue. »Wir befinden uns im Krieg.«

»Oh.«

»Aber mein *Heimskr* eines Herrn hat beschlossen, dass wir im Palast bleiben. Anscheinend sind wir hier nützlicher.« Sie warf Mazrith einen finsteren Blick zu, dann sah sie wieder mich an. »Worum geht es?« Sie warf einen Blick auf meinen Stab, und mir wurde klar, dass sie bereits wusste, was ich wollte. Aber sie wollte, dass ich darum bat.

»Könnten wir noch etwas trainieren?«

»Nur, wenn du Kriegsbemalung trägst.«

»Einverstanden.«

»Den wirst du heute nicht brauchen.« Frima zeigte auf den Stab, den ich gerade aus der Schlaufe gezogen hatte. Ich blickte sie stirnrunzelnd an.

Wir waren im Trainingsraum, ich hatte die blaue Kriegsbemalung aufgetragen und war bereit, loszulegen.

»Was? Warum brauche ich ihn nicht?«

»Du kannst reiten, Reyna. Du bist ein Naturtalent. Und es gibt eine Fähigkeit, die du erlernen kannst, die auf einem Pferd von entscheidendem Vorteil sein kann.«

Aufregung durchströmte mich. »Bogenschießen.«

Sie nickte. »Genau. Wenn du gelernt hast, sicher und präzise zu schießen, kannst du mit einem Pfeil viel mehr Schaden anrichten, als mit einem schweren Stock.«

Ich berührte abwehrend meinen Stab, und sie lachte.

»Hey, versteh mich nicht falsch, ich habe nichts dagegen, dass du deine Feinde mit deinem Stab schlägst. Aber eine andere Fähigkeit könnte viel bewirken.«

»Eines der Spiele könnte Bogenschießen sein«, überlegte ich.

»Ein weiterer Grund, es zu lernen. Für das heutige Training wirst du das hier benötigen.« Sie reichte mir ein Paar schwarze Lederhandschuhe. »Sie sind magisch, daher sollten die Wunden an deinen Händen gut geschützt sein.«

»Wie?«, sagte ich und nahm sie ihr ab.

»Sie sind zwergisch. Sehr stark.« Sie hielt inne und kniff die Augen zusammen. »Meine Mutter hat sie mir gegeben, also mach sie nicht kaputt.«

»Das sind deine? Danke.«

»Hm.«

Auf der gegenüberliegenden Seite des Raumes stellte sie eine Reihe von Zielscheiben auf und zeigte mir, wie man den Bogen richtig hielt. Ich war überrascht, wie leicht es sich anfühlte. Frima zeigte mir, wie man den Pfeil einlegte. Mein Arm schmerzte, als ich die straffe Bogensehne zurückzog, und sie klopfte mir auf Arme und Beine, um meine Haltung zu korrigieren.

Auf ihren Befehl hin ließ ich den Pfeil los und verfehlte das Ziel völlig.

»Noch einmal«, sagte Frima, noch ehe ich meinen Ärger und meine Enttäuschung ausdrücken konnte.

Ich zog einen neuen Pfeil aus dem Köcher auf dem Boden neben mir, legte ihn ein und zielte. Wieder korrigierte Frima meine Körperhaltung, hob meinen Ellbogen an, schob mein Kinn nach unten und drehte meine Hüften. Meine Muskeln zitterten, als ich die Haltung hielt und auf ihren Befehl wartete.

»Los.«

Ich feuerte den Pfeil ab, und es gab einen angenehmen Knall, als er die Zielscheibe traf.

Ein zufriedener Schrei kam über meine Lippen, und Frima schnaubte. »Du hast sie kaum getroffen.« Sie hatte recht. Einen Fingerbreit weiter außen, und der Pfeil hätte verfehlt.

»Aber ich habe es geschafft«, sagte ich grinsend.

»Noch einmal. Versuch dieses Mal, selbst die richtige Haltung einzunehmen.«

Ich verfehlte noch zweimal, aber mit Frimas Hilfe landete ich bald einen weiteren Treffer.

Je länger wir übten, desto schneller fand ich die korrekte Haltung und desto näher an der Mitte trafen meine Pfeile.

»Wenn du das Ziel zuverlässig triffst, üben wir, während du dich bewegst.«

»Großartig«, murmelte ich und hielt ein Auge geschlossen, als ich zielte. Wenn ich das je von einem Pferderücken aus versuchen würde, hätte ich weder die Zeit noch die nötige Stabilität, um meine Haltung anzupassen.

Ich ließ den Pfeil los, und er landete einen Zentimeter von der Mitte der Zielscheibe entfernt.

»Gut. Tut dein Arm schon weh?«

Ich warf ihr einen Blick zu, als ich den Bogen senkte. »Er schmerzt schon seit dem ersten Versuch.«

»Manchmal vergesse ich, wie zerbrechlich Menschen sind«, sagte sie.

»Ich wünschte, ich könnte das.« Zumindest war Frima der Meinung, dass ich tatsächlich ein Mensch war. Auch wenn sie das vielleicht nicht mehr wäre, wenn sie von den Visionen wüsste.

»Willst du aufhören?«

»Nein.« Ich schüttelte den Kopf. »Ich brauche nur etwas Met zum Abendessen.«

Sie trat auf mich zu und klopfte mir auf die Schulter. »Gute Antwort. Dieses Mal werde ich das Ziel bewegen.«

Wir übten, bis ich meinen Arm kaum noch lange genug heben konnte, um die Sehne aufzuziehen. Ich war in der Lage, die meisten sich bewegenden Ziele zu treffen, und ich hatte gelernt, meine Beine etwas anders zu stellen, um meinen Oberkörper an Ort und Stelle zu halten, während ich zielte. Als wir zu der Schlangensuite zurückkamen, war es spät. Frima verschwendete keine Zeit und schenkte mir das versprochene Glas Met ein.

»Du willst keinen?«, fragte ich sie. Zu meiner Überraschung war ich enttäuscht, dass sie sich nichts zu trinken eingeschenkt hatte.

»Nein. Ich muss Svangrior und Maz einholen. Du hast heute gute Arbeit geleistet.«

»Danke, dass du mir geholfen hast.«

Sie lächelte. »Beweise es im *Leikmot*.«

Ich nickte. »Ich werde mein Bestes geben.«

»Das weiß. Und dann noch etwas mehr.«

Nach dem Essen nahm ich ein langes Bad und ließ die Wärme des Wassers in meine schmerzenden

Muskeln eindringen. Die Wunden an meinen Händen waren schnell verheilt, aber trotz Frimas Handschuhen waren sie während des Trainings wund geworden.

Gerade, als ich unter die Bettdecke schlüpfte, klopfte es an meiner Tür, und ich erstarrte. Was, wenn es Mazrith wäre?

Ein Teil von mir wollte, dass er es war.

Ich hustete und rief: »Herein!«

Brynja stieß die Tür auf. Mir entwich ein wenig Luft, dann zwang ich mich zu einem Lächeln. »Hallo.«

»Mylady. Ich wurde gebeten, Euch das zu geben.« Sie kam herein und reichte mir ein Buch. Oben ragte ein Stück Papier heraus.

»Von wem?«

»Vom Prinzen.«

Sie wünschte mir eine gute Nacht und ging, und ich öffnete das Buch an der Stelle mit dem Stück Papier. »Ich denke, dass wir morgen früh in der Bibliothek etwas finden werden, das uns weiterhilft. Sei im Morgengrauen bereit. Mazrith.«

Ich schob das Papier zur Seite und sah, dass es auf der markierten Seite um das Schmelzen magischer Talismane ging. Ich drehte das Buch um und sah mir den Einband an. »Verzauberte und magische Metalle in *Yggdrasil*; eine Übersicht.«

Glaubte Mazrith, dass wir einen neuen Talisman herstellen konnten?

Ich würde es wohl im Morgengrauen erfahren.

KAPITEL 10

REYNA

Als ich am nächsten Tag mein Zimmer verließ, war ich überrascht, Tait in dem großen Sessel vor dem ausgebrannten Feuer vorzufinden. »Hallo, Tait.«

Der Schattenspinner blickte von einem Buch auf und lächelte. »Guten Tag, Reyna. Du hast zweifellos den Prinzen erwartet.«

Ich hielt mein Buch in die Höhe. »Du hast auch eins, oder?«

»In der Tat. Der Prinz hat mich gebeten, dich abzuholen. Er ist bereits in der Bibliothek.«

Ich folgte ihm aus der Schlangensuite hinaus, und wir wandten uns in die entgegengesetzte Richtung als sonst und gingen den Korridor entlang.

»Ich schätze, Mazrith hat dir alles erzählt, was wir herausgefunden haben?« Ich ging davon aus, dass er ihn sonst nicht in die Bibliothek eingeladen hätte.

Tait nickte. »Ja, ja. Sehr interessant, diese ganze

Sache. Es ist unbegreiflich, wie lange es her sein muss, dass diese Spur gelegt wurde.« Er verlangsamte sein Tempo, um mich über seine Brille hinweg anzusehen. »Und du weißt wirklich nicht, wer deine Eltern sind?«

Sie ist kein Mensch.

Ich versteifte mich, als mir seine Worte wieder einfielen.

»Nein. Aber ich bin mir sicher, dass sie Menschen waren.«

»Warum?«

Ich öffnete den Mund, stellte dann aber fest, dass ich nichts anzubieten hatte. Die Wahrheit war, dass ich keinerlei Beweise dafür hatte, dass meine Eltern Menschen gewesen waren.

Zweifel nagten an mir. Das tief verankerte Wissen, dass ich keine Fae war, war alles, was ich wirklich hatte.

»Nun, wenn wir euch beide nach *Rabenstern* bringen können, werden wir es bald wissen«, sagte er fröhlich.

»Du solltest in den Gängen des Palastes nicht darüber reden«, sagte ich, bevor ich überhaupt darüber nachdenken konnte, dass ich die Ermahnung wiederholte, die ich so oft erhalten hatte.

Tait grinste mich von der Seite her an. »Du hast natürlich recht. Besonders jetzt, da andere Fae im Palast sind. Ehrlich gesagt hätte ich nie gedacht, dass ich diesen Tag erleben würde. Sie haben mich in den Ruin getrieben.«

»In den Ruin getrieben?«

»Ich habe alle meine Ersparnisse ausgegeben und

dann noch mehr für die Dinge getauscht, die sie mitgebracht haben.«

»Wer hat was mitgebracht?«

»Die Eis- und die Erd-Fae! Oh, es ist wundervoll, Zugang zu ihnen und ihren Waren zu haben! Normalerweise muss ich die Fae finden, die sich in diesem Hof verstecken, und sie haben meist nur wenig von ihren eigenen Höfen mitgebracht, um nicht aufzufliegen. Aber diese Gäste haben alle möglichen Dinge dabei, die wir im Schattenhof nicht haben!«

Sein Enthusiasmus war ansteckend, und ich stellte mir automatisch vor, wie er all seine Habseligkeiten gegen einen Stock eintauschte, von dem ein Erd-Fae behauptete, er sei etwas Besonderes. »Ich hoffe, du hast nur gute Dinge bekommen«, sagte ich zu ihm.

»Ich bin kein Dummkopf«, sagte er ernst.

»Warum interessiert du dich so sehr für Dinge aus den anderen Höfen?«

»Du etwa nicht?«

Ich nickte zögerlich mit dem Kopf. »Doch, irgendwie schon. Ein wenig.« *Sehr.* Ich wollte schon mein ganzes Leben lang wissen, wie es in den anderen Höfen aussah und was es dort gab.

»Mazrith ist nicht wie sein Vater. Er erlaubt mir ohne Angst oder Groll, die Magie der anderen Fae zu erforschen, um herauszufinden, wie sie funktioniert.«

»Was ist deiner Meinung nach mit seinem Vater passiert?«, fragte ich und nutzte die Gelegenheit, um dieses Thema anzuschneiden. Wir gingen eine kleine, gerade Treppe hinunter, deren Wände mit Wandteppichen voller blutiger Motive bedeckt waren.

»Ich glaube, die Königin hat ihn getötet.«

»Glaubt der Rest des Hofs das ebenfalls?«

»Oh, ich habe keine Ahnung. Ich pflege mich vom Palast fernzuhalten. Die Ansprüche, welche die Königin an Schattenspinner stellt, wirken sich oft negativ auf ihre Gesundheit aus. Und ihr Leben.« Er grinste mich an und zuckte mit den Schultern, dann klatschte er in die Hände, als wir einen Treppenabsatz erreichten. »Da wären wir.«

Große Holztüren, die mit Buchschnitzereien bedeckt waren, schwangen unter seinen Händen auf, und wir betraten die Bibliothek.

»Wow.«

Massive Eichensäulen trugen eine gewölbte Holzdecke, in welche Bilder von *Yggdrasil* geschnitzt worden waren. Bronzene Fackelhalter erfüllten die Halle mit dem warmen Schein flackernder Flammen.

Unter dem Boden einer Galerie ragten robuste, zwei Stockwerke hohe Bücherregale auf, die mit ledergebundenen Wälzern und alten Schriftrollen vollgestopft waren. An jedem Ende gab es eine geschnitzte Schlange, die an der Säule hinauf- oder hinunterglitt. Zwischen ihnen gab es schmale Gänge, die wie ein Labyrinth wirkten und in der Ferne in der Dunkelheit verschwanden.

An einer Wand befanden sich riesige Fenster mit Holzrahmen, deren Glasscheiben von dichten Eisenknoten durchzogen waren. Zwischen den Fenstern hingen Wandteppiche, die Figuren zeigten, die große Heldentaten vollbrachten.

In der Mitte des Raumes befand sich eine riesige, erloschene Feuerschale, die mit dem gleichen Öl gefüllt war, das ich bereits in der Feuerschale im Höhlenwald gesehen hatte. Überall standen Bänke und Tische, aber alle waren leer.

»Wo ist Mazrith?«

»Wer weiß. Ich werde mich zunächst mit der Geschichte auseinandersetzen und nach Informationen über die Insel suchen.« Er schlenderte davon, und ich blickte mich in dem gigantischen Raum um.

Kurz, nachdem ich mich in Bewegung gesetzt hatte, hatte ich mich verirrt. Ich hatte keine Ahnung, wie ich zu den Türen zurückfinden sollte, und ich hatte auch keine Ahnung, wo sich der Bereich mit den Geschichtsbüchern befand.

»Mazrith?«, rief ich leise. Niemand antwortete. Ich folgte ziellos den Drehungen und Wendungen der Regale und überflog dabei die Titel. Nichts wirkte wirklich nützlich.

Ein seltsames Gefühl überkam mich, als ich um eine Ecke bog und die Regale überflog. Es war ein warmes Gefühl. Ein merkwürdiges Gefühl.

Ich ging weiter, scheinbar angezogen von etwas, das sich ganz in der Nähe befand. Etwas, das wichtig war, das die Macht hatte, mich zu verändern ...

Da war es. Ein Buch, das zwischen zwei anderen im Regal stand. Es sah unauffällig aus, aber ich war mir sicher, dass es etwas Besonderes war. Ich konnte es fühlen. Ich streckte die Hand danach aus, legte den Kopf schief und versuchte, meine Aufregung zu kontrollieren. Dieses Buch würde mein Leben verändern. Ich wusste es.

»Halt.«

Mazriths Stimme erreichte mich, während seine Schatten vor mir herumwirbelten und das Buch von meinen ausgestreckten Fingern wegzogen.

»Hey! Ich wollte das lesen!«, protestierte ich. Doch je weiter entfernt das Buch war, desto mehr ließ die Aufregung nach, die ich empfunden hatte.

Ich blinzelte Mazrith an.

»Es ist verflucht.«

»Das Buch?«

»Ja.«

»Was wäre passiert, wenn ich es geöffnet hätte?«

»Nichts Angenehmes.«

»Hätte es mich umgebracht?«

Mazrith kicherte, was untypisch für ihn war. »Nein. Aber du hättest den Maskenball auf der Toilette verbracht.«

Ich verzog das Gesicht. »Danke.«

»Gern geschehen. Wir müssen nach Büchern über das Schmieden magischer Amulette oder über die Architektur des Schattenhofs suchen. Wenn es keinen anderen Weg zur Insel gibt, werden wir vielleicht gezwungen sein, einen Versuch zu unternehmen, einen neuen Talisman zu erschaffen.«

»Verstehe. Wo suchen wir zuerst?«

»An den offensichtlichen Orten habe ich bereits nachgesehen.«

Ich schaute mich in dem riesigen Raum um. »Hier drinnen ist nichts offensichtlich. Ich nehme an, Kara würde sich hier zu Hause fühlen. Sie wäre außer sich.«

»Nun, wenn du etwas findest, das uns hilft, kannst du sie hierher bringen.«

»Wirklich?«

Meine Aufregung schien ihn zu überraschen. »Wird es dich dazu bringen, dich zu benehmen?« Ich verdrehte die Augen, und seine Lippen verzogen sich zu etwas, das nah an ein Lächeln herankam. »Du hast recht, nichts würde dich dazu bringen, dich zu benehmen. Aber ja. Es ist in Ordnung. Wenn du findest, was wir brauchen, kannst du sie hierher bringen.«

»Du willst einer *Goldgeberin* erlauben, die Bücher in der Bibliothek des Schattenhofs zu lesen?«

»Ich werde eine heiraten«, murmelte er und wandte sich ab. »Was macht es noch für einen Unterschied, ob eine in meiner Bibliothek ist?«

Wir blätterten gefühlte Stunden lang in Büchern. Nach dem Vorfall mit dem verfluchten Buch bemerkte ich, dass ich Mazrith genauso aufmerksam im Auge behielt wie die Bücher.

Wenn er etwas fand, das ihn interessierte, veränderte er sich, und sein schroffes Auftreten verwandelte sich in etwas Ruhiges und Würdevolles. Seine leuchtenden Augen überflog die Seiten, und sein kräftiger Kiefer bewegte sich beim Lesen.

Jedes Mal, wenn er zwischen zwei neuen Reihen von Regalen verschwand, huschte ich auf die gegenüberliegende Seite und beobachtete ihn durch die Lücken hindurch.

»Ich weiß, was du tust«, sagte er, als ich dachte, er sei in die Seiten seines Buches vertieft.

Ich errötete. »Ich bin auf der Suche nach hilfreichen Büchern.«

»Du folgst mir.«

Meine Wangen wurden noch röter. »Sei kein *Heimskr*«, murmelte ich, griff nach dem nächsten Buch und tat so, als würde ich darin lesen.

»Das ist ein Buch über die Potenz des Bodens.«

»Wie kannst du das von dort drüben erkennen?«

Einen Moment später erschien er am Ende der Reihe. »Magie. Oder vielleicht einfach nur gutes Sehvermögen.«

»Hmm. Worum geht es in deinem Buch?« Ich deutete auf den Wälzer in seiner Hand und versuchte, das Thema zu wechseln. »Irgendwas Nützliches?«

»Vielleicht, aber nicht, um auf die Insel zu gelangen.« Er hielt es hoch, damit ich den Einband sehen konnte. *Valdstäbe und ihre Herkunft.*

Mein Interesse war geweckt, doch dieses Mal hatte es nichts mit einem Fluch zu tun. Ich ließ mein Buch fallen, trat auf ihn zu und streckte die Hand aus. »Enthält es etwas über Nebelstäbe?«

»Ja. Mehr als mir meine Mutter erzählt hat.« Er hielt inne und reichte mir das Buch. »Du kannst es später lesen. Erst müssen wir etwas finden, das uns mit dem

Talisman oder in Bezug auf *Rabenstern* hilft. Wir haben nur wenig Zeit. Morgen brechen wir zum Eishof auf.«

Sein Fluch und der Angriff der Hungernden lasteten schwer auf uns.

»Natürlich.« Ich nahm das Buch und klemmte es mir unter den Arm.

»Willst du immer noch die Ställe besuchen?«

»Ja«, sagte ich und nickte energisch. »Unbedingt.«

»Gut.« Er hielt inne, sein Blick schien meinen abzusuchen. »Der Ball im Eishof könnte eine Chance für uns sein.«

»Was meinst du?«

»Es gibt eine Art Pakt zwischen Orm und der Königin, da bin ich mir sicher. Wir sollten den Ball nutzen und versuchen, so viele Informationen von den Gästen zu erhalten, wie möglich. Und ich glaube, dass dich der Lord der Erd-Fae deutlich weniger verachtet als die anderen.«

»Dokkar ist nicht grausam, aber ich weiß nicht, ob er mich mag«, sagte ich.

»Versuch, so viel wie möglich darüber zu erfahren, wie und warum er hierhergekommen ist und was die Königin ihm angeboten hat. Halte dich so gut es geht von meiner Stiefmutter fern. Ich werde mir sie und Orm vornehmen.«

»Mit Vergnügen. Ich wäre froh, die Königin nie wiedersehen zu müssen«, murmelte ich.

»Frima hat ein neues Kleid für dich organisiert, das für den Eishof geeignet ist.«

Ich verdrehte die Augen. »Mehr Kleider.«

»Du magst keine Kleider?«

Ich neigte den Kopf. »Du scheinst immer wieder zu vergessen, wer ich bin.«

»Du weißt nicht, wer du bist.« Die Worte trafen mich bis ins Mark, und ich starrte ihn an und versuchte herauszufinden, was ich sagen sollte. Als ich nicht sprach, fügte er hinzu: »Sowohl im wörtlichen als auch im übertragenen Sinne.«

»Ich bin Reyna Thorvald, eine menschliche *Goldgeberin*«, sagte ich etwas zu laut. »Ich mag weder Kleider, Bälle noch Fae.« Den letzten Teil sagte ich noch langsamer und lauter und starrte ihn wütend an.

»Willst du das sein?«

Ich runzelte die Stirn. »Was meinst du?«

Er trat einen Schritt näher an mich heran, sodass ich zu ihm aufschauen musste. »Wenn du alles sein könntest, was du willst, was wärst du dann? Eine Reiterin? Eine Kriegerin?«

Unbeholfen öffnete ich den Mund und schloss ihn wieder. Was wäre ich, wenn ich alles sein könnte?

Frei.

Davon abgesehen hatte ich keine Ahnung. Aber ich wusste, was ich *nicht* sein wollte.

»Ich habe noch nie wirklich darüber nachgedacht, aber ich weiß, dass ich keine Fae sein will«, sagte ich bestimmt.

Seine Augen verengten sich kurz. Er strich sich ein paar seiner Zöpfe hinters Ohr, sodass deren spitze Form sichtbar wurde. »Reyna, du verfügst über Magie, ob es dir gefällt oder nicht.«

»Ich verfüge über Magie?« Bei diesen Worten begannen meine Gedanken zu rasen. »Warte. Kann ich über Magie verfügen, obwohl ich keine Fae bin?« Hoffnung stieg in mir auf, und mir wurde klar, dass meine Abneigung nicht wirklich mit der Vorstellung zu tun hatte, kein Mensch zu sein. Ich hatte Angst davor, eine Fae zu sein.

»Es ist Jahrhunderte her, aber ich glaube, dass es einst Wesen mit Magie gab, die keine Fae waren. Spielt das eine Rolle?«

»Was? Natürlich spielt das eine Rolle.«

»Warum?« Er trat noch näher. »Warum brauchst du eine Bezeichnung für die Art von Person, die du bist? Fae, Mensch ... nichts davon spielt eine Rolle. Du bist Reyna Thorvald, *Goldgeberin*, Seherin und die zukünftige Prinzessin des Schattenhofs.«

Meine Beine kribbelten bei seinen Worten, seine Präsenz berührte mich. »Prinzessin«, flüsterte ich, und das Wort geisterte wie ein Echo durch meinen Kopf.

»Möchtest du eine Prinzessin sein?«

»Es spielt keine Rolle, was ich will. Ich habe keine Wahl ...«

»Vergiss deine Umstände, Reyna. Vergiss deine Vorurteile, deine Regeln, deine Ängste. Sag mir, was du wärst, wenn du alles sein könntest.«

»Frei.« Meine Wangen glühten von den starken Gefühlen in meinem Inneren, und Tränen stiegen mir in die Augen.

»Frei wovon? Einem Leben in Knechtschaft?«

»Von allem. Und allen.«

»Auch von deinen Freunden? Diejenigen, die ...« Er hielt inne, und seine dunklen Augen wirbelten. »... dich lieben? Oder lediglich frei von den Visionen von Monstern und Meistern, die dich ausbeuten wollen?«

Ich schluckte, unfähig, ihm zu antworten. Natürlich wollte ich frei von Fae-Meistern sein. Aber frei von den Visionen ... Mir war nie bewusst gewesen, wie gefangen ich mich dadurch fühlte. Ich konnte ihnen nicht entkommen; sie waren in mir.

»Ich möchte meine Freunde nicht verlieren«, sagte ich schließlich leise.

»Gut. Freiheit muss nicht Einsamkeit bedeuten.«

»Willst du ... willst du damit sagen, dass ich an dich gebunden und trotzdem frei sein kann?« Ich schüttelte den Kopf. »Denn das ist nicht möglich. Ich könnte niemals in einem Palast voller Fae leben, egal, ob er aus Gold oder aus Schatten besteht. Ich bin eine *Runenträgerin*, schwach im Vergleich zu allen anderen um mich herum und vollkommen auf deinen Schutz angewiesen. Das ist keine Freiheit.«

»Du belügst dich selbst«, sagte er leise. Wut durchfuhr mich, aber er sprach weiter, noch ehe ich etwas sagen konnte. »Du bist nicht schwach, und du hast allen in diesem Palast bewiesen, dass du nicht auf meinen Schutz angewiesen bist. Du hast das letzte Spiel gewonnen, obwohl ich weit weg war.« Ich schloss den Mund, meine Proteste erstarben auf meinen Lippen. »Wenn die Königin tot ist, und bei Odin, Fluch hin oder her, ich werde nicht ruhen, bis sie tot ist, dann wirst du meinen Schutz nicht mehr brauchen.«

Ich schüttelte den Kopf, aber ein Teil meiner Überzeugung war verschwunden. »Ich gehöre nicht hierher.«

Ein Gefühl ließ seine Augen leuchten. Verzweiflung vielleicht? »Du gehörst nirgendwo hin, Reyna. Das ist es, was ich versuche, dir zu erklären. Du bist anders. Und wenn ich diesen Nebelstab habe, werde ich diejenigen entfernen, die dem schaden wollen, was sie nicht verstehen.«

»Du kannst nicht alle entfernen«, sagte ich leise.

»Das muss ich nicht. Du wirst dir ihren Respekt verdienen. So wie du dir das hier verdient hast.«

Er trat an mich heran, und die Luft zwischen uns prickelte vor Energie, als er eine Hand ausstreckte. Mit einer Sanftheit, die ich seinen riesigen Händen nicht zugetraut hätte, trennte er eine dünne Strähne von meinem Haar.

Ich hielt den Atem an, als winzige Schattenstränge auf mein Gesicht zu tanzten. Sie huschten über mein Haar, dann wurden sie erneut von seinem Stab verschluckt. Als der Prinz seine Hand zurückzog, hob ich meine eigene.

Meine Finger schlossen sich um einen schmalen, kunstvoll geflochtenen Zopf. Ich starrte in die wirbelnden Augen des Prinzen, dann drehte er sich um. »Komm.«

Er marschierte den Gang entlang, und ich eilte ihm hinterher. Er blieb vor einem der riesigen Fenster stehen. Die Dunkelheit draußen war so perfekt, dass ich mein Spiegelbild im Glas erkennen konnte.

Da war er. Ein Zopf. Es war nichts darin eingeflochten wie in seinen oder Frimas Zöpfen, denn das war eine Ehre, die den Fae vorbehalten war. Aber ganz unten glänzte etwas, auf dem sich der Feuerschein brach.

Noch einmal berührte ich den Zopf und ließ meine Finger daran entlang gleiten, bis ich die Perle erreichte. Ich hob sie vor mein Gesicht, denn mein Haar war lang genug.

Es war eine winzige, silberne Eule mit riesigen Augen.

Ich erwiderte Mazriths Blick in der Fensterscheibe. »Danke schön.«

»Danke dir selbst. Du hast ihn dir verdient.«

Ich drehte mich zu ihm um und spürte, wie ich von Gefühlen überwältigt wurde, doch in diesem Moment erregte eine Bewegung unsere Aufmerksamkeit.

»Tait!« Der Schattenspinner kam aus dem Gang gestolpert. Blut lief ihm seitlich übers Gesicht.

KAPITEL II

REYNA

Mazrith trat auf ihn zu und half ihm, sich auf die nächste Bank zu setzen. »Was ist passiert?«

Seine verwirrten Augen versuchten, Mazrith zu fixieren, als ich vor ihm in die Hocke ging. Er hatte einen Schnitt an der Schläfe, als wäre er von etwas getroffen worden.

»Jemand hat mein Buch gestohlen«, stammelte er.

»Und dich geschlagen?«

»Ja. Ja, das auch.«

Schatten brachen aus Mazriths Stab hervor und verschwanden in der Dunkelheit der weitläufigen Bibliothek. »Hast du gesehen, wer es war?«

»Nein. Ich war in meine Lektüre vertieft, dann sah ich auf einmal nichts als Sterne, und das Buch wurde mir aus den Fingern gerissen.«

Seine Stimme klang jetzt fester, aber sein Gesicht war blass, und weiteres Blut lief über seine Wange.

Mazrith streifte seinen Umhang ab, einen schweren, schwarzen Wollmantel, und riss einen Streifen davon ab, als wäre es Papier. Er rollte den Stoff zusammen, ehe er ihn auf Taits Wunde presste. In dem Moment erschienen weiße, flatternde Flügel über uns.

»Voror!« Er landete auf dem Tisch und blinzelte mich an.

Tait starrte ihn an. »Hier ist eine Eule?«, flüsterte er und hob die Hand an seinen Kopf.

»Ja«, sagte ich zu ihm. »Voror, hast du gesehen, wer Tait geschlagen hat?«

»Ich hatte Angst vor dem bevorstehenden Austausch von Körperflüssigkeiten zwischen euch beiden, deshalb hatte ich mich hoch oben unter den Dachsparren niedergelassen«, sagte er. Meine Wangen glühten.

»Er hat nichts gesehen«, sagte ich und wandte mich wieder Mazrith zu.

»Welches Buch hat er gestohlen?«, fragte er Tait.

»Es ging um die Geschichte des Palastes und des Berges. Aber, mein Prinz, es war nicht das Buch, das er wollte.« Ein triumphierender Glanz erschien in seinen Augen. »In dem Buch befand sich ein Stück Pergament.«

Mazrith blieb stehen. »Hast du es noch?«

»Ja, obwohl ich es nicht brauchen würde.«

Meine Verwirrung wuchs, aber bevor ich etwas sagen konnte, huschten die Schatten zurück in Mazriths Stab. Sein Gesicht verzog sich frustriert. »Wer auch immer es war, war zu schnell. Meine Schatten können ihn nicht einholen.«

»Wer hat Zugang zu dieser Bibliothek?«, fragte ich.

»Der halbe Hof«, antwortete er düster. »Tait, musst du sofort behandelt werden? Oder kannst du uns mehr erzählen?«

Er wedelte abwehrend mit der Hand. »Das Stück Pergament war eines von mehreren, die in Büchern in der Bibliothek versteckt sind. Sie enthalten die Runen, die man benötigt, um in die Waffenkammer deines Vaters zu gelangen. Aber ich kenne sie alle.«

»Seine Waffenkammer?«, fragte ich.

Tait nickte, dann verzog er das Gesicht und hielt inne. Mazrith entfernte den Stoff, und ich sah erleichtert, dass die Blutung aufgehört hatte.

»Ich wusste, dass sie irgendwo in dieser Bibliothek war«, sagte Mazrith leise. »Aber ich wurde nie dorthin eingeladen, und seit seinem Tod hatte ich auch kein Verlangen mehr danach.«

»Also sucht jemand danach?«

»Oder versucht, uns davon abzuhalten, hineinzugelangen.« Mazrith schaute zwischen mir und Tait hin und her. »Wenn die Möglichkeit besteht, dass mein Vater den Talisman nicht bei sich trug, finden wir ihn vielleicht in seiner privaten Waffenkammer.«

Ich hob meine Augenbrauen. »Hat er ihn normalerweise getragen?«

»Nein. Er war schwer und wertvoll. Ungeeignet für einen Kampf.« Mazrith sah nachdenklich aus. »Ich weiß nicht, wie meine Stiefmutter seinen Tod verursacht hat, aber wenn sie ihn in eine aussichtslose Schlacht geschickt hat, besteht die Möglichkeit, dass der Talisman noch im Palast ist.«

Ich atmete aus. »Dann lass uns diese Waffenkammer finden.«

Langsam folgten wir Tait eine der Wendeltreppen hinauf zur Galerie, und von dort aus zu einer der vielen geschnitzten Schlangensäulen am Ende eines Gangs aus Bücherregalen. Voror flog hinter uns her und zeigte sich jetzt offen.

Tait streckte die Hand aus und berührte das leblose Holzauge der Schlange. »Ein Schatten hier, mein Prinz.«

Schatten flossen von Mazriths Stab und verschwanden im Auge der Schlange. Es leuchtete grün auf, und zwischen den Bücherregalen ertönte ein Knarren. Wir gingen den Gang hinunter bis zu einem Wandteppich ganz am Ende. Er zeigte einen Fae-Stab mit einem Totenkopf an der Spitze, der Mazriths Stab sehr ähnlich war. Als er ihn erblickte, legte er den Kopf schief, und seine Schultern spannten sich an. »Der Stab meiner Mutter«, sagte er leise.

Tait nickte. »*Veita*«, sagte er. Ich kannte das Wort nicht, aber der Wandteppich schimmerte und verschwand. An seiner Stelle erschien eine Holztür, in die das gleiche Bild geschnitzt war.

Mazrith stieß die Tür auf.

Auf mich wirkte es eher wie ein Arbeitszimmer als wie eine Waffenkammer.

Der Raum war von bescheidener Größe. Die Wände waren grau gestrichen und wurden wie der Rest der

Bibliothek von Wandleuchten erhellt. Ein großer, lederbezogener Schreibtisch war mit Papieren und Schmuckstücken bedeckt. Ein Horn aus Elfenbein auf einem Ständer nahm gut ein Drittel davon ein. Da war auch ein Kamin ohne Holz, aber es war der Bärenkopf, der an der Wand darüber hing, der mir sofort ins Auge sprang. Ich blinzelte ihn an.

»Dieser Bär ist rot.«

»Vater behauptete, er habe im Feuerhof Feuerbären getötet. Einige glaubten, er hätte einen normalen Bären rot angemalt.«

Ich riss meinen Blick davon los und sah mir den Rest des Raumes an. Die meisten Wände waren mit Schränken und Regalen bedeckt, die sowohl mit nützlichen Dingen wie Krügen und Flaschen gefüllt waren, als auch mit Gegenständen, die nur zur Dekoration dienten. Bei den meisten davon handelte es sich um Waffen, daher wohl der Name »Waffenkammer«.

»Seht ihr den Talisman irgendwo?«

»Nein. Aber er war nicht groß. Es hatte die Form von Mjölnir.«

Ich sah mich nach etwas um, das wie Thors legendärer Hammer geformt war, konnte aber nichts entdecken. Mazrith begann, die Papiere auf dem Schreibtisch durchzusehen, und Tait ließ sich auf dem einzigen Stuhl nieder und wirkte etwas verlegen.

»Ich würde es nicht wagen, mich auf den Stuhl des Königs zu setzen, wenn mein Kopf nicht so sehr dröhnen würde ...«

Mazrith winkte ihm zu, ohne von den Papieren

aufzublicken. »Pinkel von mir aus auf sein Grab, wenn du wüsstest, wo seine Leiche liegt«, murmelte er. »Es ist mir egal.«

Voror war auf einem hohen Regal gelandet und pickte an einem gehörnten Helm herum, der mit Smaragden besetzt war. »Das gehört nicht hierher. Es stammt vom Erdhof«, sagte er.

Ein kleines Ornament auf einem der Regale hatte meine Aufmerksamkeit erregt, also ging ich darauf zu. Es zeigte einen Mann, der auf ein Knie gesunken war und eine Axt hielt, die so groß war wie er selbst.

Es war der Berserker. Ich streckte die Hand aus, um das Ornament aufzuheben, und öffnete gleichzeitig den Mund, um Mazrith danach zu fragen, aber kaum hatten sich meine Finger um den kühlen Stein geschlossen, verdunkelte sich meine Sicht.

Ich war im Stamm von Yggdrasil, aber es war so dunkel, dass ich kaum etwas sehen konnte. Zwischen den Türen zu zwei Höfen ragten Stufen aus dem Wasser, aber ich konnte nicht erkennen, welche es waren.

Die Vision verschwand, und mir wurde klar, dass ich mit Mazrith zusammengestoßen war. »Hast du eine Vision?« Ich nickte, und er packte meinen Arm.

Die Dunkelheit brach erneut über mich herein.

Diesmal war ich ganz oben. Immer noch im Baum, aber ich blickte von einer kleinen, erdigen Plattform aus auf die Köpfe der riesigen Statuen herab. Schwindel überkam mich, und echte Übelkeit schnürte mir den Hals zu. Die Dunkelheit lichtete sich, und die Waffenkammer des toten Königs erschien um mich herum.

»Der Baum«, murmelte ich. »*Yggdrasil.*« Meine Sicht veränderte sich erneut, und die dritte Welle erfasste mich.

Ein riesiger, bärtiger Fae mit Dutzenden von Zöpfen kniete vor mir, und sein wunderschönes Gesicht war hoch konzentriert. In der Dunkelheit war es schwer zu erkennen, aber er schien dabei zu sein, etwas abzuschließen. Eine Truhe?

Die Vision verschwand, und zum ersten Mal in meinem Leben betete ich für eine vierte Welle. Aber es kam keine.

»Reyna?« Mazrith hielt meinen Arm fest.

Ich schüttelte den Kopf. »Du kannst mich loslassen«, sagte ich.

Widerwillig tat er es, und ich stellte die kleine Statue zurück auf das Regal. Meine Gedanken rasten.

»Hast du Schmerzen? Angst?« Er klang verwirrt und besorgt.

»Nein. Nein, es geht mir gut. Da waren keine Hungernden in meiner Vision.«

Ich hatte den Fae mit den Zöpfen schon einmal gesehen, in einer anderen Vision. Ich hatte gesehen, wie er der Königin den Nebelstab gegeben hatte, also war ich davon ausgegangen, dass es sich um Mazriths Vater handelte. Jetzt war ich mir nicht mehr so sicher. Wenn die Königin ihn getötet hatte, um seinen Stab zu bekommen, dann ergab die Vision, in welcher er ihn ihr freiwillig übergab, keinen Sinn.

Vielleicht waren die Bilder, die ich sah, keine Erinnerungen oder Dinge, die tatsächlich passiert waren? Aber ich hatte Mazrith als Kind gesehen und das Gespräch gehört, das er mit seiner Mutter geführt hatte, und diese Geschehnisse waren eindeutig real gewesen.

»Was hast du gesehen?«

Ich drehte mich langsam wieder zu Mazrith um. Ich bemerkte Vorors starren Blick und Tait, der uns von seinem Stuhl aus aufmerksam beobachtete.

Vorsichtig erzählte ich ihnen, was ich gesehen hatte. »Glaubst du, es war dein Vater, den ich gesehen habe?«

»Der Beschreibung nach, ja. Er könnte es gewesen sein.« Sein Gesichtsausdruck war angespannt.

Ich zögerte, bevor ich weitersprach. »Wenn das der Fall ist und es sich bei den Visionen um echte Ereignisse handelt, dann hat er deiner Stiefmutter den Nebelstab freiwillig übergeben.«

Mazriths Blick bohrte sich in meinen. »Ich habe darüber nachgedacht, seit du mir von deiner letzten Vision erzählt hast.«

Ich hatte bisher nie wirklich darüber nachgedacht, denn es war mir nicht sehr wichtig vorgekommen. Aber für Mazrith ... bedeutete es, dass der Mann, den er so sehr hasste und für tot hielt, vielleicht noch am Leben war.

»Vielleicht hat die Königin ihn dazu gebracht, ihr den Stab zu geben«, sagte ich. »Und ihn dann getötet.«

»Das muss ein ziemlicher Trick gewesen sein, wenn sie ihn dazu gebracht hat, eine der seltensten und mächtigsten Waffen der Welt aufzugeben«, sagte er düster.

»Frauen sind gut darin, das von Männern zu bekommen, was sie wollen«, sagte ich. Sein Blick wurde härter.

»Ich nicht«, fügte ich hinzu und hob abwehrend die Hände. »Verführung gehört nicht zu meinen Stärken.« Ich schluckte, und meine Wangen wurden rot. »Wie auch immer. Was denkst du, was ich gesehen habe? Was hat er oben im Baum getan? Es sah aus, als würde er etwas aus einer Truhe nehmen.«

Mazriths Augen leuchteten. »Du hast gesagt, du hättest im Wald eine Treppe gesehen?«

»Ja. Aufwändig geschnitzt, und sie führte spiralförmig an der Innenseite des Baumes empor.«

Tait sagte: »Ich habe Gerüchte darüber gehört, dass der Baum sein Inneres so verändern kann, wie er möchte. Vielleicht lässt sich die Treppe irgendwie zum Vorschein bringen. Möglicherweise hat der König herausgefunden, dass in dem Baum etwas versteckt war, und ist losgezogen, um es zu holen.«

»Oder er hat selbst etwas versteckt«, sagte Voror.

Ich richtete meinen Blick auf die Eule. »Glaubst du, er hat den Talisman in die Truhe gelegt?«

Mazrith schnaubte nachdenklich. »Vielleicht wollte er seine Schätze außerhalb des Schattenhofs verstecken. Viele seiner Besitztümer gingen verloren, als er starb. Aber es ist eine fragwürdige Theorie.«

Vorors Federn sträubten sich. »Ich bin eine weise und intellektuell überlegene Eule. Meine Ideen sind nicht *fragwürdig*. Du hast diese Vision aus einem bestimmten Grund gesehen.«

Ich gab seine Worte nicht an den Prinzen weiter. »Warum glaubst du, dass die Berührung der Statue eine Vision ausgelöst hat?«, fragte ich stattdessen.

»Ich habe keine Ahnung.«

Alle schwiegen.

»Ich möchte nicht zur Last fallen, aber ich habe Kopfschmerzen, die ich nur schwer ignorieren kann«, sagte Tait schließlich. »Und mir ist schlecht.«

Wir gingen beide zu ihm hin und halfen ihm, aufzustehen. »Es tut mir leid, mein Freund«, sagte Mazrith sanft. »Wir bringen dich in die Schlangensuite, und ich werde hierher zurückkehren, um nach etwas zu suchen, das uns weiterhilft.« Er sah mich an. »Wir müssen einen anderen Weg nach *Rabenstern* finden oder ein neues Amulett erschaffen. Nimm alle Bücher mit, die wir gefunden haben.«

KAPITEL 12

REYNA

»Bist du sicher, dass wir ihn allein lassen können?«, fragte ich, als wir den Korridor hinunter zu den Ställen gingen.

Wir hatten Tait in die Schlangensuite gebracht, wo Ellisar und Kara nach ihm sahen. Beide schienen willig und fähig zu sein, aber ich hatte kein gutes Gefühl dabei. Er war verletzt, weil er uns geholfen hatte.

»Was würdest du tun, was sie nicht tun können?«, fragte Mazrith mit einem Seitenblick.

Ich zuckte mit den Schultern. »Nichts, nehme ich an.«

»Dann lass uns das Reiten üben.«

Als wir die Ställe betraten, wirkte der Stallmeister überrascht, uns zu sehen. Er sprang von seinem ausklappbaren Tisch auf, auf dem ein dampfender Krug stand, und verneigte sich tief vor Mazrith.

»Mein Prinz, ich wusste nicht, dass Ihr Jarl heute benötigen würdet. Er erholt sich gut von der langen

Reise zur Grenze, aber ich bin mir nicht sicher, ob er heute Lust auf einen flotten Ritt hat.«

»Jarl soll sich ausruhen. Ich werde Idun reiten.«

Der Stallmeister blickte mich an. »Und die Dame?«

»Sie möchte Rasa sehen.«

Der Stallmeister schluckte so hart, dass sein brauner Bart wippte. »Rasa möchte vielleicht nicht geritten werden.«

»Ich weiß. Wir werden sehen, wie der Besuch verläuft.«

»Wie Ihr wünscht.«

Er war sichtlich nervös, als er uns zu einem Pferch führte, obwohl Mazrith offensichtlich bereits wusste, wohin er gehen musste. Als wir die Schwingtüren erreichten, hielt seine Hand neben dem Riegel inne.

»Geh und mach Idun bereit. Ich werde es alleine schaffen«, sagte Mazrith.

»Mein Prinz«, sagte er dankbar und eilte davon.

Mazrith drehte sich zu mir um. »Bist du sicher, dass du das tun willst?«

Hinter den Türen hörte ich scharrende Hufe, dann ein Wiehern. »Ja.«

Er zog am Riegel und öffnete dann vorsichtig die Stalltüren.

Rasa peitschte mit dem Schwanz, hob langsam den Kopf und blinzelte mich aus großen Augen an.

Ich hob unbeholfen eine Hand, dann fiel mir ein, dass ich selbstbewusst auftreten sollte. Ich straffte meine Schultern, und sie scharrte mit einem Vorderhuf auf dem Boden.

»Hallo«, sagte ich.

Sie drehte sich zu mir um und wieherte dann lange und laut. Es klang nicht freundlich.

»Tut mir leid, dass ich nach dem Rennen so schnell gegangen bin«, sagte ich zu ihr.

Sie machte ein paar Schritte vorwärts. Ich blieb an Ort und Stelle stehen.

»Meine Freunde waren in Schwierigkeiten. Ich habe das Gefühl, dass auch du deine Freunde beschützen würdest, also verstehst du das doch sicher, oder?«

Vorors Stimme erscholl in meinem Kopf. »Sie ist ein Pferd. Sie versteht nichts von dem, was du zu ihr sagst. Sie verfügt nicht über die überlegene Intelligenz einer Eule.«

Ich ignorierte ihn und konzentrierte mich stattdessen auf Rasas große, sich nähernde Gestalt. »Hast du Lust auf einen weiteren Ritt?«

Das Pferd blieb stehen, peitschte noch einmal mit dem Schwanz und schüttelte dann heftig den Kopf hin und her.

War das ein Ja oder ein Nein?

Mit einer plötzlichen, rasanten Bewegung lief sie los und stürmte aus dem Stall. Ich sprang gerade noch rechtzeitig zur Seite und spürte Mazriths Hand auf meiner Schulter.

Kaum hatte sie das offene Gelände in der Mitte der großen Stallgebäude erreicht, begann sie im Kreis zu traben, wobei sie alle paar Schritte mit den Hinterbeinen austrat.

Mazrith seufzte. »Das tut sie jedes Mal, wenn ich

versuche, mit ihr zu reden. Normalerweise brauchen wir drei Männer, um sie wieder nach drinnen zu bringen.«

»Kannst du nicht deine Schatten einsetzen?«, fragte ich leise und versuchte, nicht allzu enttäuscht über die Reaktion des Pferdes zu sein.

»Sie machen es nur noch schlimmer.«

»Das ist seltsam, wenn man bedenkt, dass deine Mutter früher auf ihr geritten ist. Man würde meinen, sie wäre sich Schattenmagie gewöhnt.«

Er warf mir einen scharfen Blick zu, und ich bereute es sofort, seine Mutter erwähnt zu haben. Aber dann wurde sein Blick weicher. »Ich glaube, das ist der Grund, warum sie die Schatten nicht mag«, sagte er.

»Sie lösen Kummer aus? Können Pferde überhaupt Trauer empfinden?«

»Ich glaube schon«, sagte er und beobachtete, wie Rasa in einem weiten Kreis galoppierte, sprang und bockte.

»Das können sie auf jeden Fall«, sagte Voror in meinem Kopf.

»Voror, weißt du, was sie beruhigen könnte?«, fragte ich laut. Mazrith warf mir einen Blick zu, sagte aber nichts.

»Sie ist ein Wesen voller Instinkte und rücksichtsloser Hingabe«, sagte er angewidert. »Wir haben nur wenig gemeinsam.«

»Nun, was wollen ihre Instinkte?«

»Dasselbe wie beim letzten Mal, als wir in ihrer Gegenwart waren.«

»Freiheit«, hauchte ich.

Ich machte ein paar Schritte auf das Pferd zu, und Mazrith blieb an meiner Seite.

»Rasa!«, rief ich. Das Pferd ignorierte mich. »Willst du noch einmal etwas von deinem Feuer mit mir abbrennen?«

Sie kam langsam zum Stehen und schwenkte ein paar Mal den Kopf hin und her, bevor sie mich wieder ansah.

»Wir können genauso schnell rennen, aber es wird weniger Leute geben, die versuchen, uns zu töten. Klingt das gut?«

Sie drehte sich auf der Stelle herum und schnaubte.

»Aber wir müssen zurückkommen, wenn es Zeit ist. Das ist ein Teil des Deals.«

Sie bockte erneut und setzte ihre Runden fort.

»Und wenn es gut läuft, können wir weiter hinaus-reiten!« Ich versuchte, die Verzweiflung aus meiner Stimme zu verbannen. »Weg von diesen Ställen, zwischen den Bäumen hindurch, in der frischen Luft. Sooft du willst. Solange du jedes Mal wieder zurückkommst.«

Sie war langsamer geworden, während ich gespro-chen hatte, und als ich fertig war, kam sie langsam auf uns zu.

Als sie nur noch wenige Meter entfernt war, spürte ich die kalte Berührung von Mazriths Schatten und erkannte, dass er bereit war, uns zu beschützen, falls sie trat oder davonlief.

Ich nahm mein ganzes Selbstvertrauen zusammen, trat vor und streckte eine Hand aus. Sie ignorierte meine

Hand und drehte sich stattdessen so, dass ihre Flanke mir zugewandt war.

»Was bedeutet das?«, flüsterte ich Mazrith zu.

»Dass wir sie schnell satteln sollten, bevor sie ihre Meinung ändert.«

Es fiel Mazrith und dem Stallknecht nicht unbedingt leicht, Rasa zu satteln, aber es gab keine Knochenbrüche. Sie war nervös, als ich aufstieg, und wankte zunächst beunruhigend. Aber jedes Mal, wenn ich ihr sagte, sie könne so schnell laufen, wie sie wollte, sobald wir außerhalb des Stalls waren, beruhigte sie sich.

Ein Teil von mir war sich sicher, dass ich es später bereuen würde, ihr das versprochen zu haben. Wenn ich im verwunschenen Wald von ihrem Rücken fiel, würde ich in ernsthaften Schwierigkeiten stecken. Wenn ich an einem anderen Ort stürzte, war die Wahrscheinlichkeit, schwer verletzt zu werden, hoch. Zur Sicherheit schob ich meine Hände zweimal durch die Zügel und stellte meine Füße in die Steigbügel.

»Wirf mich nicht ab«, sagte ich zu ihr, als Mazrith und Idun auf die sich langsam öffnenden Türen zugingen. »Wenn du mich abwirfst, dürfen wir nicht mehr raus.«

Sie legte den Kopf zurück und schnaubte.

»Bist du bereit ...«, begann Mazrith, aber ich hörte nie den Rest. Noch ehe die Türen gänzlich geöffnet waren, war Rasa weg.

Mein Atem ging schnell, und ich hatte keine Zeit, mich an ihren Rhythmus zu gewöhnen. Ich klammerte mich einfach nur an ihr fest, als würde mein Leben davon abhängen.

»Stell dich in die Steigbügel, beuge die Knie und umfassen ihre Schultern. Und lass auf keinen Fall die Zügel los«, sagte Mazriths Stimme in meinem Kopf.

Ich saugte die kalte Luft ein, während die knorrigen Bäume an mir vorbeisausten, und versuchte das zu tun, was er mir sagte.

Es gelang mir, meinen Po aus dem Sattel zu heben, mich tief über ihren Hals zu beugen und meine Knie darum zu schlingen. Ich fühlte mich sofort etwas wohler und riskierte einen Blick über meine Schulter.

Mazrith und Idun waren hinter uns, doch obwohl Iduns Hufe in atemberaubendem Tempo über den Waldweg donnerten, konnte sie nicht mit Rasa mithalten.

»Bei Freya, du bist schnell«, sagte ich zu ihr. Wenn es möglich wäre, wäre sie sicher noch schneller gerannt. Mein Haar flatterte hinter mir her, und ihre Hufe rissen den Boden unter uns auf. Ihre Bewegungen wurde jetzt so rhythmisch, dass ich mich anpassen konnte, und ein breites Lächeln breitete sich auf meinem Gesicht aus.

All die Gedanken daran, wer Tait verletzt haben könnte, wie ich das *Leikmot* überleben würde, die Gedanken an die böse Königin, die abscheulichen Hungernden, meine unbekannte Identität und meine verwirrenden Gefühle für den Prinzen – nichts davon konnte durch den Rausch dringen, den ich verspürte, als ich auf Rasas Rücken ritt. Sie war schneller als meine Gedanken – sie konnten nicht mithalten. Und ich würde ihnen so lange davonlaufen, wie ich konnte.

Als wir nur wenige Augenblicke später aus dem Wald stürmten, wurde Rasa nicht langsamer. Und ich bat sie nicht darum. Sie raste durch die Straßen, und die Leute warfen sich aus dem Weg, obwohl das nicht nötig gewesen wäre. Geschickt schlängelte sich ihr wendiger Körper zwischen Karren und Fußgängern hindurch, ohne dass sie dabei an Tempo zu verlieren schien.

Einige Leute schüttelten ihre Fäuste in unsere Richtung, aber sie huschte zu schnell vorbei, als dass ich sie richtig hätte erkennen können. Und es war mir egal.

Als wir das Dorf verließen, galoppierte sie weiter in die Richtung des Waldes, in dem ich mit Idun das Springen geübt hatte. Ich hatte keine Ahnung, was sich hinter dem Wald befand. »Lauf nicht ganz durch den Wald hindurch, Rasa«, rief ich ihr zu. »Du kannst das Tempo beibehalten, aber bleib zwischen den Bäumen.«

Ich hatte keine Ahnung, ob sie mich verstand, aber als wir in das dichte Blätterwerk eindrangen, verlangsamte sie ihren Galopp, bevor sie den ausgetretenen Pfad geradeaus verließ.

Sie sprang über umgestürzte Bäume und ganze Büsche, bog um engen Kurzen und huschte zwischen Bäumen hindurch, als hätte sie ihr Auftauchen gespürt. Ihre instinktive Beweglichkeit war erstaunlich, und ich ließ mich von ihr führen, ohne an den Zügeln zu ziehen oder mit meinen Beinen zu steuern.

Nach einer Weile verlangsamte sie ihren Trab und

hielt an, um nach tief fliegenden Insekten und Schmetterlingen zu schnappen, die über einem Busch mit leuchtend roten Beeren und orangefarbenen Blüten schwebten. Ohne nachzudenken, strich ich mit meiner Hand über ihren Hals. Sie erstarrte einen Moment lang, dann schüttelte sie den Kopf und versuchte weiter, die Schmetterlinge zu fangen.

»Du bist nicht dafür gemacht, in einem Stall eingesperrt zu sein«, murmelte ich.

»Wenn du sie so reiten kannst, muss sie das auch nicht mehr sein.« Die Stimme des Prinzen klang atemlos, ließ mich aber trotzdem zusammenzucken.

»Du hast also mitgehalten?« Ich drehte mich im Sattel um und sah ihn in etwa drei Metern Entfernung. Idun atmete schwer.

»Knapp.«

Ich grinste. »Ich wette um eine ganze Flasche Brennnesselwein, dass ich es vor dir zurückschaffe. Komm, Rasa!«

KAPITEL 13

REYNA

Ich hätte um etwas Besseres wetten sollen, zum Beispiel um eine Flasche Met, denn ich war ganze fünf Minuten vor ihm zurück im Stall.

»Wenn ich auf Jarl geritten wäre, hättest du größere Schwierigkeiten gehabt«, knurrte er, als er Idun neben mir zum Stehen brachte.

»Aha.« Ich konnte nicht aufhören zu grinsen, als er einen schattenhaften Schemel heraufbeschwor, um mir zu helfen, von Rasas Rücken zu steigen. Kaum war ich von ihrem Rücken geklettert, sprang Mazrith ab, um ihr den Sattel abzunehmen.

»Danke, dass du zurückgekommen bist«, sagte ich zu dem Pferd.

Sie beäugte mich, während Mazrith an ihr arbeitete, aber die Anspannung war aus ihrem Körper gewichen, und ihr Schnauben hatte an Kraft verloren.

»Der Verlierer hat uns zu einem weiteren Rennen herausgefordert«, sagte ich.

Sie peitschte mit dem Schwanz.

»Also werden wir in ein paar Tagen wiederkommen.«

Sie wieherte.

»Ich denke, das bedeutet, dass sie die Herausforderung angenommen hat«, sagte ich zu Mazrith, als wir sie zu ihrem Pferch führten.

»Ich kann sehen, wie du dir diesen Zopf verdient hast«, sagte er, verriegelte die Türen und sah mich dann an. »Ihr zwei gehört zusammen.«

Meine Wangen wurden rot, als sich warme Glücksgefühle mit meinem Adrenalin vermischten. »Ich liebe es, sie zu reiten.«

»Also eine Reiterin?«

»Was?«

»Was du wärst, wenn du alles sein könntest.«

»Sie gibt mir das Gefühl, frei zu sein.« Es war eine einfache Aussage, aber irgendwie fühlte es sich an, als würde ich ein Geheimnis preisgeben.

Sein Blick bohrten sich in meinen, und die Erinnerung an den leidenschaftlichen Kuss, den wir in diesem Raum geteilt hatten, tauchte in meinem Kopf auf.

Fast wäre ich einen Schritt zurückgewichen, um mich daran zu hindern, auf ihn zuzugehen.

Ihn zu küssen wäre eine schlechte Idee. Oder?

Meine Füße bewegten sich. Auf ihn zu.

Er trat einen Schritt zurück, und ich blieb stehen.

Sein Gesichtsausdruck veränderte sich, die Emotionen darin ließen nach. »Ich freue mich auf unser nächstes Rennen«, sagte er, breitete seinen Umhang hinter sich aus und ging auf Idun zu.

Ich wartete einen Moment, bevor ich ihm folgte, um meinen rasenden Puls zu beruhigen. Ich war aufgekratzt von dem Ritt und verwechselte es mit Leidenschaft.

Es war gut, dass er nichts zuließ, denn wir hatten nur wenig Zeit, um den Nebelstab zu finden, und wir konnten uns keinen weiteren Streit oder ein emotionales Durcheinander leisten.

Er hat dir nicht wirklich verziehen, dass du ihn angelogen hast, flüsterte eine Stimme in meinem Hinterkopf.

Ich holte Luft und versuchte, meine Gedanken unter Kontrolle zu bringen. So viel dazu, ihnen davonreiten zu wollen.

Ich drehte mich um und ging zum Prinzen, der Idun Fell bürstete.

»Soll ich das mit Rasa tun?«

»Ich denke, dass du sie zuerst daran gewöhnen musst.«

»Okay. Wann können wir zurückkommen?«

»Ich wünschte, ich wüsste es«, antwortete er düster.

»Was glaubst du, wie lange wir im Eishof bleiben werden?«

Er zuckte mit den Schultern. »Die Spiele hier im Schattenhof haben vier Tage gedauert, also hoffe ich, dass das wieder so sein wird. Ich möchte nicht zu lange weg sein.«

»Wegen der Angriffe der Hungernden?«

Er blickte sich in den Ställen um, aber sie waren leer. »Sie werden nicht angreifen, solange du nicht hier bist.«

Ich schluckte, und meine Haut prickelte. »Stimmt.«

»Nein, ich möchte zur Insel *Rabenstern* und die Statue reparieren. Und das kann ich nicht von außerhalb des Schattenhofs tun.«

Wieder aßen wir gemeinsam im Kriegsraum. Auch Tait gesellte sich zu uns. Er trug einen Verband um den Kopf, schien aber in guter Stimmung zu sein.

Mazrith und die Krieger sprachen über die Vorbereitungen für das Verlassen des Hofes am nächsten Morgen, und ich hörte zu, während ich einen gut gewürzten Fleischeintopf aß, der besser war als alles, was ich im Goldhof gegessen hatte.

»Svangrior hat heute Nachmittag eine Menge Waffen aus der Waffenkammer ausgewählt, und ich habe ein paar Stunden in den Sklavenquartieren verbracht und die Gemälde des Palastes durchgesehen, für den Fall, dass wir sie brauchen. Es wurde nichts angefasst, und ich habe persönlich dafür gesorgt, dass alles auf der *Knarr* verstaut wurde«, sagte Frima.

»Was ist die *Knarr*?«, fragte ich.

»Das Langboot, mit dem wir reisen werden. Es ist ein Frachtboot, das für längere Reisen gebaut wurde und über Kabinen für unsere ganze Gruppe verfügt«, antwortete Mazrith.

Ich sah ihn an. »Wir gehen alle, nehme ich an?«

Er hielt inne und schüttelte dann den Kopf. »Da die Königin den Schattenhof verlässt, ist es meiner

Meinung nach am sichersten, wenn deine Freunde hier bleiben.«

Ich schluckte meinen Protest herunter. Ob er recht hatte? Obwohl ich nicht von ihnen getrennt sein wollte, war es angesichts dessen, was die Königin getan hatte, gefährlicher für meine Freunde, in der Nähe der Spiele zu sein. Alle hatten erkannt, dass sie mir wichtig waren, was sie zu Zielscheiben machte.

Ich sah Kara und Lhoris an. »Seid ihr damit einverstanden?«

Kara nickte, aber Lhoris sagte: »Wird jemand bei uns bleiben, oder werden wir wieder in den Sklavenquartieren eingesperrt?«

»Ellisar wird hier bei euch bleiben«, sagte Mazrith zu ihm.

»Werde ich das?« Der große Mann sah ein wenig enttäuscht aus.

»Ja. Ich gehe davon aus, dass es keine Probleme geben wird, und du hast kürzlich eine Kopfverletzung erlitten.«

»Warte, du lässt ihn hier, um sie zu beschützen, obwohl du denkst, er sei noch angeschlagen?«, protestierte ich.

»Er wird nicht allein sein. Es gibt eine Reihe von Palastwachen, die mir treu ergeben sind. Nicht so vertrauenswürdig wie meine Krieger«, fügte er hinzu, »aber zuverlässig genug, um Ellisar zu helfen, wenn er sie braucht.«

Ellisar schlug sich mit finsterer Miene auf die Brust. »Ich bin der Aufgabe gewachsen.«

Mazrith nickte. »Ich weiß. Menschen erholen sich nur schwer in einem so kalten Klima.« Er blickte den Schattenspinner an. »Tait, es tut mir leid, aber ich muss dich trotz deiner Verletzung um deine Unterstützung bitten.«

Er nickte begeistert. »Ich wäre als blinder Passagier mitgekommen, wenn du mich nicht gefragt hättest.«

»Du kommst nicht mit, um mein Schiff mit Schmuck und Spielzeug zu beladen«, sagte Mazrith streng. »Sondern um meinen Stab zu reparieren, falls das Schlimmste passieren sollte.«

»Natürlich, mein Prinz«, sagte er und zerbrach dann mit fast kindlicher Aufregung sein Brot.

»Hast du eine Ahnung, wer euch heute Morgen in die Bibliothek gefolgt sein könnte?«, fragte Frima Mazrith und betrachtete Taits Verband.

»Niemand. Obwohl ich sicher bin, dass es dieselbe Person ist, die versucht hat, Reyna zu verletzen.«

Die Krieger wussten nicht, was im Schrein passiert war, aber sie wussten von der Schlange, die in meinem Zimmer versteckt worden war.

»Es muss jemand sein, der der Gruppe nahe steht, da er Zugang zu so vielen Informationen und diesen Räumen hat«, knurrte Svangrior.

Ich starrte ihn an, bis sein Blick auf meinen traf. Ich überlegte, ob ich seinem Blick standhalten und ihn herausfordern sollte, sah dann aber stattdessen auf mein Essen. Ich hatte keinen Beweis dafür, dass er es gewesen war. Aber ich konnte auch nicht glauben, dass es Frima oder Ellisar gewesen war.

»Wir müssen immer auf der Hut sein«, sagte Mazrith. »Und niemand reist allein irgendwohin.« Er sah mich demonstrativ an.

Ich zuckte mit den Schultern und winkte ihm mit der Hand mit dem Schlangenring zu. »Ich gehe nirgendwo hin, ohne dass du davon weißt.«

»Zu wissen, wo du bist, hilft mir nicht, dich am Leben zu halten«, knurrte er.

»Ich dachte, dass ich diese Räume nur mithilfe von Magie verlassen kann«, sagte ich.

Er sah mich mit zusammengekniffenen Augen an. »Das stimmt, aber bisher hat dich das nicht aufgehalten.«

Ich machte eine Pause. Wusste er von dem Fluchtversuch und meiner zufälligen Begegnung mit Arthur? Ich konnte nicht sehen, wie, es sei denn, die Krieger hatten ihm davon erzählt.

Ohne mich aus den Augen zu lassen, sagte er: »Wir werden weder Pferde noch Arthur mitnehmen, da auf dem Schiff kein Platz ist und ich nicht glaube, dass wir sie in einer Tundra brauchen werden.«

Oh Nein. Er wusste es.

»Schade. Es ist praktisch, Arthur in der Nähe zu haben«, sagte ich lässig.

»Ist Arthur der Bär mit dem Schild, von dem du mir erzählt hast?«, fragte Kara leise.

Ich nutzte die Gelegenheit, den Blick vom Prinzen abzuwenden und drehte mich zu ihr um. »Ja. Er ist sehr beeindruckend. Hast du je von anderen magischen Tieren gelesen?«

Zum Glück ließ Mazrith mich für den Rest des Essens mit Kara sprechen und unterhielt sich stattdessen mit Svangrior und Frima über die Reisevorbereitungen.

Er verließ das Essen als Erster, um sich um die Wachen zu kümmern, und als ich mich in mein Schlafzimmer zurückzog, war ich unruhig. Ich war mir sicher, dass es primär die Aufregung über die bevorstehende Reise war, aber auch ein anderer Gedanke schlich sich immer wieder ein.

Mazrith hatte Magie erwähnt, und ich musste immer wieder darüber nachdenken. War es möglich, dass meine Eltern oder einer meiner Elternteile etwas gewesen war, das weder Fae noch Mensch war?

Schweigend schlenderte ich zum Zimmer von Kara und Lhoris. Ich schlüpfte durch die Tür, ohne anzuklopfen, was Kara erschreckte.

»Reyna!«, flüsterte sie überrascht. Lhoris schlief im großen Sessel. Ich winkte sie aus dem Zimmer, und sie folgte mir zurück in meines.

»Was ist los?«, fragte sie, als ich die Tür schloss.

»Nichts. Ich wollte dich nur um Hilfe bitten. Noch einmal.«

»Natürlich.« Sie setzte sich neben mich aufs Bett.

»Könntest du in meiner Abwesenheit nach Informationen über Wesen mit Magie suchen, die keine Fae sind, insbesondere über diejenigen, die Visionen haben oder Gedankenmagie anwenden können?«

Ihr Gesicht hellte sich auf. »In der Bibliothek? Natürlich kann ich das! Warte.« Ihr Lächeln verblasste. »Ist das die gleiche Bibliothek, in der Tait angegriffen wurde?«

»Ja. Du darfst also nicht alleine gehen. Nur mit Ellisar. Und sag ihm, dass du für den Prinzen recherchierst.«

Sie nickte. »Das kann ich machen.«

»Danke.«

»Machst du dir Sorgen wegen der Spiele?«

Ich wollte gerade Nein sagen, aber etwas in ihrem Gesichtsausdruck ließ mich innehalten. Ich war ihr gegenüber immer stark aufgetreten, weil ich wollte, dass sie lernte, auf sich selbst aufzupassen. Aber seit wir hier waren, hatte ich gesehen, dass sie bereits viel Mut hatte. Und vielleicht auch Fähigkeiten, die sie am Leben halten konnten, die nichts mit meinen zu tun hatten. Sie war tolerant, liebenswert und verfügte über eine Weisheit, die über ihr Alter hinausging.

»Ja. Ein wenig«, gab ich zu. »Und ich bin die Kälte nicht gewohnt.«

Sie lächelte und strich mit den Händen über die vielen Bettdecken. »An Pelzen wird es bestimmt nicht fehlen.«

»Wohl wahr. Lady Kaldar mag keinen der Teilnehmer. Ich mache mir ein bisschen Sorgen, dass sie etwas versuchen wird.«

Kara schüttelte den Kopf. »Sie mag die Vertreterin des Eishofs sein, aber sie herrscht nicht darüber.«

»Du hast recht. Ich werde den König und die Königin des Eishofs treffen«, wurde mir klar.

Sie sah etwas wehmütig aus. »Ich wünschte, ich

könnte mit dir gehen. Aber ich mag die Kälte genauso wenig.«

»Ich denke, Mazrith hat recht. Ihr seid sicherer hier. Wie geht es Lhoris?«

»Er wird von Tag zu Tag stiller, aber ich denke, es geht ihm gut. Ich glaube, er kämpft mit seinen eigenen Gedanken.«

»Er ist nicht der Einzige«, murmelte ich. »Und du?«

Sie zuckte mit den Schultern. »Ich finde, dass meine Gedanken auf eine gute Art und Weise herausgefordert werden. Und jetzt darf ich eine Bibliothek erkunden. Ist sie groß?«

»Ja. Und sie hat eine Feuerstelle.«

Nachdem Kara gegangen war, war ich nicht überrascht, als Voror angeflogen kam und auf dem Bettpfosten landete.

»Also, du überlegener Intellektueller«, begrüßte ich ihn. »Wie sollen wir deiner Meinung nach auf die unerreichbare Insel gelangen? Einen anderen Weg finden oder einen neuen Talisman erschaffen?«

»Du musst den echten Talisman finden. Er wurde von den Göttern geschaffen. Man kann ihn nicht nachbilden.« Er klickte mit dem Schnabel. »Der Prinz weiß das, aber er möchte nicht nach seinem Vater suchen.«

»Glaubst du, dass der König noch lebt?«

»Nein. Sonst hätte er seinen Hof nicht so lange verlassen.«

Ich nickte. »Glaubst du immer noch, dass mir meine Vision gezeigt hat, wo er den Talisman versteckt hat?«

»Warum sollte ich meine Meinung geändert haben?« Er neigte verwirrt den Kopf. »Menschen sind seltsam.«

Ich seufzte. »Ich dachte, ich sei kein Mensch.«

»Du sprichst wie einer, das ist seltsam genug. Ich möchte mit dir über den Eishof sprechen.«

Ich kreuze meine Beine unter mir auf dem Bett. »Ich höre.«

»Ich mag stark, verstohlen und weise sein«, sagte er und verlagerte sein Gewicht von einem seiner dürren Beine auf das andere.

Mein Herz wurde schwer, als ich begriff, was er als Nächstes sagen würde. »Aber ...«

»Aber ich bin nicht in der Lage, in so tiefen Temperaturen zu überleben.«

Ich ließ meinen Kopf sinken, sodass mein Kinn meine Brust berührte. »Ich verstehe«, murmelte ich.

Er klickte mit dem Schnabel. »Findest du es schade, dass ich dich nicht begleiten kann?«

Ich hob den Kopf und sah ihn an. »Ja. Ich mag es, wenn du auf mich aufpasst. Du hast mir das Leben gerettet.«

»Der Prinz und seine unhöfliche Kriegerin werden dich beschützen.«

Ich nahm einen tiefen Atemzug. »Ich weiß. Aber ich rede auch gern mit dir.«

Eine lustige, kleine Welle bewegte sich durch seine Federn. »Du bist zu dumm, um ein wirklich anregendes

Gespräch zu führen, aber ich habe deine Gesellschaft zu schätzen gelernt.«

Ich warf ihm einen Blick zu. »Du konntest dich nicht einmal davon abhalten, mich dumm zu nennen, wenn du nett zu mir bist, wie?«

Er ignorierte mich und fuhr fort. »Ich glaube, ich kann dir auf eine andere Weise nützlich sein, während du an dem *Leikmot* teilnimmst.«

»Wirklich?«

»Ja. Ich werde dich zum Baum von *Yggdrasil* begleiten und dort auf dich warten.«

Ich begriff. »Du willst im Baum nach der Truhe des Königs suchen.«

»Ja.«

»Du lügst nicht in Bezug auf die Kälte, nur um dem Prinzen beweisen zu können, dass deine Theorien nicht fragwürdig sind, oder?«

»Auf keinen Fall. Aber wenn ich recht habe, erwarte ich, dass du dir ausreichend Zeit nimmst, um eine Entschuldigung aus ihm herauszupressen.«

»Voror, wenn du Thors Talisman findest, wird er sicher mehr tun, als sich nur bei dir zu entschuldigen. Vielleicht küsst er dich sogar.«

Ich grinste, als die Eule ihre Flügel ausbreitete und in offensichtlichem Ekel den Kopf schüttelte. »Ich ziehe mein Angebot zurück.«

»Na schön. Ich werde dafür sorgen, dass er dich nicht küsst.«

Er flog hoch in die Dachsparren, und ich hörte seine

Stimme, während er verschwand. »Ich würde dir raten, dich auch nicht von ihm küssen zu lassen. Es scheint, dass ihr euch dann noch seltsamer verhaltet als sonst.«

KAPITEL 14
REYNA

Der Abschied von Kara und Lhoris am nächsten Morgen fiel mir schwer. Obwohl es niemand sagte, war uns allen schmerzlich bewusst, dass die Möglichkeit bestand, dass ich nicht zurückkehren würde. Mazrith würde tun, was er konnte, um mich am Leben zu halten, aber er konnte sich nicht in die Spiele einmischen. Vielleicht würde der Eishof keine Spiele organisieren, die für Menschen völlig ungeeignet waren.

Aber sicher.

»Verdiene dir noch einen Zopf, Reyna«, sagte Kara und umarmte mich.

Lhoris hob meinen neuen Zopf hoch und lächelte mich an. »Bei Thor, verdiene dir drei«, sagte er, bevor er mich an sich zog. Er war sonst kein Mann, der andere umarmte, also lehnte ich mich an ihn und genoss das Gefühl. »Sei vorsichtig. Ich weiß, dass du ihm vertraust, aber niemand hier ist unser Verbündeter«, murmelte er in mein Haar.

»Das werde ich. Versprochen.«

Svangrior und Frima stritten sich, während wir durch den Palast gingen, und Tait und Brynja folgten uns. Ich ging neben Mazrith her, der schwieg. Er trug seine Totenkopfmaske, und als wir den Palast durch die Haupttüren verließen, wurde mir klar, warum. Hunderte von Fae und Menschen waren gekommen, um zu sehen, wie die königliche Truppe den Hof verließ.

Es war lange her, dass Fae dazu eingeladen wurden, andere Höfe zu besuchen, anstatt sie in der Dunkelheit der Nacht zu überfallen, daher konnte ich die Aufregung verstehen.

Am Fuß der Treppe wartete eine einfache Kutsche mit offenen Seitenwänden, die von vier Pferden gezogen wurde, und wir kletterten zu sechst hinein. Harte Bänke aus Holz boten Platz zum Sitzen.

»Moment, warum reist die Königin zum Eishof, obwohl keiner der anderen Könige hierhergekommen ist?«, fragte ich. Der Gedanke war mir gerade erst gekommen.

Mazrith warf mir einen düsteren Blick zu, als sich die Pferde ohne Anweisung in Bewegung setzten. »Ich könnte mir vorstellen, dass die anderen nicht genug Vertrauen hatten, um ihre Höfe ungeschützt zurückzulassen. Es wäre nicht dumm, eine List in Betracht zu ziehen. Die Spiele könnten ein Köder sein, um sie von ihren Thronen wegzulocken.«

»Und sie denkt anders?«

»Sie hat das alles organisiert. Obwohl ich denke, dass die anderen das ausnutzen könnten.«

»Wenn ihr beide weg seid, wer hat dann das Sagen?«

»Sie hat Rangvald zurückgelassen.«

»Hä?« Er schien nicht sehr mächtig zu sein. Klug, aber nicht stark.

Als hätte Mazrith meine Gedanken gespürt, sagte er ironisch: »Unterschätze ihn nicht. Er präsentiert sich so, wie es die Leute seiner Meinung nach erwarten. Die wahre Natur dieses Mannes ist unter mehreren Schichten unterwürfiger Scheiße verborgen.«

»Ich habe nie weisere Worte gehört«, knurrte Frima. »Der Mann ist ein Idiot.«

»Vertraust du ihm genug, um ihm die Verantwortung über den Hof zu überlassen?«, fragte ich Mazrith.

»Nein. Aber er ist schlau genug, um für Ordnung zu sorgen, bis ich zurück bin.«

Frima klopfte Mazrith auf die Schulter. »Ich bin mir sicher, dass alles gut gehen wird. Wir werden den Eishof betreten und im Nu wieder verlassen.« Die Anspannung in ihrem Gesicht passte nicht zum leichten Ton ihrer Stimme. Sie wusste nicht, dass mir die Hungernden zum Eishof folgen würden. Hier waren es nur die anderen Fae, welche eine Gefahr darstellen könnten.

»Haltet euch irgendwo fest, gleich fahren wir durch den Wald«, rief Svangrior von der Bankreihe vor uns.

Brynja gab ein leises Quietschen von sich, als die Pferde plötzlich an Tempo zulegten und begannen, durch den verwunschenen Wald zu rasen.

Obwohl ich den Palast inzwischen mehrere Male verlassen und betreten hatte, war ich noch nie zuvor dem offiziellen Weg entlang des Berges gefolgt.

Fasziniert beobachtete ich, wie wir uns auf dem Weg nach unten durch mindestens zehn Dörfer schlängelten. Jedes hatte ihre eigene Identität. Einige rochen nach geschmolzenem Metall und waren von den Geräuschen von Schmieden erfüllt, andere waren voller auf Rahmen gespannter Häute, welche von den Menschen mit Knüppeln bearbeitet wurden. Wieder andere schienen sich dem Zubereiten von Essen verschrieben zu haben, denn ich sah lange Tische vor den Häusern, auf denen Gemüse gehackt und in Säcke abgefüllt wurde. Jeder, an dem wir vorbeikamen, blieb stehen, um die Kutsche anzusehen, aber kaum einer winkte oder nickte uns zu. Ich fragte mich, ob sie ihrem Prinzen mehr Anerkennung gezollt hatten, bevor er sich mit mir verlobt hatte. Ich war die rothaarige, ausgestoßene Menschenfrau.

Aber als ich einen Blick auf sein stoisches, maskiertes Gesicht warf, während er an meine Seite gepresst dasaß, fragte ich mich, ob es mich kümmern sollte. Ohne mich würden sie ihren Prinzen an einen Fluch verlieren, und die Herrschaft würde für immer einer Irren gehören.

Wälder säumten die Lücken zwischen den Dörfern. Einige davon bestanden aus Bäumen und Sträuchern, welche jenen in der Höhle ähnelten und in der anhaltenden Dämmerung ätherisch leuchteten.

Als wir den Wald am Fuße des Berges erreichten, veränderte sich die Atmosphäre. Ich war schon einmal in diesem Wald gewesen, und er war nicht freundlich.

Diesmal wurde ich nicht von Untoten verfolgt, aber ich konnte die Abwehrhaltung der Bäume spüren, die den Berg bewachten.

Die Kutsche trug uns weiter durch den Wald und folgte einem breiten Pfad, der zum schwarzen Ufer des Wurzelflusses führte. Aber ich bemerkte das Wasser kaum. Mein Blick war auf das größte Langboot gerichtet, das ich je gesehen hatte. Brynja und ich schnappten zeitgleich nach Luft, als es in Sicht kam.

Frima grinste mich an. »Ist sie nicht wunderschön?«

Das war sie. Der robuste Rumpf aus Eichenholz musste über fünfzig Fuß lang sein, obwohl er flach auf dem Wasser lag. Eine kunstvoll geschnitzte Schlangengalionsfigur wand sich über die Vorderseite und sah aus, als wäre sie bereit, sich in die Wellen zu stürzen. Sie glich derjenigen der *Karve*, die mich zum Schattenhof gebracht hatte, nur war sie viel größer.

»Zeit für einen Rundgang«, sagte Frima und sprang aus der Kutsche, kaum waren die Pferde zum Stehen gekommen. Ich folgte ihr, und Svangrior half Brynja widerstrebend beim Aussteigen. Das Mädchen sah etwas überfordert aus, aber Frima ließ mir keine Zeit, nach ihr zu sehen. »Komm«, sagte sie und betrat eine kleine Rampe, die leichten Zugang zu dem Deck ermöglichte. Hier standen drei hölzerne Kabinen mit Fensterläden und schrägen Dächern.

Die mittlere Kabine war die größte, und in die Holztüren und Fensterläden waren weitere Schlangen geschnitzt worden. Mazriths Kabine, vermutete ich. Ich warf einen Blick hinein und sah ein mit Pelzen bedecktes Bett und drei große Truhen mit Vorhängeschlössern. In der Ecke stand ein Becken, aber ich bezweifelte, dass es hier fließendes Wasser gab.

Die zwei anderen Kabinen waren nur geringfügig kleiner, trotzdem aber geräumig genug, um komfortabel zu sein. Eine war voller Schilde und Waffen, die mit Seilen an den Wänden gesichert waren.

»Dieses Segel wurde von der alten Königsfamilie hergestellt. Mazriths Großvater hat es eigenhändig entworfen.« Frima schlug mit einer Hand auf den massiven Mast in der Mitte des Decks und blickte zu dem riesigen Segel empor.

»Und wenn das kaputt ist, gibt es immer noch die Ruder«, grummelte Svangrior und stürmte an mir vorbei, um zur Kabine mit den Waffen zu gelangen. »Tait, du wohnst bei mir«, rief er über die Schulter zurück, bevor er die Tür zuschlug.

»Tait hat Glück«, murmelte ich.

Ich sah die Umrisse weißer Flügel über den Dächern der Kabinen, was bestätigte, dass Voror mitgehalten hatte.

»Falls es relevant wird: Unter dem Deck, im Bug des Schiffes, liegen zusätzliche Segel, Seile, Teer, Holz, Lebensmittel, Waffen – und eine Menge anderer Scheiß. Die Luke befindet sich dort, wo Maz steht.« Auf der Rückseite des Schiffes gab es eine erhöhte Plattform. Mazriths in Pelze gehüllte Gestalt stand regungslos da, während er auf das Wasser blickte.

»Okay. Und ich … teile eine Kabine mit dir?« Ich kannte die Antwort bereits, aber ich fragte trotzdem.

Frima schnaubte. »Was, und Maz soll die Kabine mit Brynja teilen?« Genau in diesem Moment kam Brynja mit einer kleinen Tasche auf uns zu, und alle Farbe wich aus ihrem Gesicht.

»Schon gut, Brynja, sie macht nur Witze«, sagte ich schnell.

Frima lächelte sie entschuldigend an. »Du bist bei mir«, sagte sie zu dem Mädchen.

Brynja sah nicht so erleichtert aus, wie ich erwartet hätte. Ich konnte es ihr nicht verübeln. Frima hatte Momente, in denen sie ziemlich einschüchternd war. Ich warf einen Blick auf Mazrith, der immer noch aufs Wasser hinausstarrte, und dessen Schädelmaske im schwachen Licht glänzte. Hm. Vielleicht war Frima gar nicht so schlimm.

»Wo wird das Essen zubereitet?« Brynjas Stimme war kaum zu hören, und ich hatte Mitleid mit ihr. Sie war ziemlich selbstsicher gewesen, als keine Schatten-Fae in der Nähe gewesen waren. Vielleicht würde ihr diese Reise zeigen, dass sie keine Bedrohung darstellten.

Frima ging zu einer langen Truhe auf der einen Seite des Hauptdecks, öffnete den Deckel und holte ein langes, flaches Stück Holz heraus. »Kannst du mir helfen?« Sie warf mir einen genervten Blick zu, und ich ging hin und half ihr, etwas aufzuklappen, das sich als ein Tisch herausstellte. Nachdem wir ihn zu einer am Deck befestigten Bank geschleppt hatten, setzte sich Brynja hin und holte Karotten und ein kleines Messer aus ihrer Tasche.

Tait kam aus der Kabine, in die er Svangrior gefolgt war, und setzte sich neben sie.

»Wir brechen auf«, rief Mazrith von der Plattform aus. Er hob seinen Stab, und Schatten wirbelten davon. Sie schossen auf das Segel zu und blähten es auf. Mit einem Ruck setzte sich das Schiff in Bewegung.

KAPITEL 15

REYNA

Die Aufregung darüber, den Fluss hinunterzusegeln, ließ überraschend schnell nach. An den Rändern des Wurzelflusses konnte ich nichts sehen, und das Boot war groß genug, dass wir kaum schaukelten. Ich bot Brynja meine Hilfe beim Zubereiten des Gemüses an, aber sie lehnte ab und sagte, dass das keine Arbeit für eine Lady sei, wobei sie all meine Beteuerungen, keine Lady zu sein, ignorierte.

Tait hatte einen Stapel Bücher mit an den Tisch gebracht und las darin. Sowohl Frima als auch Svangrior waren damit beschäftigt, ihre Waffen zu schärfen.

Nach einer Weile kam Mazrith von seiner Plattform herunter. Seine grauen Augen blitzten, als er seine Maske abnahm.

»Ich spüre keine Hungernden, und meine Schatten können auch keine finden«, sagte er. Ich spürte, wie meine Unruhe etwas nachließ. »Hast du mir nicht versprochen, jede freie Minute mit Lesen zu verbringen?«, fragte er und blickte demonstrativ auf Taits Bücherstapel.

Svangrior blickte von seiner Axt auf. »Du kannst lesen?«

Ich sträubte mich, aber die Annahme, dass ich das nicht konnte, war berechtigt. Abgesehen vom Adel gab es nur wenige, die das konnten. »Kara hat mir die Grundlagen beigebracht.«

»Wie hat sie es gelernt?«, fragte Tait, interessiert genug, um von seinem Buch aufzuschauen.

»Sie war das Dienstmädchen einer Familie mit einem gleichaltrigen Sohn. Er teilte seine Lektionen mit ihr. Bis ihre Rune auftauchte und sie in den Palast gebracht wurde.«

Tait nickte und las weiter. Mazrith nahm das oberste Buch vom Stapel. »Schmelzen und Schmieden mit kostbaren Edelsteinen.«

Er reichte es mir und nahm das nächste. »Ich bin in meiner Kabine.« Als er ging, legte Frima ihr Schwert auf den Tisch.

»Warum lest ihr alle Bücher über Schmiedekunst? Geht es um Hochzeitsschmuck?« Sie schenkte mir ein Lächeln.

Unruhig schaute ich auf die Kabinentür, die sich gerade geschlossen hatte, jetzt aber wieder einen Spaltbreit aufging.

»Kümmere dich um deine eigenen Angelegenheiten, Frima«, rief Mazriths Stimme.

Als die Tür wieder zu war, verzog sie das Gesicht. »Er ist guter Laune heute.«

Die Gruppe verfiel in Schweigen, und wir konzentrierten uns auf unsere Aufgaben, während wir den Fluss hinunterfuhren. Gelegentlich machte uns Brynja Brennnesseltee in einer kleinen Kohlenpfanne vorne auf dem Schiff, und einmal verteilte sie eine Mahlzeit aus Hartkäse und weichem Brot. Mazrith verließ die Hütte nicht einmal zum Essen.

Das Lesen machte mich schläfrig, denn ich kannte nur etwa zwei Drittel der Wörter, und nichts davon war sonderlich interessant. Ich glaubte Vorors Aussage, dass wir keinen neuen Talisman schmieden konnten, allerdings war ich weniger überzeugt davon, dass der echte Talisman im Stamm von *Yggdrasil* versteckt war.

Meine bisherigen Visionen, die nicht von den Hungernden gehandelt hatten, hatten alle mit der Suche nach dem Nebelstab zu tun gehabt, also könnte er recht haben. Jemand schickte sie mir, und ich wollte unbedingt wissen, wer. Vorors geheimnisvolle Fae schien mir am wahrscheinlichsten, aber ich durfte niemandem von ihr erzählen.

Ich starrte auf das langweilige, wahrscheinlich nutzlose Buch. Mazrith hatte die Bücher über den Einsatz von Magie, um große Strecken zu überwinden, was wahrscheinlich hilfreicher war. Ich wünschte, ich könnte das Buch über Nebelstäbe lesen, aber dummerweise hatte ich es vergessen.

Ich döste ein, mein Kopf auf meinen Armen auf dem

Tisch abgelegt, und wachte ruckartig wieder auf, als Svangrior mit seiner Axt auf das Holz schlug.

»Wir nähern uns den Toren *Yggdrasils*«, sagte er laut. »Ich hole Maz.«

Der Wurzelfluss hatte sich über uns geschlossen, und über uns befand sich ein dichtes, funkelndes Blätterdach. Ich blinzelte meine Benommenheit weg, und die Energie des großen Baumes durchströmte mich.

Tait blickte sich aufgeregt um.

»Warst du schon einmal hier?«, fragte ich ihn.

»Beim Baum, ja, einmal. Aber noch nie in einem anderen Hof.«

»Warum warst du das letzte Mal hier?«

Dunkelheit huschte über sein Gesicht. »Der König hatte mich hierher gebracht. Er wollte herausfinden, ob das Spinnen von Schatten an einem so heiligen Ort wirkungsvoller ist.«

Mein Interesse war geweckt. »Und? War es das?«

»Nein.« Taits normalerweise entspanntes Gesicht wirkte hart. »Es war äußerst unangenehm und hatte zur Folge, dass der Stab unbrauchbar war und ein Teil des Baumes beschädigt wurde. Ich bereue meine Taten zutiefst.«

»Oh. Das tut mir leid.«

Sein Gesicht wurde milder. »Prinz Mazrith hat keine von Gier getriebenen Ansprüche an meine Fähigkeiten. Diese Reise wird ganz anders sein«, sagte er strahlend.

Ja, dieses Mal wirst du wahrscheinlich von untoten Krea-turen angegriffen, die dich fressen wollen, um an mich heran-zukommen, dachte ich, erwiderte aber sein Lächeln.

Der riesige Baumstamm kam in Sicht, und Mazrith kam zu uns aufs Deck. Es herrschte eine ehrfürchtige Stille. Das einzige Geräusch war das Plätschern des Wassers an den Seiten des Bootes, als wir uns den im Stamm eingelassenen Türen des Schattenhofs näherten.

Mazrith deutete auf Frima, und mit einem dankbaren Lächeln hob sie ihren Stab. Ihrer trug einen Skorpionsschwanz und einen violetten Edelstein an der Spitze. Schatten schossen daraus hervor, schwirrten in die Kohlenbecken auf beiden Seiten der Tore und flossen dann über die düsteren Schnitzereien. Mit einem lauten Knarren schwangen die Türen auf.

»Wann ist die Königin aufgebrochen?« Plötzlich hatte ich Angst, wir könnten sie im Inneren des Baumes antreffen, weil sie dort auf uns gewartet hatte.

»Ein paar Stunden vor uns«, grollte Mazrith, als wir durch die Tore segelten.

»Könnte sie noch hier sein?«

»Das bezweifle ich. Kein Fae verbringt viel Zeit im großen Baum des Lebens.«

»Warum nicht?« Wir waren hineingefahren, und die Türen schlossen sich hinter uns. Ich blickte mich um und sah die ruhigen, sanften Lichter, die kolossalen, weißen Statuen und das sanfte, grüne Laub.

»Es ist ... unangenehm.«

Die zwei anderen Fae sahen ihn zustimmend an, sagten aber nichts. Ich hoffte, dass das nicht auch auf Voror zutraf, da er vorhatte, mehrere Tage hier zu verbringen, während wir im Eishof waren.

Wie auf ein Stichwort tauchte die Stimme des Vogels

in meinem Kopf auf. »Ich fühle mich sehr wohl an diesem Ort«, sagte er. Ich blickte auf, während wir an den Statuen vorbeiglitten, und versuchte, ihn zu finden.

In der Hoffnung, dass er nicht zu weit weg war, um mich zu hören, sagte ich: »Viel Glück und pass auf dich auf.«

Brynja warf mir einen Blick zu, und ich lächelte sie verlegen an. »Ein Gebet an die Götter«, log ich.

»Es gibt keinen sichereren Ort. Und ich brauche kein Glück. Du hingegen brauchst alles, was dir die Götter geben können«, antwortete Voror.

Ich setzte ein steinernes Gesicht auf, um ein sarkastisches Lächeln zu unterdrücken.

»Bis bald, Reyna«, sagte er, und seine mentale Stimme war etwas sanfter als sonst. »Und ich hoffe, dass du dir bis zu unserem nächsten Wiedersehen weitere Zöpfe verdient hast.«

Ich lächelte. Ich kannte ihn noch nicht sehr lange, aber seit mein Leben auf den Kopf gestellt worden war, war er immer an meiner Seite gewesen. Wir trennten uns nur für ein paar Tage, aber ich würde ihn vermissen. Es waren Tage voller gefährlicher Spiele, die darauf abzielten, die Teilnehmer zu töten.

Wir erreichten die riesigen Tore zum Eishof viel zu schnell. Als wir uns näherten, erwachten die Kohlebecken auf beiden Seiten zum Leben, und strahlend blaue Flammen schossen in die Höhe. Mit einem Knarren öffnete sich das Tor und gab den Blick auf den Wurzelfluss auf der anderen Seite frei.

Ich war so nervös, dass ich beinahe damit rechnete,

von Hungernden angegriffen zu werden, aber die Flussufer waren leer.

Wie reisten die Hungernden zwischen den Höfen? Der Gedanke daran, dass sie sich im Inneren des Baumes bewegten, fühlte sich falsch und unmöglich an.

Als wir das Tor passiert hatten, war die Luft sofort kühler. Es roch nicht mehr nach Beeren und Erde, sondern nach kalten, frischen Tannen, obwohl keine Bäume zu sehen waren.

Ich stellte mich neben Mazrith und neben die geschnitzte Schlangengalionsfigur. »Voror bleibt im Baum«, sagte ich leise. »Er kann in der Kälte nicht überleben.«

Mazrith sah mich besorgt an. »Er hat dir schon oft geholfen. Es ist bedauerlich, dass du auf seine Hilfe verzichten musst.«

»Das stimmt. Aber er wird sich im Baum nach geheimen Treppen umsehen.« Ich zuckte mit den Schultern. »Er könnte Erfolg haben und etwas Hilfreiches finden.«

Der Blick des Prinzen bohrte sich in meinen. »Trotzdem müssen wir nach einem anderen Weg suchen.«

»Ja. Aber ich glaube nicht, dass die Herstellung eines neuen Amuletts möglich ist, es sei denn, man kennt einen Gott, der es verzaubert, wenn wir fertig sind.«

Er seufzte. »Leider könntest du damit recht haben.«

»Ist es dir gelungen, stattdessen fliegen zu lernen?«

Er verdrehte nicht die Augen, aber der Blick, den er

mir zuwarf, bedeutete dasselbe, da war ich mir sicher.

»Man kann nicht einfach zur Insel *Rabenstern* fliegen.«

»Du sagst das, als wäre Fliegen leicht.«

»Ein Nebelstab könnte dir die Macht dazu verleihen«, murmelte er.

»Schade, dass wir erst fliegen können müssen, um einen zu bekommen.« Ich unterdrückte ein Gähnen. »Wie lange dauert es, bis wir zum Eishof kommen?«

»Der Flussabschnitt ist lang. Fast einen ganzen Tag.« Ich musste irgendwie darauf reagiert haben, denn sein Gesicht wurde weicher. »Leg dich in der Kabine schlafen. Ich werde nach Feinden Ausschau halten.«

»Ich werde zuerst etwas lesen«, versprach ich. Sein Blick verriet mir, dass er mir nicht glaubte.

KAPITEL 16
REYNA

Ich legte mich in das warme Bett und schlief ein paar Stunden, und als ich von einem Klopfen an der Tür geweckt wurde, wusste ich, dass wir uns dem Eishof näherten. Ich konnte meinen Atem als Dampf vor meinem Gesicht sehen, als ich widerwillig unter den Pelzen hervorkroch. Die Tür öffnete sich, und Frima trat ein, die Arme voller weiterer Pelze. Sie trug einen schwarzen Kapuzenumhang, der mit silbernen Skorpionsknöpfen versehen war.

»Hier.« Sie warf mir einen Pelz zu und ging wieder. Es überraschte mich nicht, dass die Knöpfe an dem Fellumgang, den sie mir gegeben hatte, die Form von winzigen Eulen hatten. Was mich jedoch überraschte, war die Tatsache, dass sie mir gefielen. Als ich angezogen war und mir den Umhang überwarf, entdeckte ich, dass er tiefe Taschen hatte, in denen sich dicke, pelzgefütterte Lederhandschuhe und ein dünner, atmungsaktiver Schal befanden. Ich ließ den Schal in der Tasche, zog die Handschuhe an und ging aufs Deck.

Der Himmel über uns war blassgrau, die Ufer des Wurzelflusses waren niedriger als zuvor. Eisklumpen schwammen im Wasser, und ab und zu gab es einen dumpfen Knall, wenn einer gegen den Rumpf prallte. Es waren die einzigen Geräusche, die ich hören konnte. Mazrith stand immer noch neben der Schlangengalionsfigur und unterhielt sich mit Tait.

Brynja eilte mit Tee und einer Art Gebäck herbei, das sie unbeholfen in ihren dick behandschuhten Händen hielt.

»Danke. Hast du gut geschlafen?«

»Ja, Mylady«, sagte sie, klang aber nicht sehr überzeugend. »Im Goldhof herrschen nie solche Temperaturen.«

Ihre Lippen waren blass, obwohl sie dicke Felle trug. »Geh zurück in die Kabine, wir brauchen sonst nichts.«

Sie öffnete den Mund, um zu widersprechen, schloss ihn dann aber und machte einen Knicks. »Danke, Mylady. Bitte ruft mich, wenn jemand etwas benötigt.«

»Das werde ich.«

Ich gesellte mich zu Mazrith und Tait. »Wie weit noch?«

Tait bebte geradezu vor Aufregung. »Jeden Augenblick.«

Ich hatte gerade meinen Tee ausgetrunken, als wir um eine Kurve bogen und sich der Wurzelfluss vor uns öffnete.

Das eisige Wasser erstreckte sich so weit das Auge

reichte, durchzogen von gewaltigen, dreißig Fuß hohen Eisbergen. Das Boot folgte den engen Kanälen zwischen den gefrorenen Inseln, und ich blickte zu den hoch aufragenden Wänden aus blauem Eis hinauf, als wir an ihnen vorbeisegelten. Dicke, runde Tiere lagen auf dem Eis und blinzelten uns aus schwarzen Augen mit dicken Wimpern an.

In der Ferne konnte ich einen riesigen Eispalast sehen, der in die Seite eines enormen Gletschers gehauen worden war. Seine Türme glitzerten im kalten Licht. Ich musste die Augen zusammenkneifen, denn mittlerweile hatte ich mich an die konstante Düsternis des Schatten-hofs gewöhnt. Tait und die drei Schatten-Fae hatten ihre Kapuzen tief in die Augen gezogen, und ich folgte ihrem Beispiel.

»Segeln wir zum Palast?«, fragte ich.

»Wir segeln dorthin, wo wir hingeführt werden«, sagte Mazrith und zeigte nach vorn. Ich beugte mich über die Seite und sah, dass sich die Eisschollen bewegten. Die hoch aufragenden Gletscher schienen an Ort und Stelle zu bleiben, aber die schwimmenden Inseln aus Eis bewegten sich und zwangen unser Boot, den von ihnen gewählten Weg einzuschlagen.

Bald darauf glitt unser Boot durch einen Kanal in eine abgelegene Bucht, die von einem blau leuchtenden Gletscher umschlossen war. Ein Wasserfall stürzte von hoch oben herab und ergoss sich in das Wasser der Bucht, sodass die Gischt flüchtige Regenbögen in die Luft zauberte.

»Es ist wunderschön«, hauchte ich.

»Unglaublich«, stimmte Tait beeindruckt zu.

»Es ist verdammt kalt«, sagte Svangrior.

Ich hielt mich an der Seite des Bootes fest und sah ein paar Leute am Ufer der Bucht, die aus kristallklarem Eis bestand. Wir stießen dagegen, und das Boot kam zum Stillstand.

»Prinz Mazrith vom Schattenhof«, rief eine unbekannte Stimme.

Mazrith setzte seine Maske auf und sprang dann über die Seite des Bootes auf das Eis. Frima und Svangrior folgten ihm. Ich sah Tait an.

»Mich wollen sie nicht sehen.« Er lächelte. »Geh.«

Mit einem tiefen Atemzug und viel vorsichtiger als die anderen kletterte ich über die Reling.

Der Sprung war nur ein paar Fuß nach unten, aber ich glitt sofort auf dem Eis aus.

Vor uns stand eine Gruppe grauhäutiger, blauhaariger Fae, die nur spärlich bekleidet waren. Der Mann an der Spitze hielt eine Schriftrolle in der Hand. Ich schaute an ihnen vorbei und sah einen in das Eis gehauenen Tunnel, der aus der Bucht hinausführte.

Der Mann sprach: »König und Königin Verglas heißen Euch zum *Leikmot* willkommen. Da sie jedoch erfahren haben, wie Lady Kaldar und ihr Gefolge behandelt worden sind, sind sie nicht bereit, Gäste in ihrem Palast aufzunehmen.«

Mazrith, Frima und Svangrior warfen sich Blicke zu.

»Daher müssen wir darauf bestehen, dass Ihr für die Dauer Eures Aufenthalts auf Eurem Schiff wohnt. Um Euch am heutigen Abend willkommen zu heißen, wurde vorübergehend ein Festsaal errichtet.«

»Danke«, sagte Mazrith höflich. »Wo liegen die Königin des Schattenhofs und ihr Gefolge vor Anker?«

Der Eis-Fae schaffte es nicht ganz, das Zucken seiner Lippen zu verbergen. »Ihre Flotte war groß, daher wurde ihr eine größere Bucht zugewiesen. Im offenen Meer ist es nicht sicher. Uralte Kreaturen durchstreifen die Tiefen.«

Ich atmete erleichtert auf. Gleichzeitig erschuf mein Gehirn schreckliche Bilder von Meeresungeheuern, die meine Albträume noch schlimmer machen könnten.

Für mich war es völlig in Ordnung, die Bucht nicht mit der Königin zu teilen.

»Und die anderen Teilnehmer?«, fragte Mazrith.

»Lord Orm liegt ein paar Gletscher weiter westlich vor Anker und Lord Dokkar im Osten. Ihr werdet in Kürze abgeholt und zum Ball begleitet werden.«

Zwei Frauen traten hinter ihm hervor, die ein Fass zogen. »Der König und die Königin möchten Euch hiermit ihre Gastfreundschaft zeigen.«

Sie traten vom Fass zurück. Mazrith runzelte die Stirn, aber Tait rief vom Boot aus: »Danke!«

Alle Eis-Fae blickten zu ihm auf, und er winkte begeistert. Ich war mir fast sicher, dass Mazriths Lippen vor Belustigung zuckten. Die Eis-Fae verneigten sich noch einmal, dann drehten sie sich um und verschwanden durch den Tunnel.

»Was ist in dem Fass, Tait?«, rief Frima.

»Flüssiges Feuer!«

Es stellte sich heraus, dass flüssiges Feuer ein Öl war, das dem Brennstoff in den Kohlebecken im Schattenhof ähnelte, nur dass es heißer brannte und sich die Wärme irgendwie viel weiter ausbreitete.

»Das, was wir verwenden, basiert auf diesem Zeug. Es wurde im Feuerhof entwickelt«, sagte Tait, während er auf dem Deck umherlief. »Als die Höfe noch miteinander Handel betrieben, wussten die Eis-Fae, dass sie ihre Besucher warm halten mussten, deswegen lernten sie, es selbst herzustellen.«

»Ein Glück für uns«, sagte ich.

Interessanterweise sorgten die niedrige Decke und die Wärme des flüssigen Feuers für eine gemütliche Atmosphäre.

Zumindest schien es Brynja besser zu gehen. »Wir müssen Euch für den Ball fertig machen, Mylady.«

Ich stöhnte. »Ich falle ohnehin auf wie ein bunter Hund. Kann ich nicht einfach meine eigenen Kleider anbehalten?«

»Nein«, sagte Frima. »Ich werde gleich mein Kleid anziehen, und das wirst du ebenfalls.«

Ich seufzte und folgte Brynja zu meiner Kabine. Ich öffnete die Tür und erstarrte. Mazrith stand mit nacktem Oberkörper da und beugte sich über eine offene Truhe.

Ich war es gewohnt, dass seine massige Gestalt unter Stoff versteckt war. Ich starrte ihn an und war verblüfft, wie breitschultrig er immer noch war. Muskulös und

durchtrainiert. Wohlgeformt und klar definiert. Hart und
...

»Könnt ihr in einer Minute wiederkommen?«

Schatten wirbelten in seinen Augen, als ich meinen
Blick von seinem Bauch losriss und ihn anblinzelte.

Ich antwortete nicht, sondern schlug einfach nur die
Tür zu. Brynja starrte mich aus großen Augen an. »Wir
warten einfach hier.« Sie nickte stumm.

Ein paar Minuten später trat Mazrith in schwarzen
und mit Silber verzierten Fae-Roben aus der Kabine. Er
trug elegante Handschuhen und Stiefel, die ihm fast bis
zu den Oberschenkeln reichten. »Die Kabine gehört dir«,
sagte er. Seine Stimme schien leiser und rauer zu sein,
und ich wich seinem Blick aus und stürmte nach
drinnen.

Ich atmete tief durch und setzte mich auf das Bett.

Wie konnte mir der Anblick eines nackten Oberkör-
pers Herzrasen bereiten?

Weil du weißt, was für Gefühle er in dir auslösen könnte.
Erinnerungen an meinen Traum erfüllten meinen Kopf.

Aber das war nicht real gewesen. Es war gut möglich,
dass er keine Ahnung hatte, wie man eine Frau
verwöhnte.

Dieser Gedanke blieb weniger als einen Herzschlag
lang in meinem Kopf hängen. Jedes Wort, das er zu mir
gesagt hatte, war real gewesen. Seine Schatten waren
real gewesen. Dieser riesige, stählerne Körper war real
gewesen.

»Mylady, hier ist Euer Kleid für heute Abend.« Brynja
riss mich aus meinen Gedanken, indem sie etwas Großes

und größtenteils Blaues aus einer Truhe zog und hochhielt.

»Großartig«, sagte ich, ohne wirklich hinzuschauen.

Sie legte es auf den Boden und wies mich an, hineinzusteigen, dann zog sie es hoch und begann, es hinten zuzuschnüren. Ich schaute an mir herab und stutzte.

»Bei den Göttern, das ist … das ist wunderschön.«

Es bestand aus einem schimmernden, blauen Stoff, der im Licht aussah, als würde er leuchten. Der Rock bestand aus mehreren Schichten eines durchsichtigen, hauchdünnen Stoffes, wobei jede Schicht einen Farbton heller war als die darunterliegende, wodurch ein Farbverlauf entstand, der von Nachtblau bis hin zu einem blassen, eisigen Hellblau reichte. Auf jede Schicht waren winzige Kristalle gestickt worden, sodass es bei jeder Bewegung aussah, als wären Sterne unter dem Stoff gefangen.

»Ihr sehr umwerfend aus«, sagte sie. Über dem Becken in der Ecke befand sich ein kleiner Spiegel, der aber nicht groß genug war, um das ganze Kleid zu sehen. Ich konnte jedoch erkennen, dass das trägerlose Oberteil einen herzförmigen Ausschnitt hatte, der mehr von meinem Dekolleté entblößte, als mir lieb war.

Brynja reichte mir neue Handschuhe aus zarter, silberblauer Seide, die bis zu meinen Ellenbogen reichen würden. Auch sie schimmerten in einem frostigen Glanz.

Sie brauchte weniger Zeit als sonst, um meine Haare und mein Make-up zu machen. Wahrscheinlich hatte sie inzwischen eine Menge Übung darin.

»Weißt du, eines Tages könntest du zu ihnen passen.«

Ich runzelte die Stirn. »Ich bin mir nicht sicher, ob ich das will. Aber ich glaube nicht, dass die Fae auf diesem Boot unsere Feinde sind.« Ich warf ihr einen, wie ich hoffte, beruhigenden Blick zu.

Sie antwortete nicht, lächelte aber.

Als ich das Deck betrat, geriet das Gespräch, das dort stattfand, ins Stocken. Frima grinste, Svangrior funkelte mich an, Tait nickte fröhlich und Mazrith starrte mich an. Intensiv.

»Ich dachte, du hasst Kleider«, sagte er, als ich den Tisch erreichte.

Brynja trug meinen Umhang hinter mir her, aber die Wärme des flüssigen Feuers reichte, sodass ich nur ein leichtes, kaltes Prickeln auf meinen nackten Schultern spüren konnte.

»Tue ich auch.«

»Aber, bei Odin, sie stehen dir verdammt gut«, sagte Frima.

»Danke.«

Mazrith stand mit einem Ruck auf. »Ich möchte dir etwas geben«, sagte er knapp.

Frima schnaubte. »Da habe ich keine Zweifel.«

Er starrte sie böse an und marschierte dann in die Kabine.

»Ich denke, du solltest ihm folgen«, sagte Frima mit einem gespielten Flüstern.

»Oh.« Mit einem Anflug von Angst folgte ich dem Prinzen.

KAPITEL 17

REYNA

Die Tatsache, dass Mazrith vollständig bekleidet war, als ich eintrat, erfüllte mich mit einer gewissen Erleichterung. Das Gefühl verschwand jedoch, als ich sein Gesicht sah. Meine Wangen wurden rot und ich verspürte den Wunsch, wegzulaufen und mich zu verstecken.

Wenn ich je irgendwelche Zweifel daran gehabt hatte, dass der Faeprinz sich zu mir hingezogen fühlte, dann waren sie jetzt verschwunden. Verlangen spiegelte sich auf seinem Gesicht wider, und seine Augen waren voller Lust.

»Ich dachte, du hättest gesagt, wir könnten nicht …«, begann ich, aber er unterbrach mich.

»Rüstung«, knurrte er.

»W-was?«

»Deine Rüstung ist fertig.«

Ich blinzelte und versuchte, mir nicht vorzustellen,

wie er durch den Raum auf mich zukam und seine Lippen auf meine presste. »Meine Rüstung?«

»Ja.«

»Ich ... ich trage ein Kleid.« Ich wusste nicht, was ich sonst sagen sollte, und meine brennenden Wangen und mein lustvoll pulsierender Unterleib verlangsamten meine Gedanken.

»Ich will nicht, dass du unbewaffnet zum Ball gehst, deshalb wollte ich dir das hier geben.« Seine Stimme war angespannt, als er die Hand ausstreckte, und ich machte einen zögernden Schritt auf ihn zu, um zu sehen, was er hielt.

Es sah aus wie silberne Krallen, die mit seltsamen Metallringen verbunden waren. Ich streckte die Hand aus und berührte eine davon. Selbst durch die Seidenhandschuhe hindurch spürte ich die Wärme, die davon ausging. Ich biss mir auf die Lippe, um ein Keuchen zu unterdrücken. Seine Pupillen weiteten sich bei meiner Reaktion, und sein Blick fiel auf meinen Mund.

»Was sind das?«, fragte ich atemlos.

»Das sind Fingerkrallen. Speziell für dich entwickelt.«

Er ließ alle bis auf eine der Krallen aufs Bett fallen, dann nahm er meinen Zeigefinger und schob die Klaue darüber. Er schloss die kleinen Metallringe um meinen Finger und ich starrte sie an. Die Klaue war in Glieder aufgeteilt, sodass sie meinem Finger folgte, wenn ich ihn bewegte. Das spitze Ende sah messerscharf aus.

Ich sah zu ihm auf, und sein Gesicht war immer noch voller Verlangen.

»Magst du sie?«

»Ja.« Ich versuchte, mein rasendes Herz zu beruhigen. »Wie die eines Raubvogels.«

Er nickte. »Sie sind so verzaubert, dass sie dich nicht schneiden können. Nur deine Feinde.«

»Danke«, sagte ich.

Allerdings waren es zwei andere Wörter, die in meinem Kopf herumschwirrten.

Immer und immer wieder, als wäre ich in einem dicken Nebel gefangen und nur die Hälfte von dem, was um mich herum geschah, drang zu mir durch.

Küss ihn.

Küss ihn.

Küss ihn.

Ich stellte mich auf die Zehenspitzen. Seine Hände bewegten sich, ergriffen meine Taille und zogen mich näher.

»Das ist nicht klug«, sagte Mazrith, während mich seine Finger fester umschlossen.

»Ich weiß«, hauchte ich, als ich ihm mein Gesicht zuwandte. Meine Hände bewegten sich wie von selbst, legten sich auf seine Brust und spürten seinen hämmernden Herzschlag.

»Das dürfen wir nicht«, sagte er mit rauer Stimme.

Ich antwortete nicht. Ich konnte nicht. Die Stimme in meinem Kopf übertönte jeden logischen Gedanken. Mein Körper bewegte sich, als hätte er einen eigenen Willen, angetrieben von einem instinktiven Verlangen, das ich nicht ignorieren konnte.

Küss ihn.

Küss ihn.

Küss ihn.

Seine Finger gruben sich in den Stoff meines Kleides. »Das dürfen wir nicht«, sagte er erneut, aber sein Protest war schwach. Sein Blick fiel auf meine Lippen, die nur noch einen Fingerbreit von seinen entfernt waren.

Ich ließ meine Hände nach oben gleiten, strich über seinen Hals und durch das weiche Haar in seinem Nacken. Er umschloss mich noch fester, und ein leises Stöhnen kam über seine Lippen. Der Laut eliminierte das letzte bisschen meiner Beherrschung.

Ich presste meinen Mund auf seinen und genoss das betörende Feuer, das bei der Berührung durch meine Adern schoss. Seine Lippen zeugten von einem Verlangen, das dem meinen gleichkam, und der Kuss wurde sofort intensiver, wild und fordernd. Alle Gedanken an mögliche Konsequenzen verschwanden, und alles, was blieb, war das Gefühl, wie sich unsere Körper aneinanderpressten und versuchten, zu einer Einheit zu verschmelzen.

Mazrith drängte mich gegen die Wand, und sein Körper drückte mich fest dagegen. Ich schlang ein Bein um seine Hüften und zog ihn fester an mich. Er stöhnte gegen meinen Mund, seine Hände wanderten über meinen Körper, ließen meine Haut in Flammen aufgehen und hinterließen heiße, prickelnde Spuren. Ich keuchte, als seine Finger das steife Korsett umfassten, um meine Brüste zu berühren.

Mir war schwindelig, und ich bekam kaum mehr Luft. Alles, was in diesem Moment zählte, waren das herrliche Gefühl seines harten Körpers auf meinem, die Berührungen seiner Lippen und die Hitze, die seine Hände auf meiner Haut hinterließen.

Er unterbrach den Kuss abrupt und legte seine Stirn an meine. Seine Augen waren voller wirbelnder Schatten, als er mich ansah. »Wir müssen aufhören«, sagte er, machte jedoch keine Anstalten, mich loszulassen.

»Ich weiß«, sagte ich noch einmal, aber meine Hände glitten unter sein Gewand und streichelten die Haut seines harten Bauches. Heiße Lust pochte zwischen meinen Beinen. Mit einem Knurren presste er erneut seine Lippen auf meine. Diesmal war der Kuss rauer, geprägt von Lust und verzweifeltem Verlangen. Ich sehnte mich nach seiner Leidenschaft und der Lust in meinem Leib, die so intensiv war, dass es schmerzte.

»Hast du eine Ahnung, was du mit mir machst?«, murmelte er gegen meine Lippen. *Ja.* Ich konnte spüren, wie er hart, groß und bereit er war, während er seinen Körper an mich drückte.

Seine Hände glitten tiefer, und seine Finger strichen über meinen Hintern. »Du wirst mich noch ins Grab bringen, *Gildi.*«

Als er diese Worte sagte, blitzte ein Licht zwischen uns auf. Wir erstarrten und sahen zu, wie eine goldene Rune von seiner Wange emporschwebte, gefolgt von zwei weiteren.

Er trat zurück und ließ mich los, als hätte er sich an mir verbrannt.

»Was ... warum ...«, brachte ich mühsam hervor. Mein Geist war vernebelt vor Verwirrung und Lust.

»Wir müssen aufhören«, sagte er grob.

Auf ein lautes Klopfen an der Tür folgte Frimas Stimme. »Ähm, es tut mir leid, euch zu stören, aber die Eskorte ist hier.«

Ein Teil von mir war dankbar für die Unterbrechung, aber der Rest von mir schrie vor Frustration. Mein Körper pochte vor Verlangen, und tausend Fragen rasten durch meinen Kopf.

Warum schwebten Runen von seiner Haut? Und warum beunruhigte es ihn so sehr, wenn es passierte?

Er beugte sich an mir vorbei und öffnete die Tür, und Frima, die draußen stand, erschrak. »Wir kommen.« Er schloss sie wieder und sah mich an. »Es stehen wichtigere Dinge auf dem Spiel als du und ich. Das Schicksal meines Hofes, vielleicht das von ganz *Yggdrasil*, könnte davon abhängen, ob wir diesen Nebelstab finden oder nicht.« Er schluckte, und seine Augen leuchteten. »Wir haben uns schon einmal von unserer Lust überwältigen lassen und dadurch einen Rückschlag erlitten. Wir dürfen diesen ... oberflächlichen Wünschen nicht nachgeben.«

Ich wünschte, seine Worte würden mich nicht verletzen. Unsere Wünsche *waren* oberflächlich. Bei Odin, es war nicht so, dass ich ihn liebte. Es war mein Körper, der sich geradezu verzweifelt nach seiner Nähe zu sehnen schien.

Lügen.

Du respektierst ihn. Du hast noch nie jemanden so sehr respektiert wie ihn. Ich verdrängte meine innere Stimme und zwang mich, zu sagen: »Glaubst du, dass die Intimität zwischen uns zu Streitigkeiten führen könnte?«

Wieder blitzten seine Augen, und ich wusste, dass mehr dahintersteckte. »Ich glaube, dass das Risiko zu groß ist.«

Ich hielt seinem Blick stand. Es war keine Lüge. Ich glaubte ihm – dass es ein Risiko war, unserer Leidenschaft nachzugeben. Aber er ließ regelmäßig Teile der Wahrheit aus.

Ich glaubte nicht, dass das Risiko, auf das er sich bezog, das war, was er mir gesagt hatte. Es steckte noch viel mehr dahinter.

»Sie werden langsam ungeduldig, Maz! Wir müssen los!«

Mit einem genervten Knurren stürmte er an mir vorbei, öffnete die Tür und hielt dann inne. »Die Fingerkrallen«, sagte er und deutete auf das Bett. »Vergiss sie nicht.«

»Mazrith, ich ...«

»Wir werden reden. Aber nicht hier und nicht jetzt.«

Er verließ die Kabine, und ich atmete tief durch.

Ich hatte nicht gewusst, dass ich zu solch intensiven Gefühlen fähig war. Die Zuneigung, die Verwirrung, das Verlangen. Es war ganz einfach zu viel.

Aber ich hatte keine Zeit, weiter darüber nachzudenken. Ich musste einen weiteren, verdammten Ball besuchen.

KAPITEL 18
REYNA

Schweigend folgten wir den beiden Eis-Fae, die uns durch den Tunnel im Gletscher eskortieren sollten. Als wir die Hitze des Kohlebeckens hinter uns ließen, wurde die Kälte beißend, und ich war dankbar für meinen dicken Umhang. Ich hatte die Krallen in die Tasche gesteckt, denn ohne mich im Umgang damit geübt zu haben, hatte ich Angst, andere ungewollt zu kratzen oder zu verletzen.

Als wir auf der anderen Seite des Tunnels ankamen, stockte mir der Atem. Vor uns befand sich ein zentraler Eisberg, umgeben von Gletschern, von denen ich annahm, dass sie die anderen Boote beherbergten. Darauf befand sich eine Struktur, die vollständig aus Eis bestand. Es war eine kleinere Version des Palastes, den ich gesehen hatte, erkannte ich mit offenem Mund.

Er glitzerte im blassen Licht der Dämmerung, und seine kristallklaren Türme ragten hoch in den dunkelblauen Himmel. Die Wände bestanden aus glatten Eisblöcken, die ineinander verschmolzen, und überall gab es anmutig aussehende Bögen.

Eine komplizierte Eisbrücke, die zum Glück undurchsichtig war, führte uns vom Gletscher zum Eisberg. Wir sahen weitere Fae, als wir uns den Gärten darum herum näherten. Aus riesigen Schneeverwehungen waren Labyrinthe erschaffen worden, umgeben von Eisskulpturen, welche Wald- und Meerestiere darstellten. Mit Raureif überzogene, in Form geschnittene Büsche säumten das Gelände, und ein einzelner, verwitterter Baum mit silbernen Blättern stand in der Mitte eines Hofs.

Tait sah sich verwundert um, als wir uns dem Haupteingang näherten, einem hohen, offenen Torbogen ohne Türen, und mir schien, Frima hatte Mühe, ihre Ehrfurcht zu verbergen, als wir die Stufen aus Eis hinaufstiegen und den Saal betraten.

Gefrorene Wasserfälle stürzten an zwei Wänden herab, und das Eis war transparent und makellos glatt. Am anderen Ende des Raumes befand sich ein ovales Podest, auf dem zwei mit Edelsteinen und Eiskristallen besetzte Throne standen, über denen sich hohe, kunstvoll geschnitzte Bögen befanden.

Wendeltreppen, die zu einer schmalen Balkonebene emporführten, wanden sich in regelmäßigen Abständen vom Ballsaal in die Höhe, und jede ihrer Stufen war ein Eisblock. Die Geländer waren so fein, dass sie aussahen, als würden sie bei der kleinsten Berührung zerbrechen.

Aber das auffälligste Merkmal war der Boden. Er

bestand aus einer einzigen, klaren, glatten Eisplatte, und darunter befand sich ein riesiger Abgrund mit eisigem Wasser, das von innen heraus zu leuchten schien.

Vielleicht war dies ihre Antwort auf die Blutflüsse unter dem Saal des Schattenhofs? Es machte mich unruhig, und ich richtete meinen Blick auf die schöneren Aspekte des riesigen Raumes.

Ein Orchester spielte auf einem Balkon hoch über der Galerie, und die Musik hatte einen beinahe unheimlichen Klang. Paare tanzten und glitten über den polierten Eisboden. Die blauhaarigen Frauen trugen Gewänder aus silbriger Seide und Spitze, die mit ihrer blassen Haut verschmolzen. Ihre Gesichter waren hinter gefiederten Vogelmasken verborgen. Die meisten zeigten Schwäne, Raben und Tauben. Die Männer trugen fast nichts, und all die entblößten Körper ließen meine Wangen rot anlaufen. Lendenschürze aus Pelz und Masken, die Füchse und Wölfe zeigten, waren alles, was sie gegen die Kälte zu brauchen schienen.

Zauberhafte Lichter flackerten in den gefrorenen Wasserfällen, deren warme Farbtöne sich mit dem kühlen Licht des Bodens vermischten.

Ein Diener kam herbeigeeilt. Sein langes, braunes Haar war zurückgebunden und sein Körper in rötliche Felle gehüllt. Er hielt ein Tablett, auf dem Gläser mit einer prickelnden, rosafarbenen Flüssigkeit standen.

Ich griff dankbar danach, als Svangrior ihm einen misstrauischen Blick zuwarf. Ich stieß ein überraschtes Zischen aus, als das Stielglas trotz meiner Handschuhe meine Haut verbrannte. Der Diener warf mir einen wissenden Blick zu.

»Die Gläser sind aus Eis, Mylady, und sie schmelzen schnell«, flüsterte er.

»Danke für den Tipp.«

Mazrith und Frima nahmen je eins, und ich nahm schnell einen Schluck.

»Bei den Göttern, das schmeckt gut«, hauchte ich und war überrascht, dass das Glas leer war, als ich es sinken ließ. Tatsächlich schmolz es unter meinen tauben Fingern dahin. Der Diener hielt uns eine silberne Schüssel entgegen, und alle legten ihre leeren, schmelzenden Gläser hinein.

»Ich traue diesem Ort nicht«, sagte Svangrior und warf dem Diener einen wütenden Blick zu, während er zur nächsten Gruppe von Gästen eilte.

»Du vertraust nichts und niemandem«, murmelte Frima. Ihr Kleid war weiß und kurz, wies jedoch eine lange Schleppe aus Spitze auf, die es sehr elegant erscheinen ließ. Ihr Blick wanderte über all die nackten Oberkörper, als sie ihm auf den Arm schlug. »Entspann dich, Svangrior. Amüsiere dich ein wenig.« Er warf ihr einen finsteren Blick zu und stapfte dann in Richtung der Tische davon, die unter dem Gewicht der vielen Schüsseln mit Essen ächzten. Sie zuckte mit den Schultern. »Ich dachte an etwas Aufregenderes als Essen, aber was soll's.« Sie sah Mazrith an. »Willst du Tait im Auge behalten, oder soll ich das tun?« Der Schattenspinner war bereits in ein Gespräch mit zwei Eis-Fae vertieft, die riesige Schwanenmasken trugen.

Noch ehe Mazrith antworten konnte, ertönte ein Horn, und die Musik und sämtliche Gespräche verstummten. Durch den Torbogen schritten zwei Fae, die nur der König und die Königin des Eishofs sein konnten. König Verglas schritt in einem Wirbel aus Fell und Stahl herbei, und er trug einen Helm, auf dem ein einzelner, massiver Diamant glitzerte. Seine Augen glichen Splittern aus blassem Citrin, kalt und herrisch, und sein schmales Gesicht wurde von scharfen, hohen Wangenknochen dominiert.

Königin Verglas flankierte ihn anmutig. Ihre graue Haut war blasser als die aller anderen Eis-Fae im Raum, und auch ihr Haar hatte einen deutlich grelleren Blauton. Ihr Kleid sah aus, als wäre es aus Silber gesponnen, und in ihren Zöpfen prangten Opale und Mondsteine. Der Blick ihrer Augen ähnelte dem ihres Mannes: hart und kalt. Ich fand ihre Schönheit eher einschüchternd als ansprechend.

Sie setzten sich auf ihre Throne, und eine Kälte schien ihnen zu folgen, die einem sowohl den Atem als auch die Wärme raubte. König Verglas drehte sich um und ließ seinen Blick über die Menge schweifen. Auf sein Nicken hin schossen Flammen den Eiswänden entlang in die Höhe, doch das Feuer war so blau wie die Gletscher draußen.

»Wir heißen Euch herzlich willkommen.« Königin Verglas hob die Hände, die mit funkelnden Ringen aus Saphiren und Diamanten geschmückt waren. »Die Spiele des *Leikmot* sind bei uns angelangt. Lasst die Feierlichkeiten beginnen!« Bei ihren Worten erklang erneut

Musik. Die Fae jubelten, viele verneigten sich, und dann wurde wieder getanzt, gegessen und geredet.

Ich suchte nach bekannten Gesichtern. Dokkar und die Erd-Fae waren leicht zu erkennen, denn ihre Haut war viel dunkler als die der Eis- und Gold-Fae. Auch die Königin des Schattenhofs stach aus der Menge hervor. Sie trug ein tiefschwarzes Kleid und überragte sämtliche Anwesenden, da sie ihr Haar in wilden Locken auf ihrem Kopf aufgetürmt hatte.

Sie warf uns ein schwarzes Lächeln zu und winkte uns herbei.

»Ich schätze, wir müssen unsere Rollen spielen«, stöhnte ich.

»Ich beneide dich nicht. Ich werde dafür sorgen, dass Tait nicht entführt oder getötet wird«, sagte Frima und verschwand hinter dem Schattenspinner in der Menge. Ich sah Mazrith an, dessen Augen hinter seiner Maske blitzten.

Ich senkte meine Stimme. »Du hast kein Wort gesagt, seit wir die Kabine verlassen haben. Wie sieht unser Plan aus?«

»Kein Tanz«, knurrte er.

Meine Gedanken kehrten zu unserem Tanz auf dem ersten Ball im Schattenhof zurück, und eine Welle der Hitze durchströmte meinen Körper. »Kein Tanz«, stimmte ich zu.

»Wir führen ein höfliches Gespräch mit meiner Stiefmutter, stellen uns offiziell dem König und der Königin vor, und dann sprichst du mit Dokkar.«

Ich nickte. »Gibt es etwas, was ich über die Eis-Fae

wissen sollte?«, fragte ich, als wir uns auf den Weg zu Königin Andask und ihren Dienern machten.

»Es ist etwas spät, um danach zu fragen, wenn wir bereits von ihnen umgeben sind.« Ich warf ihm einen Blick zu, aber glücklicherweise bekam ich mehr als eine einsilbige Antwort. »Wir wissen wenig über sie, aber sie haben eine Vorliebe für Edelsteine, sind beeindruckende Krieger und Jäger und sammeln Zöpfe als Trophäen.«

»Trophäen?«

»Von ihren Opfern.«

»Oh.«

»Tait kann dir zweifellos mehr über sie erzählen.«

»Dieses Gebäude ist unglaublich. Offensichtlich sind sie Meister der Eisarchitektur.« Ich hob die Hände und deutete auf die Gesamtheit der Halle. »Du bist anderer Meinung?«

»Es ist kalt.«

»Hm. Wer könnte etwas lieben, das sowohl kalt als auch schön ist?«, murmelte ich.

Er warf mir einen scharfen Blick zu, aber wir hatten die Königin erreicht.

»Ah, mein Sohn!«, sagte sie strahlend.

»Stiefmutter«, antwortete er steif.

Ihre Höflinge hatten sich um sie herum aufgestellt und warfen mir jedes Mal, wenn ich sie ansah, misstrauische Blicke zu. Ich richtete meinen Blick auf die Königin.

»Und Reyna, wie schön, dich zu sehen. Du siehst so …« Sie blickte mich lange von oben bis unten an. »… lecker aus.« Sie fuhr sich mit der Zunge über die Zähne, und ich unterdrückte ein angewidertes Schaudern.

Ich wusste, dass wir beobachtet wurden, und versuchte, ein Lächeln zu erzwingen.

Ihr eigenes wurde breiter. »Ich bin gespannt, welche Spiele sich die Eis-Fae ausgedacht haben. Ist es nicht herrlich, dass wir seit so vielen Jahren die Ersten in unserer Familie sind, die in einem anderen Hof zu Gast sind?« Sie strahlte Mazrith an.

»Herrlich«, stimmte er zu, obwohl sein Tonfall verriet, dass er es alles andere als herrlich fand. »Ich wünsche dir noch einen schönen Abend, Stiefmutter.«

Er drehte sich um, noch ehe sie antworten konnte, und ich folgte ihm mit einem plötzlichen Gefühl von Erleichterung.

»Nun, das lief doch ziemlich glatt«, murmelte ich, nahm einem vorübergehenden Diener ein weiteres, rosafarbenes Glas ab und kippte den Inhalt herunter. »Ich dachte, wir müssten sie noch länger ertragen.«

»Ich habe wenig Geduld heute Abend«, knurrte Mazrith.

Wenn er auch nur halb so angespannt war wie ich, verstand ich vollkommen, warum er unsere Unterhaltung mit der Königin so abrupt abgebrochen hatte.

»Wir müssen König und Königin Verglas unseren Respekt zollen.«

Ich folgte ihm bis zum Ende einer Schlange von Fae, die vor den Thronen Aufstellung genommen hatten. »Woher kennst du die Verhaltensregeln für den Besuch eines anderen Hofes, wenn du noch nie hier warst?«

»Tait liest. Ich lese.«

Ich neigte meinen Kopf in seine Richtung, aber er sah

mich nicht an. »Deine Mutter hat sich das gewünscht«, erinnerte ich mich.

Er sah mich von der Seite her an, und seine Schultern sackten etwas nach unten. »Ja.«

»Hätte sie nicht gewollt, dass du diese Erfahrung genießt, jetzt, wo du hier bist?« Er starrte mich böse an, und ich zuckte mit den Schultern. »Man kann nicht leugnen, dass dieser Ort wunderschön ist.« Ich deutete auf die blauen Flammen und die komplizierten, filigranen Geländer. »Obwohl es kalt ist.«

»Na schön. Es ist … beeindruckend. Auf seine eigene Art und Weise.«

Es dauerte nicht lange, bis wir die Throne erreichten, und ich ahmte Mazrith nach und verbeugte mich tief vor dem Königspaar.

Weder der König noch die Königin sprachen mit uns, sondern neigten lediglich ihre Köpfe, ehe uns ein Höfling zuwinkte, damit wir dem nächsten Gast Platz machten.

»Das war alles?«, fragte ich, als wir an der gegenüberliegenden Wand des Raumes entlanggingen. »Nicht einmal eine Begrüßung?«

»Ich bin nur ein Prinz, also steht es mir nicht zu, mit dem König zu sprechen. Wenn die Traditionen gewahrt werden, sollte meine Stiefmutter irgendwann im Verlauf ihres Besuchs dazu eingeladen werden, offiziell mit dem Königspaar zu speisen. Hast du Hunger?«, fragte Mazrith mich.

Ich nickte, obwohl ich vermutete, dass das leere Gefühl in meinem Bauch eher davon kam, dass ich mich danach sehnte, ihn zwischen meinen Schenkeln zu spüren. »Ich weiß allerdings nicht, wie das Essen hier so ist. Ich habe es noch nicht gesehen.«

»Warte hier. Ich werde uns etwas holen.«

Ich beobachtete seine große, dunkle Gestalt, als er den Raum durchquerte und auf die Tische mit dem Essen zusteuerte. Die Leute gingen ihm instinktiv aus dem Weg, und seine schwarzen Roben und die dunklen Pelze machten es unmöglich, ihn zu übersehen.

»Es ist wirklich schade, dass es Euch nicht gestattet ist, den echten Palast zu besuchen«, sagte eine Frauenstimme, was mich vor Überraschung zusammenzucken ließ. Eine Fae stand neben mir. Sie trug eine türkisfarbene Pfauenmaske, die sich deutlich von den anderen, meist schwarzen und weißen Masken unterschied.

»Oh, ähm, ja, das ist es«, sagte ich und nickte. »Obwohl dieser Saal wunderschön ist.«

»Findet Ihr? Dann würdet Ihr den Palast lieben.« Sie sah ihren Begleiter an, einen Mann mit einer Fuchsmaske und etwa sechs silbernen Ringen an seinen Brustwarzen, dann Mazrith, der dabei war, uns etwas zu essen zu holen. Ich hatte den starken Verdacht, dass sie nur mit mir sprach, weil er nicht da war. »Schrecklich, was Königin Andask am Ende der Spiele im Schattenhof getan hat.« Ihre Stimme klang empört.

»Da stimme ich Euch zu«, sagte ich leise.

Sie sah mich mit schmalen Augen an. »Man erzählt sich, dass sich der Prinz und die Königin nicht immer einig sind. Dass er auch mit dem, was sie getan hat, nicht einverstanden war?«

»Er war alles andere als einverstanden«, sagte ich vorsichtig.

Sie senkte ihre Stimme zu einem Flüstern. »Stimmt es, dass er unterwegs war, um gegen eine Invasion von Untoten zu kämpfen?« Ihr männlicher Begleiter beugte sich vor.

»Er war zu dem Zeitpunkt nicht im Palast«, sagte ich nur.

Sie lehnte sich zurück und seufzte durch die Nase.

»Wie schrecklich«, sagte sie. »Wisst Ihr, alles auf diesen Eisbergen wurde speziell für diese Spiele gebaut, weit weg vom Herzen des Eishofes, weil die Schatten-Fae nicht vertrauenswürdig sind. Die mächtigsten Baumeister haben tagelang unermüdlich gearbeitet, um alles rechtzeitig fertigzustellen.« Sie schnaubte. »Arme Lady Kaldar.«

Ich kam zu zum Schluss, dass sie nach Informationen fischte, also sollte ich es ihr vielleicht gleichtun. »Wisst Ihr, an welchen Spielen sie gearbeitet haben?«

Die Fae blickte über ihre kantige Nase hinweg auf mich herab, dann verzogen sich ihre Lippen zu einem Lächeln. Langsam lehnte sie sich zurück und starrte auf meine Haare. »Ich verrate Euch ein kleines Geheimnis.« Sie beugte sich vor und flüsterte: »Ihr gehört nicht hierher. Mit solchem Haar solltet Ihr weder bei den Spielen, in dieser Halle noch im Stamm von Yggdrasil sein. Menschen sollten Getränke servieren, unsere Mahlzeiten kochen oder unsere Grenzen verteidigen. Sie sollten nicht die Ehre haben, gegen Fae zu kämpfen und Mitglieder der Königshäuser zu heiraten.«

Ich atmete schwer durch die Nase ein und biss mir auf die Zunge.

Es war nichts Neues, das zu hören, nur hätte ich früher einen Schwall von Beleidigungen ausgespuckt, wohl wissend, dass ich eine wertvolle *Goldgeberin* war und nicht allzu hart bestraft werden würde.

Hier hatte ich keinen Wert. Sogar der Hof, den ich vertrat, hielt mich für unwürdig und wollte, dass ich versagte.

Ich hob die Hand, und meine Finger schlossen sich um das Ende meines neuen Zopfes, der in das Haar geflochten war, das so viel unerklärlichen Hass auf sich zog. Die Augen der Fae folgten meiner Bewegung, und ihr männlicher Begleiter machte ein abfälliges Geräusch.

»Glück«, murmelte er.

Erweise dich des Zopfes würdig, Reyna. Ehre. Würde. Das war es, was er symbolisierte.

Beleidigungen würden mir nichts nützen. Wenn ich mir jedoch weitere Zöpfe verdiente und bewies, dass ich Wert hatte, würde das die Arroganz von ihren Gesichtern fegen.

»Man sollte Menschen nicht unterschätzen«, sagte ich und hob mein Kinn. »Und die Haarfarbe einer Person sagt nichts über ihre Ehre oder ihren Mut aus.« Lhoris hatte das oft zu mir gesagt, als ich noch ein wütender Teenager gewesen war.

Mazrith kam zurück, noch ehe sie antworten konnte, und ich griff dankbar nach dem Teller, den er mir reichte. Die Fae verneigte sich blitzschnell vor ihm und huschte davon, dicht gefolgt von ihrem Begleiter mit der Fuchsmaske.

»Sie waren auf Klatsch aus«, sagte ich auf seinen fragenden Blick hin und schaute mein Essen an. »Also dann, was essen wir?«

KAPITEL 19

REYNA

»Ich glaube nicht, dass er mir etwas verraten wird«, murmelte ich, als Mazrith mich über die gut gefüllte Tanzfläche zu Dokkar und seiner Gruppe von Erd-Fae führte. »Er ist mein Konkurrent.«

Riesige Röcke wirbelten um uns herum, und ich wünschte, wir könnten uns den Tänzern anschließen, damit ich Mazriths starke Arme um mich spüren konnte, anstatt mit weiteren Fae zu sprechen, die mich für erbärmlich hielten.

»Wir dürfen uns diese Gelegenheit nicht entgehen lassen. Wir könnten mehr über die Pläne meiner Stiefmutter erfahren.« Ich hörte Mazriths Antwort in meinem Kopf, aber als ich mich umdrehte, war er bereits in der Menge verschwunden.

Ich seufzte und zwang mich dazu, weiterzugehen.

Als ich Dokkar erreichte, verstummten die Fae um ihn herum. Die meisten betrachteten mich kühl, aber Dokkar grinste.

»*Goldgeberin*«, sagte er zur Begrüßung. »Bereit für die Spiele morgen?«

»Sie können kaum schlimmer sein als das, was Königin Andask organisiert hatte«, antwortete ich. Ich suchte nach den beiden Fae, die im Thronsaal aufgehängt gewesen waren, konnte sie aber nicht entdecken. Ein Diener kam mit weiteren Gläsern vorbei, und ich nahm eines und trank es aus. »Wie geht es den Leuten, die sie Euch weggenommen hatte?«

Dokkars Lächeln geriet ins Wanken. »Sie haben sich erholt. Ich glaube jedoch, dass mein König dasselbe tun wird, wie der Eishof, wenn wir an der Reihe sind. Es wird keinen herzlichen Empfang im Herzen unseres Hofes geben.«

Ich nickte. »Das verstehe ich. Wisst Ihr, warum Königin Andask überhaupt ein *Leikmot* auf die Beine gestellt hat?«

Er runzelte die Stirn. »Um den Geburtstag ihres Sohnes zu feiern.«

»Er ist nicht ihr Sohn«, sagte ich automatisch.

Dokkar blickte mich schief an. Die Fae in seiner Gruppe hörten unserem Gespräch aufmerksam zu, und ich musste mich beherrschen, um sie nicht anzusehen. »Eure Anwesenheit, nicht nur bei diesen Spielen, sondern auch im Schattenhof, ist äußerst faszinierend«, sagte der Erd-Fae.

»Für uns beide. Aber Prinz Mazrith hat nichts mit diesen Spielen zu tun, und um ehrlich zu sein«, ich beugte mich verschwörerisch vor, »hat er wenig für seine Stiefmutter übrig.«

Dokkar musterte mich. »Er schien sehr wütend zu sein, als er von dem Stunt erfuhr, den sie nach den Spielen abgezogen hat«, sagte er schließlich.

»Er hat Ehre.«

»Natürlich sagt ihr das. Ihr seid seine Verlobte.«

»Nicht freiwillig«, erwiderte ich und hatte aus irgendeinem Grund ein schlechtes Gewissen, weil ich das gesagt hatte.

»Wirklich?« Dokkar trat interessiert auf mich zu. »In unserem Hof erzwingen wir keine Ehen, aber viele finden Wege, um sich das zu nehmen, was sie wollen.« Dunkelheit huschte über seine grünen Augen.

Ich winkte ab. »Auch im Schattenhof erzwingt man keine Ehen. Unsere Situation ist ziemlich kompliziert.« Ich nutzte die Gelegenheit, um Orm zur Sprache zu bringen. »Im Goldhof gibt es jedoch Zwangsehen und Konkubinen-Bindung.«

Dokkar knurrte. »Der Goldhof wird von Gier und Lust beherrscht.«

»Ihr mögt Lord Orm nicht?«

»Es gibt wenig an ihm, was man mögen könnte.«

»Glaubt Ihr ... Glaubt Ihr, dass er gewusst hat, dass die Königin unsere Liebsten entführen würde?«

Dokkar stutzte. »Warum fragt Ihr das?«

»Er sah nicht so überrascht oder besorgt aus wie Ihr und Lady Kaldar.«

»Er machte sich keine Sorgen, weil eines seiner wertvollsten Dinge ein verdammtes Schmuckstück war«, schnaubte Dokkar.

Ich zuckte mit den Schultern. »Ich hatte mich nur gefragt, ob da etwas läuft zwischen den beiden.«

Dokkars Augenbrauen hoben sich. »Zwischen einer Schatten-Fae-Königin und einem Gold-Fae-Lord?« Sein Finger wanderte an seine Lippe. »Andererseits spreche ich mit einer menschlichen *Goldgeberin*, die mit einem Schatten-Fae-Prinzen verlobt ist. Es wäre wohl möglich.« Er betrachtete mich noch einen Moment lang. »Ich weiß nicht, warum Eure Königin das *Leikmot* auf die Beine gestellt hat. Wir erhielten eine Einladung, und die Herrscher meines Hofes hielten es für erwägenswert.«

»Und was hat sie dazu gebracht, ihr zu vertrauen?«

Ein paar Fae hinter ihm lachten. »Oh, kleiner Mensch. Wir vertrauen ihr nicht. Aber solange wir uns in unserem eigenen Hof verschanzen, können wir nichts über unsere Rivalen erfahren.«

Irgendwie klang es sehr viel weniger herablassend, wenn Dokkar mich einen kleinen Menschen nannte. Er war über zwei Meter groß, also war ich wohl klein im Verhältnis zu ihm. »Ihr seid also hier, um herauszufinden, was sie vorhat?«

»Wie es scheint, seid Ihr das ebenfalls.«

»Ich wünschte, das wäre der Grund für mein Hiersein«, murmelte ich. Ich sah ihm ins Gesicht und versuchte, meine Ehrlichkeit auszudrücken. »Ich bin mir ziemlich sicher, dass es bei diesen Spielen darum geht, mich umzubringen.«

»Dann besteht die Möglichkeit, dass sie am Ende zufrieden ist.« Ich schaute ihn finster an, und er grinste. »Übrigens: hübscher Zopf.«

Mein finsterer Blick verschwand. »Danke.«

Dokkar warf einen Blick über mich hinweg. »Viel Spaß beim Ball. Wir sehen uns bei den Spielen.« Er drehte mir den Rücken zu. Offensichtlich war das Gespräch beendet.

Ich drehte mich um und erwartete, Mazrith zu sehen, aber es war Orm, der auf mich zukam. Seine Augen funkelten hinter seiner goldenen Maske. »Ein Tanz, glaube ich«, säuselte er, als er mich erreichte und meinen Arm ergriff. Seine Berührung ließ mich erschaudern. Ich versuchte, mich loszureißen, aber er zog mich auf die tanzenden Fae zu.

Er drehte mich um und ergriff meine andere Hand. Seine Finger krallten sich schmerzhaft an mir fest, während er mich unbeholfen herumwirbelte. Ich versuchte, ruhig zu bleiben und mir nicht anmerken zu lassen, dass er mich verunsicherte, aber als ich seine Nähe spürte, wurde mir schlecht. »Es war schwer, dich alleine zu erwischen. Du gehörst nicht hierher, kleiner Mensch«, knurrte er leise und beugte seinen Kopf zu mir vor. Ich unterdrückte einen Schmerzenslaut, als er meinen Arm noch fester packte. »Du gehörst in mein Bett, nackt, gefesselt und bereit für mich, wann immer ich dich haben will.«

Wut durchströmte mich. Ich entriss ihm meine Hand und griff in meine Tasche, dann trat ich ihm so hart auf den Fuß, dass es knirschte, während ich mit einer der silbernen Krallen tief in sein Handgelenk stach. Orm schrie auf, ließ mich los und knurrte vor Wut. Er hob eine Hand, offensichtlich, um mich zu schlagen, während er mit der anderen den Stab an seinem Gürtel berührte. Ich stolperte einen Schritt zurück und stieß gegen etwas Hartes.

Mazrith.

Seine Schatten hüllten mich ein, und ich presste mich mit hämmerndem Herzen gegen ihn. Orms wütender Gesichtsausdruck flackerte, als er seinen Blick von mir löste und Mazrith anblickte.

Langsam ließ er die Hand sinken, mit der er mich hatte schlagen wollen, doch die andere blieb auf seinem Stab. »Du willst sie heiraten?«, fragte er. »Eine Missgeburt?«

Mazrith knurrte, und es klang mehr wie ein Tier als ein Fae. Es waren keine Worte darin zu erkennen.

Auch Orms Gesicht verzog sich jetzt. Er erwiderte das Knurren, während tiefrotes Blut aus der Wunde an seinem Handgelenk tropfte und seine weißen Roben befleckte. Seine Augen waren fest auf mich gerichtet. »Wir sehen uns morgen zu den Spielen. Ohne deinen Wachhund.« Er fuhr herum.

Ich drehte mich langsam zu Mazrith um. Sein Gesicht war steinern, aber sein Kiefer zuckte, während er beob-achtete, wie Orm durch den Saal davonging.

»Ich hatte es unter Kontrolle«, sagte ich leise, obwohl ich nicht sicher war, ob ich schnell genug gewesen wäre, um Orms Schlag auszuweichen. Ihn zum Bluten zu bringen war jedoch verdammt befriedigend gewesen.

Mazrith sah mich nicht an, denn sein Blick war

immer noch auf Orms fliehende Gestalt gerichtet. Ein weiteres Knurren drang jedoch aus seiner Brust.

»Die Krallen funktionieren.« Diesmal blickte er zu mir herunter.

»Ich werde mehr tun, als diesen Mistkerl zum Bluten zu bringen«, schnaubte er.

Zögernd legte ich eine Hand an seine Brust und tat einen tiefen Atemzug, um das elektrische Knistern, das die Berührung auslöste, zu ignorieren. Irgendwie schaffte es seine Brust, noch härter zu werden. »Wenn du mir dabei helfen könntest, mehr zu tun, als ihn zum Bluten zu bringen, wäre ich dir dankbar.«

Seine massigen Schultern entspannten sich ein wenig, und die Ader an seinem Hals verschwand, als er mich ansah. »Er ist *dein* Feind. Nicht meiner.« Es klang wie eine Aussage, nicht wie eine Frage.

Es war eine laut ausgesprochene Erkenntnis.

Ich nickte. »Bisher ist es mir zweimal gelungen, einem Fae-Lord die Stirn zu bieten, der in meiner Heimat zahlreiche Menschenfrauen misshandelt hat. Ich bin es ihnen und mir selbst schuldig, dafür zu sorgen, dass er nie wieder einer Frau wehtut.«

Ich las Verständnis in Mazriths steinernem Gesicht. »Du wirst diejenige sein, die dafür sorgt, dass seine Männlichkeit nie wieder etwas anderes als kalten Stahl zu spüren bekommt. Dafür werde ich sorgen.«

»Danke.« Kalte Wut tanzte in seinen Augen, und ich wurde deutlich daran erinnert, dass der Mann, der vor mir stand, als Monster bekannt war. »Du erwartest doch nicht wirklich, dass ich ihm den Schwanz abschneide, oder?«, flüsterte ich.

»Männer wie er haben es nicht verdient, einen zu haben.«

»Stimmt. Aber wenn ich ehrlich bin, ist das nicht wirklich mein Stil. Außerdem möchte ich nicht in die Nähe seines Schwanzes kommen.«

Mazrith verspannte sich erneut, und neue Wut breitete sich auf seinem Gesicht aus. Er setzte zum Sprechen an, aber ich presste meine Hand fester gegen seine Brust und unterbrach ihn. »Ich habe dafür gesorgt, dass seine schönen, weißen Roben mit Blut verunziert werden. Lass uns einfach sagen, dass dies ein Sieg für uns war. Und morgen werden wir sehen, was bei den Spielen passiert.«

Mein Herz schlug mir bis zum Hals, als wir zum Gletscher zurückkehrten, der unsere Bucht und unser Boot umgab, und es war nicht wegen der Auseinandersetzung mit Orm. Der Gold-Fae-Lord war in frischen, weißen Gewändern ohne den Blutfleck zum Ball zurückgekehrt, hatte sich aber keinem von uns mehr genähert. Trotzdem war Mazrith den Rest des Abends angespannt und steif gewesen und hatte ständig nach Orm Ausschau gehalten.

Sein starker Beschützerinstinkt mir gegenüber hatte meinen Magen schon früher zum Kribbeln gebracht, und heute Abend war es nicht anders.

Aber es war nicht das, was mir Herzklopfen bereitete. Er war für mich da gewesen, aber genau wie in der Gasse in Slaithwaite hatte er mich meinen eigenen Kampf austragen lassen. Er respektierte mich auf eine Art und Weise, wie es noch niemand getan hatte. Ich hätte es nie für möglich gehalten, dass ein Fae so sehr auf die Stärke eines Menschen vertraute. *Oder was auch immer ich war.*

Er glaubte, dass ich Orm besiegen konnte, und er würde da sein, um ihm den Kopf oder Schwanz abzuhacken, falls es mir nicht gelang. Das Gefühl, das dies in mir auslöste, war so ungewohnt und doch so verdammt gut, dass es mir Schwindel bereitete.

Aber es machte es auch zunehmend schwierig, so zu tun, als hätte meine Zuneigung zu ihm nur mit körperlicher Lust zu tun.

Als wir das Boot bestiegen, ging Mazrith direkt zu Frimas und Brynjas Kabine und klopfte an die Tür. Eine schläfrige, zerzauste Brynja steckte den Kopf heraus und quietschte, als sie Mazriths finsteres Gesicht sah.

»Du ziehst in Taits Hütte um. Sofort.«

Sie nickte schnell und huschte dann zurück in die Kabine.

Frima schlenderte zu mir. »Ihr zwei hattet also einen schwierigen Abend«, murmelte sie.

Mazrith drehte sich wieder zu uns um. »Frima, du bleibst bei Reyna. Wenn jemand diese Kabine betritt, kämpfst du zuerst und stellst dann die Fragen.«

»Wie du willst, Maz«, sagte sie und ging zurück zu ihrer Kabine.

Svangrior seufzte und machte sich auf den Weg zu

seiner eigenen Kabine. »Tait, ich ziehe aus, Brynja zieht ein«, sagte er, als er die Tür öffnete.

Mazrith und ich blieben auf dem Deck stehen und starrten uns an.

»Du willst nicht mit mir teilen, wie?«, sagte ich leise.

Mit einer verblüffenden Geschwindigkeit trat er auf mich zu, und mir entfuhr ein leises Keuchen, als er mein Kinn packte und mein Gesicht in seine Richtung neigte. »Ich weiß, wann ich mir selbst vertrauen kann und wann nicht«, krächzte er. Sein Blick schweifte über meinen Körper, und seine Unterarme spannten sich an. »Heute Nacht kann ich es nicht.«

»Wäre es denn wirklich so schlimm?«, flüsterte ich, als all mein unerfülltes Verlangen von früher in meinen Körper zurückströmte.

»Das Risiko ist zu groß«, betonte er.

Meine Frustration ließ mich die Augen verengen. »Du bist nicht ehrlich in Bezug darauf, *was* wir riskieren würden.«

Er hielt inne und starrte mich an. »Nein«, gab er schließlich zu. Hinter ihm war eine Bewegung zu erkennen, und ich konnte Tait murmeln hören.

»Ist das fair?«, fragte ich so leise ich konnte.

»Nichts in *Yggdrasil* ist fair«, knurrte er. Ich dachte, er würde herumwirbeln und davonstürmen wie immer, aber diesmal zögerte er. Er ließ mein Kinn los. Mir stockte der Atem, als er mich am Ellbogen ergriff und meinen Arm anhob.

In einer geradezu schmerzhaft sanften Bewegung

küsste er mein Handgelenk genau dort, wo die Runen unter meinem Seidenhandschuh verborgen lagen.

Ich wurde von einem Verlangen durchströmt, das so stark war, dass ich mich mit aller Macht beherrschen musste, um ihn nicht zu packen. Doch noch ehe ich etwas sagen konnte, war er weg und verschwand in der Kabine, die Brynja gerade verlassen hatte.

Frima stand in der Tür ihrer Kabine und schüttelte den Kopf. »Freya stehe mir bei, ihr zwei seid eine Katastrophe.«

REYNA

Ich war froh, dass es Frima war, die mir am nächsten Morgen mit meiner neuen Rüstung half. Wenn Mazrith mir so nahe wäre, würde es mich völlig durcheinanderbringen, und ich musste in der Lage sein, klar zu denken. Und ich hatte gelernt, Frima mit Geschick und Kampfkunst in Verbindung zu bringen, was genau das war, was ich vor dem ersten Spiel im Eishof brauchte.

»Wie ist das?«, fragte sie und musterte mich von oben bis unten. Ich bewegte meine Schultern und war erstaunt, wie leicht die Metallfedern waren und wie geschmeidig sie den Bewegungen meines Körpers folgten.

»Gut.« Die Rüstung an meinen Oberschenkeln bestand aus langen, schmalen Streifen, die mit geschwungenen Federmustern verziert waren, und meine Fingerkrallen trug ich über schwarzen Lederhandschuhen. Mein Haar war zurückgebunden, das Stirnband gehörte mittlerweile zu meiner Alltagskleidung, und ich hatte zugestimmt, marineblaue Kriegsbemalung zu tragen.

»Dann lass uns gehen.«

Als wir das Deck betraten, wartete bereits unsere Eskorte auf uns. Mazrith hatte darauf bestanden, dass Tait auf dem Boot blieb, also folgten wir ihnen zu viert durch den Tunnel, der durch den Gletscher führte.

Ein Boot wartete auf der anderen Seite. Die Brücke und das Gebäude aus Eis vom Abend zuvor waren verschwunden, und an ihrer Stelle war ein schmuckloser Eisberg zu sehen.

Die Fae mit der Pfauenmaske hatte nicht gelogen, als sie gesagt hatte, dass sie die Landschaft verändert hätten.

Die *Karve*, mit der wir reisten, hatte eine wunderschöne Galionsfigur, die einen Wal zeigte, und bewegte sich rasch durch die Kanäle im Eis, bis wir einen großen Eisberg erreichten, der mit gefrorenem Schnee und einem eisigen Wald bedeckt war. Dunkle Tannen stachen aus weißen, pulvrigen Haufen hervor.

Das Boot hielt an einer Stelle an, an der sich reihenweise Bänke aus Eis befanden, auf denen die Zuschauer saßen. Der König und die Königin saßen auf Thronen am oberen Ende des Zuschauerbereichs, und ich konnte Königin Andask sehen, umgeben von ihren Schatten-Fae.

Auch Orm, Dokkar und Kaldar kamen in Booten an, und die Menge klatschte, als wir alle auf den Eisberg stiegen.

»Willkommen zum ersten Spiel im Eishof«, sagte der

König mit magisch verstärkter Stimme. »Es wird sowohl Euren Verstand als auch Eure Stärke auf die Probe stellen.« Mein Magen verkrampfte sich nervös, als ich mich umsah und nach Hinweisen suchte. Mit meinem Verstand hatte ich vielleicht eine Chance, mit meiner Stärke hingegen nicht. »Ich werde Euch keine Anweisungen geben, und nur sagen, dass Ihr nicht drinnenbleiben solltet, falls die Reparaturen nicht rechtzeitig durchgeführt werden können.«

Ich runzelte die Stirn. Was bedeutete das?

Mit einer Bewegung seines Stabes teilten sich die schneebedeckten Bäume, und ein Pfad erschien im Wald, der zu vier kleinen Gebäuden führte. Sie waren halb so groß wie die Kabinen auf dem Boot und schienen aus übereinander gestapelten Eisblöcken zu bestehen. »Tretet ein«, sagte der König. Die drei Fae begannen, den Weg entlang zu den Gebäuden zu gehen. Mit einem letzten Blick zurück zu Mazrith und Frima folgte ich ihnen.

Über jedem der offenen Eingänge befand sich eine Rune. Es waren die Runen für Gold, Erde, Eis und Schatten. Ich ging zum Gebäude mit der Schattenrune und war mir vage bewusst, wie falsch es war, dass ich den Schattenhof repräsentierte.

Als wir vorsichtig unsere Gebäude betraten, ertönte ein lauter Gong. Finsternis brach über mich herein, als die Tür sofort mit Eisblöcken verschlossen wurde.

Ich machte ein paar Schritte, schlug panisch gegen das Eis, und der Boden unter mir bebte. Ein Knarren ertönte, und ich erstarrte.

Ich werde nur sagen, dass Ihr nicht drinnenbleiben solltet, falls die Reparaturen nicht rechtzeitig durchgeführt werden können.

Das hatte der König gesagt. Meine Augen gewöhnten sich an die veränderten Lichtverhältnisse, und das Eis war durchscheinend genug, dass ein bläuliches Licht von draußen hereinfiel.

Es gab ein weiteres, tiefes Grollen, dann noch mehr Knarren, und dann fielen riesige Eisblöcke von den Wänden herab in den leeren Raum.

Ich reagierte sofort und sprang ihnen aus dem Weg. Mein Herz raste, als das Beben und Brechen aufhörte.

»Beginnt mit den Reparaturen! Wer zuerst draußen ist, gewinnt«, dröhnte die Stimme des Königs.

Ich hielt den Atem an und sah mich um. Es gab sechs Löcher, durch die Licht hereinfiel, und auf dem schnee-bedeckten Boden lagen sechs riesige Blöcke aus Eis.

Angst durchströmte mich. Das oberste Loch befand sich einen Fuß über meinem Kopf, und die Blöcke sahen viel zu schwer aus, als dass ich sie so hoch heben könnte. Die anderen würden ihre Magie einsetzen können, um sie zu bewegen.

Ich ging in die Hocke, um einen Block aufzuheben und ihn zum nächsten, untersten Loch zu tragen.

Er war eiskalt, selbst mit meinen Handschuhen, und so schwer, wie ich befürchtet hatte. Ich zog ihn zu einem Loch in der zweiten Reihe von unten und hievte ihn an seinen Platz. Es war zufriedenstellend, als Eis über Eis glitt. Ich drehte mich um, um den nächsten Block zu holen, doch in diesem Moment gab es ein knackendes

Geräusch, und der Block flog wieder aus dem Loch. Er prallte gegen die gegenüberliegende Wand, worauf das ganze Gebäude knarrte und wackelte. Ich hielt den Atem an.

Warum hatte es den Block wieder ausgespuckt?

Ich beugte mich vor und suchte nach etwas in dem quadratischen Loch, das ihn daran gehindert haben könnte, an Ort und Stelle zu bleiben. In den Boden war eine blau leuchtende Rune eingraviert. *Schwarz*.

Ich eilte zum Block und suchte nach einem Zeichen. *Wasser*.

Was bedeutete das? Ich überprüfte die anderen Blöcke. Ich musste sie mehrmals drehen, doch am Ende hatte ich auf jedem davon eine Rune gefunden.

Figur, Fluss, Nacht, Pfad und *Teer*.

Ich ging alle Wörter in meinem Kopf durch und versuchte, sie der Farbe Schwarz zuzuordnen, dann zog ich den Teer-Block herüber. Mein Rücken protestierte, als ich ihn auf meine Knie hob und dann in das Loch steckte.

Schnell trat ich aus dem Weg, falls der Block erneut herausgeschleudert werden sollte.

Doch nichts passierte.

Befriedigt nickte ich. Angespornt durch meinen kleinen Erfolg ging ich zum nächsten Loch, das sich zwei Reihen höher und ein Stück weiter links befand. *Weg*.

Das könnte mit *Wasser* oder *Pfad* zusammenpassen. Ich wählte den Block, der mir näher war, schob ihn über den Boden und hob ihn dann hoch. Meine Arme schmerzten, als ich ihn unbeholfen bis zu meinen Schultern hob und ihn dann ins Loch schob. Kaum hatte ich ihn ganz hineingeschoben, war ein Knarren zu hören, und ich war nicht schnell genug. Der Block traf mich an der Schulter, als er gewaltsam herausgeschleudert wurde, und das Grollen im Boden war so stark, dass ich auf die Knie fiel und meine Hände ausstrecken musste, um mich zu stabilisieren. Von der Decke über mir ertönte weiteres Knarren und Knacken, und ich schaute nach oben. Wie viele Fehler durfte ich machen, bevor das Gebäude einstürzte?

Ich wählte den anderen Block, schob ihn zur Wand und sammelte noch einmal meine Kräfte, um ihn in das Loch zu hieven. Diesmal blieb er an Ort und Stelle.

Da ich keinen weiteren Fehler machen wollte, beschloss ich, die anderen vier Löcher zu überprüfen und sie ihren Blöcken zuzuordnen, bevor ich meine Energie darauf verschwendete, die Blöcke zu verschieben.

Kopf, Himmel, Mündung und eine Rune, die ich nicht kannte. Auf einmal fiel mir ein, dass Dokkar nicht lesen konnte, und ich wurde von tiefer Sorge überkommen. Gleichzeitig verspürte ich Dankbarkeit Kara gegenüber.

Bei den Runen, die ich kannte, schienen die Zugehörigkeiten offensichtlich. *Figur* passte zu *Kopf*, *Fluss* zu *Mündung* und *Nacht* zu *Himmel*. Unter der Annahme, dass diese drei zusammenpassten, könnte ich das vierte Paar im Ausschlussverfahren ermitteln. Ich machte mich daran, die Blöcke in ihre Löcher zu schieben.

Da ich keinen Moment lang daran glaubte, es schneller schaffen zu können als die anderen, fragte ich mich, was die Zuschauer dort draußen machten. Sicher wäre dieses Spiel unglaublich langweilig für sie?

In diesem Moment sah ich einen Lichtblitz über mir. Ich war dabei, einen Block über den Schnee zu ziehen, schaute aber gerade noch rechtzeitig nach oben, um zu sehen, wie sich die Decke in eine Art Spiegel verwandelte. Ich sah jedoch nicht mein Spiegelbild darin, sondern die Zuschauermenge, den König und die Königin und die Besucher der anderen Höfe. Kaum hatte ich das Bild gesehen, verschwand es wieder, sodass ich keine Zeit hatte, nach Mazrith zu suchen.

Sie schauten also durch eine Art magischen Spiegel zu?

Verärgert darüber, dass ich unwissentlich beobachtet worden war, verdoppelte ich meine Anstrengungen.

Die nächsten beiden Blöcke glitten in ihre Löcher, ohne abgestoßen zu werden, und ich war überrascht, dass das Spiel noch nicht zu Ende war. Sicherlich hätte inzwischen einer der anderen ihre Blöcke mithilfe von Magie in ihre Lücken bewegt haben müssen?

Ich hatte mich damit abgefunden, zu verlieren, kaum hatte ich das Gewicht der Eisblöcke gespürt, und war einfach nur froh gewesen, nicht in Orms Nähe zu sein oder in Lebensgefahr zu schweben, trotz der Möglichkeit, dass das Haus über mir einstürzen könnte. Mussten wir die Aufgabe lösen, um herausgelassen zu werden?

Ich schaute nervös zum höchsten Loch hinauf. Ich musste den Block bis über meinen Kopf heben, um ihn dort hineinzubekommen, und ich war mir nicht sicher, ob meine menschlichen Kräfte dafür reichten.

Als ich den fünften Block zu dem dazu passenden Loch zog, bebte der Boden, und die Stimme des Königs erklang. »Der erste Teilnehmer hat die Aufgabe geschafft!«

Eine seltsame Erleichterung durchfuhr mich. Ich hätte den letzten Block ohnehin nicht heben können. Ich drehte mich zur blockierten Tür um und hoffte, dass es nicht Orm war, der gewonnen hatte.

»Die Reihenfolge, in der die anderen fertig werden, entscheidet über Vorteile bei den nächsten Spielen. Fahrt fort!«

»So ein Mist«, fluchte ich laut und warf einen bösen Blick zur Decke.

Bevor ich mich überhaupt bücken konnte, um den nächsten Block aufzuheben, bebte der Boden erneut, und das ganze Haus wackelte um mich herum. »Hey!« Ich hatte keinen weiteren Fehler gemacht. Warum wankte mein Gebäude?

Während ich darauf wartete, dass es aufhörte, damit ich meinen Block anheben konnte, stützte ich mich mit der Hand in dem Loch ab. Als ich es jedoch berührte, wurde das Zittern stärker. Ich versuchte, mich an der Öffnung festzuklammern, aber meine Handschuhe glitten über das glatte Eis, sodass ich den Halt verlor. Das Knarren vermischte sich mit krachenden Geräuschen, und ich sah mit eisigem Schrecken, wie sich in der Decke ein Riss bildete. Mehrere Blöcke lösten sich, während ich entsetzt zusah, ohne zu wissen, was ich tun sollte.

Das Haus stürzte ein. Und ich war mittendrin.

KAPITEL 21
REYNA

Ich warf mich zu Boden und schlitterte so nah an einen der Blöcke heran, wie möglich, obwohl ich wusste, dass er mir kaum Schutz bieten würde. Ein krachender Aufprall und das Knallen von zu Boden stürzenden Eisblöcken ließen mich die Arme über den Kopf reißen. Die Decke kam herunter. Ich versuchte, mich in Sicherheit zu bringen, rollte zur Seite und wich den riesigen Eisbrocken aus.

Panik erfasste mich, als das Knallen und Krachen zu einem ohrenbetäubenden Tosen wurde. Ich prallte gegen die Seite des Gebäudes, richtete mich auf und stürzte mich auf das Loch, das ich noch nicht gefüllt hatte. Ich war mir sicher, dass ich nicht hindurchkommen würde, aber ich hatte keine andere Möglichkeit. Ich packte den Rand des Lochs, während sich die Wände bedrohlich zu neigen begannen. Alles schien in Zeitlupe abzulaufen, als die Eisblöcke zu wanken und auf mich zuzurutschen begannen.

Ein helles, weißes Licht brannte in meinen Augen. Ich schrie auf und schlug mir einen Arm vor die Augen. Hitze erfüllte die Luft über mir, und ich schnappte nach Luft, als eiskaltes Wasser auf mich herabprasselte. Ich ließ meinen Arm sinken und keuchte verwirrt.

Orm. Orm stand dort, wo die Mauer gewesen war. Das ganze Gebäude war nur noch eine Wasserpfütze.

Das Licht strömte zurück zu seinem Stab und enthüllte das grausame Grinsen in seinem Gesicht.

»Was ... Warum ...«, japste ich. Die Luft war beißend kalt auf meiner nassen Kleidung und meiner Haut.

»Ich dachte schon, du würdest ein Opfer des *Leikmot* werden«, sagte Orm leise.

Ich sah mich um, blickte auf das geschmolzene Gebäude und dann zurück zu ihm. »Du hast das Eis geschmolzen? Warum?«

Er lächelte. »Bist du taub? Oder nur dumm? Ich habe dir bereits gesagt, dass ich dir nicht den Tod wünsche. Ich gebe zu, dass mein Geschmack eher eklektisch ist, aber Nekrophilie gehört nicht dazu.«

Mein Magen verkrampfte sich. »Du hast mein Leben gerettet, nur um mich später zu deiner Sklavin machen zu können?«

»Ja. Und ich habe noch viel mehr davon. Du schuldest mir jetzt etwas, kleiner Mensch. Dein Leben.«

»Ich schulde dir nicht mein Leben«, spuckte ich mit all der Verachtung, die ich aufbringen konnte, obwohl ich wusste, dass es nicht stimmte. Wenn er nicht aufgetaucht wäre, wäre ich erschlagen worden.

Ein Gong ertönte, dann erscholl das Geräusch trampelnder Füße im Schnee. Ich drehte mich um, immer noch durchnässt, und sah Fae, die durch den Wald hindurch herbeigerannt kamen, Mazrith und ein braunhäutiger Erd-Fae an ihrer Spitze.

Kaldar lehnte neben der offenen Tür ihres intakten Gebäudes, aber das Haus hinter ihr war völlig eingestürzt. Die Erd-Fae rannten mit schier unmenschlicher Geschwindigkeit darauf zu, als ein Kokon aus grünen Ranken aus dem Haufen aus Eistrümmern hervorbrach und eine Hand auftauchte. Dokkar hatte es geschafft, sich abzuschirmen, stellte ich erleichtert fest.

»Reyna.« Ich drehte mich zu Mazrith um, als er uns erreichte. Nachdem er einen kurzen Blick auf mich geworfen hatte, wandte er sich Orm zu. »Warum?«, schnappte er.

»Um dein Gesicht zu sehen, wenn du zugibst, dass mir deine Verlobte ihr Leben schuldet«, zischte er.

Ich wollte, dass Mazrith nicht darauf reagierte. Diese Genugtuung hatte Orm nicht verdient. Mazriths Hals war so angespannt, dass die Adern deutlich daraus hervortraten, und eine tödliche Wut wirbelte in seinen Augen, als Schatten aus der Spitze seines Stabes sickerten. Sie flogen jedoch nicht zu Orm, sondern auf mich zu. Als sie mich erreichten, schlossen sie mich in einem Wirbel ein.

Mazrith sprach laut genug für die Leute in der Nähe. »Wie ehrenhaft von Euch, Lord Orm. Ich danke Euch. Ihr werdet an unserer Hochzeit ein Ehrengast sein.«

Orms Lächeln verschwand. »Ihr werdet mein Ehrengast sein, wenn ich mir von diesem erbärmlichen, gebrochenen Mädchen nehme, was ich will«, zischte er. »Deshalb habe ich sie am Leben gehalten. Damit Ihr Zeuge der Freuden werdet, die Ihr mir zu nehmen versucht.«

Ich trat vor, bevor Mazrith etwas sagen konnte, und ahmte seinen übermäßig lauten Ton nach. »Ihr habt recht, ich sollte jetzt wirklich gehen und mich aufwärmen. Noch einmal vielen Dank.« Ich zwang mich, den Kopf zu senken, drehte mich um und ging so schnell den Weg zurück, dass ich beinahe rannte. Die Schatten folgten mir.

Frima war drei Meter entfernt und schloss sich mir an. »Kommt Mazrith?«, fragte ich, ohne mich umzudrehen.

»Ja. Er hat schon früher versucht, an dich heranzukommen, aber der König ließ nicht zu, dass sich jemand einmischt.«

Ich nickte. »Warum ist das Gebäude eingestürzt? War es Absicht? War die Zeit abgelaufen?«

»Ich weiß es nicht, der König und die Königin sahen ebenfalls überrascht aus. Aber sie haben nichts dagegen unternommen. Deines und Dokkars Haus sind eingestürzt, kurz nachdem Kaldar draußen war.«

Wir hatten die Zuschauer erreicht, und das Königspaar beobachteten mich, als ich direkt zu der *Karve* mit der Galionsfigur des Wals ging. Mit einer Handbewegung schickte die Königin zwei Fae als Eskorte zum Boot. Ich stieg ein. Frima, dann Mazrith und Svangrior folgten mir.

Wortlos streifte Mazrith seinen riesigen Pelzumhang

ab. Er zog mir meinen klatschnassen Umhang aus und bedeckte mich mit seinem. Er war immer noch warm von seinem Körper, und ich stieß einen erleichterten Seufzer aus.

»Danke.«

»Du brauchst mir nicht zu danken«, stieß er hervor, als das Boot vom Eisberg ablegte.

»Es war nicht deine Schuld, Maz«, sagte Frima. Er warf ihr einen bösen Blick zu, dann blickte er auf die zwei Fae, die uns eskortieren. Offensichtlich wollte er nicht in Gesellschaft darüber sprechen. Ich zog seinen Pelzumhang fester um mich und betete zu Freya, dass wir etwas von dem brennenden Getränk auf dem Boot hatten.

Brynja und Tait waren an Deck, als wir zum Schiff zurückkehrten, und die Feuerschale verbreitete eine wohlige Wärme. Als das Dienstmädchen Mazriths wütendes Gesicht sah, sprang sie auf und eilte zur Kabine.

»Brynja, Brennnesselwein und Schnaps«, rief Frima ihr zu. Das Mädchen nickte heftig.

Ich steuerte direkt auf meine Kabine zu, um meine nassen Kleider auszuziehen. Frima kam mit mir, und ich runzelte die Stirn, als sie hinter mir die Kabine betrat.

»Rüstung«, sagte sie. »Es sei denn, es ist wie mit dem Kleid, und du willst es selbst versuchen?«

Ich schüttelte den Kopf. »Nein. Ich wäre dankbar für deine Hilfe.«

Ich ließ Mazriths Umhang fallen, und sie half mir aus der Rüstung. »Schade, dass sie nicht geholfen hat«, murmelte ich und bewunderte ihren Glanz, als ich sie sorgfältig in einer der offenen Truhen ausbreitete. Sie war sofort getrocknet, denn das Wasser haftete nicht an dem Metall wie an meiner Kleidung. Der Stoff meiner Hose und meines Hemdes begann zu gefrieren und lag steif und unbeweglich auf meiner prickelnden Haut.

Frima seufzte. »Warum hat Orm dich gerettet?«

»Weil er wollte, dass ich und Maz ihm etwas schulden.«

Frimas Gesicht verzog sich mit einem Knurren. »Das ist krank.«

Ich nickte. »Er ist ein Arsch.« Zögernd erzählte ich ihr einige der Geschichten, die ich über ihn und seine Konkubinen gehört hatte, während ich meine gefrorene Kleidung auszog, sie durch ein dickes, grünes Wollkleid ersetzte und mit einer Pelzdecke mein kaltes, nasses Haar trockenrieb.

»Und ... er hatte dich als seine nächste Konkubine ausgewählt?«

»Ja. Ich hatte vor, den Goldhof in der Nacht zu verlassen, in der ihr aufgetaucht seid.«

Frima starrte mich mit nachdenklichem Blick an.

»Was?«, fragte ich sie achselzuckend. »Willst du mir sagen, dass ich in keinem der anderen Höfe überlebt hätte, weil ich eine *Goldgeberin* bin?«

»Nein.«

»Wirklich nicht?«

»Inzwischen glaube ich, dass du überlebt hättest. Allerdings wärst du verdammt unglücklich gewesen. Und sehr, sehr einsam.«

»Besser einsam als Lord Orms Spielzeug.«

»Stimmt. Trotz seiner Gründe bin ich froh, dass er dich gerettet hat. Komm. Besorgen wir dir etwas Brandy.«

REYNA

Mazrith stand an der Spitze des Schiffes, als wir wieder an Deck kamen, und starrte auf das gefrorene Meer hinter der Bucht hinaus. Brynja reichte mir ein Glas, als ich mich an den Tisch setzte, und ich nahm es dankbar entgegen.

»Was ist passiert?«, sagte Tait flüsternd. »Der Prinz scheint sehr wütend zu sein.«

Frima gab ihm eine Zusammenfassung.

»Das nächste Spiel findet morgen statt«, schnaubte Svangrior. »Vielleicht läuft das besser.«

Ich nickte, erleichtert darüber, dass es nicht heute war. Obwohl ich wusste, dass wir zum Schattenhof zurückkehren mussten, hatte ich keine Lust, Orms Gesicht so bald wiederzusehen.

»Ich habe ein paar Fae reden hören«, fuhr der Krieger fort. »Höflinge der Königsfamilie, und ich bin sicher, sie haben etwas darüber gesagt, dass das nächste Spiel mit Wasser zu tun haben wird.«

Ich hob meine Augenbrauen, und Mazrith wandte sich von der Galionsfigur ab. Er kam langsam auf uns zu. Ich hielt ihm seinen Umhang hin, um ihn ihm zurückzugeben, aber er nahm ihn nicht. Meiner war immer noch nass und Brynja damit beschäftigt, meine nassen Klamotten in der Nähe der Feuerschale aufzuhängen, also schlang ich ihn mir wieder um die Schultern. Mir war immer noch kalt, und die Wärme vom Feuer schien nicht auszureichen, um meine feuchte Haut zu wärmen.

»Wasser?«, sagte Mazrith zu Svangrior.

Er nickte. »Ich habe jemanden etwas in der Art sagen hören: Alle Fae sollten schwimmen können, aber ich frage mich, ob Menschen so etwas beigebracht wird.«

Alle Köpfe drehten sich zu mir um. »Kannst du schwimmen?«, fragte Frima mich.

»Ein wenig. Ich konnte es, als ich jünger war.« Ich hatte nie Unterricht gehabt und wenig Übung, aber als Kind hatte ich mich manchmal zu den Palastbrunnen geschlichen, weil ich wusste, dass die anderen Kinder dort spielten. Sie hatten mich nicht mitspielen lassen, also war ich allein hingegangen und hatte versucht, es selbst zu lernen, um sie zu ärgern. Allerdings hatte ich kein natürliches Talent dafür gehabt und schnell aufgegeben.

Mazriths angespannter Blick richtete sich auf mich. »Wir werden einen Ort zum Üben finden. Jetzt. Ertrinken ist kein angenehmer Tod.«

Ich schluckte. »Wo? Darauf lasse ich mich nicht ein.« Ich zeigte am Boot vorbei auf das mit Eisschollen durchzogene Wasser. »Bitte sag mir, dass wir nicht im eiskalten Wasser schwimmen müssen. In dieser Kälte sterben Menschen sehr, sehr schnell.« Ich hatte Mühe, die Panik aus meiner Stimme zu verbannen.

Tait sagte: »Nein, nein. Außer den Eis-Fae würden alle Fae genauso schnell sterben. Es wäre mehr als geschmacklos, ein Spiel zu organisieren, das nur vom Teilnehmer des gastgebenden Hofs überlebt werden kann.«

Ich warf ihm einen Blick zu. »Ich bin ein Mensch, der an Spielen teilnimmt, die alle für Wesen mit Magie gemacht sind.«

»Du bist eine Ausnahme. Wie auch immer. Nein. Dieser Hof verfügt über heiße Quellen.«

»Heiße Quellen?«

Er beugte sich über die vielen Bücher, die auf dem Tisch verstreut lagen. »Aha.« Er nahm eins zur Hand und blätterte durch die Seiten, bevor er es umdrehte, um es uns zu zeigen. »Heiße Quellen.«

Es gab eine Zeichnung, die einen Gletscher zeigte, in dessen Mitte sich so etwas wie ein Teich befand. Dampf schien von seiner Oberfläche aufzusteigen.

»Warum sollten Eis-Fae Orte wollen, an denen es warm ist?«

»Aus dem gleichen Grund, warum es bei uns warme und kalte Orte gibt«, sagte Tait und zuckte mit den Schultern. »Die Götter haben die Höfe nicht entworfen, um nur eine Art von Fae zu beherbergen. Es war nicht Teil des Plans, dass Krieg und Zwietracht zwischen uns herrscht.«

»Deshalb ist der Schattenhof nicht noch dunkler, als

er es bereits ist«, sagte Mazrith leise. Er sah Tait an. »Gibt es viele dieser heißen Quellen?«

Tait nickte. »Ja, es ist ein großer Hof im Vergleich zu unserem Berg. Es ist sehr faszinierend.«

Mazrith ging zum Geländer und sprang hinunter auf das Eis. Ich hörte, wie er etwas rief, dann erschienen zwei Wachen im Tunnel. Sie trugen strahlend weiße Rüstungen und hoben ihre Stäbe.

Er sprach kurz mit ihnen und kletterte dann zurück auf das Boot. »Ich habe gefragt, ob wir eine heiße Quelle besuchen dürfen, damit du dich aufwärmen kannst. Sie sagten, sie würden sich bei ihrem Herrn erkundigen.«

Kaum hatte ich meinen Brandy ausgetrunken, erreichte uns ein Ruf von der anderen Seite der Bucht. »Ich begleite Euch zur nächsten Quelle.«

Schweigend folgten Mazrith und ich der Eis-Fae. Meine Nerven lagen blank. Ich hatte gehofft, dass Frima mir beim Schwimmen helfen würde, aber Mazrith hatte den anderen gesagt, sie sollten auf dem Boot bleiben und private Gespräche nur in den Kabinen führen.

Ich wusste nicht, was man normalerweise beim Schwimmen trug, aber als Kind hatte ich immer nur Unterwäsche getragen. In der Nähe des Prinzen kam mir das unklug vor.

Wir gingen nicht weit, nur durch den Tunnel bis auf die andere Seite des Gletschers. Anstatt in ein Boot zu steigen, führte uns die Fae nach rechts und entlang eines erschreckend schmalen Vorsprungs aus blauem Eis, den ich nicht einmal bemerkt hätte. Ungefähr drei Meter weiter hielt sie inne, hob ihren Stab und klopfte damit auf das Eis. Es gab ein knackendes Geräusch, das mich sofort nervös machte, dann glitt ein Brocken zur Seite und öffnete einen Durchgang

Sie trat ein, und wir folgten ihr.

»Wow.« Wir befanden uns in einer anderen Bucht, die vermutlich direkt neben der lag, in der sich unser Boot befand, nur dass diese hier viel kleiner war. Die Öffnung, die aufs Meer hinausführte, war kaum groß genug, um ein Boot aufzunehmen. Es war deutlich wärmer hier, und der Dampf, der von der Oberfläche des Wasserbeckens vor uns aufstieg, machte die Luft feucht und schwer.

»Das sind Gastgletscher«, sagte die Eis-Fae und sah mich an, während ich mich staunend umsah. »Sie verfügen über heiße Quellen, Bootsufer und ...« Sie verstummte. Anscheinend hatten wir uns das, was die Gastgletscher sonst noch zu bieten hatten, noch nicht verdient.

»Würdet Ihr uns bitte verlassen?«, fragte Mazrith und sah sie an. »Ich möchte etwas Zeit allein mit meiner Verlobten verbringen.« Mein Puls beschleunigte sich.

Die aufkeimende Neugier der Fae wich schnell dem nüchternen Gesichtsausdruck einer erfahrenen Wache. »Ich werde auf meinem Posten beim Tunnel sein.« Sie nickte mit dem Kopf und verließ dann die Bucht.

Mazrith sah ihr hinterher. »Sie missbilligt es nicht,

dass ein Mensch und ein Fae zusammen sind«, sagte er leise.

»Woher weißt du das?«

»Ich bin ziemlich gut darin, Leute zu lesen.«

Ich verzog das Gesicht. »Ihre Gedanken?«

Er sah mich an. »Das hat mir geholfen, meine Fähigkeiten zu verbessern, aber nein. Ich habe ihre Gedanken nicht gelesen. Ich habe es ihr angesehen.«

»So?«

»Deswegen weiß ich auch, dass Lord Orm mehr mit dieser ganzen Sache zu tun hat, als uns bewusst ist.«

Ich holte tief Luft. Die warme Luft war angenehm. »Glaubst du, es gibt noch einen anderen Grund, warum er mich am Leben gehalten hat?«

»Möglich.«

»Er kann nichts über den Nebelstab wissen, oder? Das ist der einzige Grund, den ich mir vorstellen kann, warum er mich lebend brauchen würde.«

»Abgesehen von dem Vergnügen, dich zu quälen?«

»Ja. Davon abgesehen.«

»Nein.« Mazrith schüttelte den Kopf. »Ich sehe nicht, wie er etwas über den Nebelstab oder deine Rolle bei der Suche danach wissen könnte. Meine Mutter suchte jahrelang danach, dazu hatte sie Hilfe von jemandem, dessen Namen sie mir nie anvertrauen wollte.«

Hilfe? Von der gleichen Person, die auch Voror geholfen hatte? Von dieser mysteriösen Fae vielleicht?

»Dann ist Orm wohl tatsächlich so krank im Kopf, dass er mich nur gerettet hat, um uns zu provozieren. Ich meine, sosehr ich es auch hasse, das zuzugeben ... Ich bin froh, dass er es getan hat.«

Wut flammte in Mazriths Augen auf. »Ich konnte die Barriere des Königs nicht durchbrechen. Verstärkt durch die Macht seiner Frau, war sie ganz einfach zu stark für mich.«

»Ich weiß, dass du mich gerettet hättest, hättest du es gekonnt.«

»Mit einem Nebelstab wäre ich stark genug gewesen.«

Ich legte meine Hand auf seinen Arm, während er die Faust um seinen Stab ballte. »Schon gut, Maz. Ich bin am Leben. Und du wirst mir dabei helfen, das nächste Spiel zu überleben.«

Er erstarrte, und jegliche Wut wich aus seinen Augen. »Maz. Du hast mich Maz genannt.«

»Hm. Das ist das zweite Mal, dass ich das getan habe. Wahrscheinlich, weil ich so oft mit deinen Freunden zusammen bin.«

Mit einer abrupten Bewegung wandte er sich von mir ab und lehnte seinen Stab gegen einen kantigen Eisbrocken. Er zog sich das Hemd über den Kopf, und ich starrte auf seine riesigen, nackten Schultern.

»Steig nicht nackt ins Wasser, sonst kann ich für nichts garantieren«, knurrte er, ehe er seine Stiefel und seine Hose auszog.

»Warum darfst du dann nackt sein?«, stotterte ich und sah gebannt auf seinen Hintern und seine kräftigen Beine. Rasch glitt er in die Quelle, und die dampfende

Wasseroberfläche verschlang seine nackte Haut, sodass ich endlich wieder atmen konnte.

»Ich habe keine Unterwäsche.« Er wandte mir noch immer den Rücken zu, während er sich durch das Becken bewegte. »Es gibt Stufen nach unten«, sagte er. »Sei vorsichtig.«

»Du trägst keine Unterwäsche?« Sollten Männer nicht ebenfalls etwas unter ihrer Hose tragen? Da ich bisher nur mit einem Mann, Lhoris, zusammengelebt hatte und nie in die Nähe seiner Kleidung gekommen war, hatte ich nie wirklich darüber nachgedacht.

»Sag mir, wenn du im Wasser bist«, sagte er, sein Rücken immer noch mir zugewandt.

»Das ist eine schlechte Idee«, murmelte ich, streifte Mazriths Umhang ab und legte ihn zu seinen Kleidern.

Oder die beste Idee aller Zeiten. Er war nackt. Im wirklichen Leben, nicht in einem Traum.

Mein Magen verkrampfte sich, als ich den einfachen Verschluss meines Kleides öffnete. Mein Unterleib pochte. Unter dem Kleid trug ich ein knielanges Hemd mit dünnen Trägern, darunter schlichte Baumwollunterwäsche. Ich war mir ziemlich sicher, dass der Stoff in nassem Zustand durchsichtig sein würde.

Mit stockendem Atem ging ich zum Becken, setzte mich auf den Rand und steckte meine nackten Füße hinein. Das Wasser war herrlich warm. Langsam rutschte ich weiter nach unten und tastete mit meinen Füßen nach den Stufen, die Mazrith erwähnt hatte. Als mein Unterhemd nass wurde, klebte es sofort an meiner Haut.

»Ich bin drin«, sagte ich zu Mazrith, als meine Brüste unter dem Wasser und außer Sichtweite waren.

»Gut. Wann bist du das letzte Mal geschwommen?«

»Ähm, vor zehn Jahren?«

Er drehte sich zu mir um und musterte mein Gesicht, dann meine nackten Schultern. »Geh von der Stufe weg und schau, ob du dich noch daran erinnerst.«

Ich tat es, zögerte dann aber. »Du lässt mich nicht ertrinken?«

Er trat näher an mich heran. Das Wasser stand ihm bis zur Mitte seiner muskulösen Brust. »Ich stehe ganz unten. Es ist nicht tief genug, um darin ertrinken zu können.«

»Oh«, sagte ich erleichtert. Ich stieß mich von der Stufe ab, ließ das Wasser mein Gewicht tragen und trat mit den Füßen. Meine Arme ruderten wie wild, aber mein Kopf ging trotzdem unter. Meine Füße fanden den Boden, ich stieß mich wieder in die Höhe und keuchte. Das Becken war so tief, dass ich es kaum schaffte, mein Kinn über Wasser zu halten.

»Verdammt«, keuchte ich und strich mir das Haar aus dem Gesicht. »Warum hast du mich nicht fest-gehalten?«

Mazrith starrte mich an. »Du warst kaum eine Sekunde lang unter Wasser.«

»Oh. Es hat sich länger angefühlt.« Der Träger meines Hemdes klebte an mir, als ich einen Arm hob, um mein Haar nach hinten zu kämmen.

»Geh zurück zur Stufe. Versuch es noch einmal.«

Mazrith beobachtete mich, während ich versuchte,

mich an der Wasseroberfläche zu halten. Das meiste, was ich ihm bot, war ungeschicktes Wassertreten, Spritzen und erfolgloses Rudern.

»Schau mir zu«, sagte er schließlich. Er trat neben mich auf die Stufe, sodass sich seine Brust aus dem Wasser hob. Ich schluckte. Er war nackt und nass. Wie zum Teufel sollte ich mich auf das Schwimmen konzentrieren, wenn seine nackte, glänzende Haut direkt vor mir war?

Er stieß sich von der Stufe ab und glitt durch das Wasser, während seine kräftigen Arme die Oberfläche durchschnitten. Ich versuchte, nicht auf seinen Hintern zu schauen.

»Jetzt du.«

Ich tat es und sank fast sofort.

Ein Knurren kam aus seiner Kehle, als er zurückkam. »Du bist fest entschlossen, meine Geduld auf die Probe zu stellen.«

Ich runzelte die Stirn. »Hey, du bist nicht derjenige, der ständig Wasser in die Lungen bekommt.«

»Ich werde dich hochhalten, unter Wasser, und du wirst deine Arme und Beine bewegen, wie ich es dir sage.« Seine Stimme war angespannt.

»Mich hochhalten?«

»Ja. Damit du nicht sofort untergehst und die Technik lernen kannst.«

»Na gut.«

Ich stieß mich von der Stufe ab und spürte, wie seine starken Hände meine Taille umfassten. Er hielt mich so, dass mein Gesicht beinahe nach unten zeigte, und ich musste mich anstrengen, um meinen Kopf oben zu halten.

»Tritt mit den Beinen aus, zuerst mit einem, dann mit dem anderen, in gleichmäßigem Tempo. Streck deine Füße aus.«

Ich tat, was er sagte, aber der einzige Teil von mir, den ich wirklich spürte, war die Stelle, an der mich seine Hände berührten.

»Gut. Jetzt die Arme.« Er erklärte mir, wie ich meine Arme bewegen sollte, während er mich weiter festhielt.

Wieder versuchte ich, mich darauf zu konzentrieren, seinen Anweisungen zu folgen, scheiterte jedoch größtenteils.

»Ich werde dich jetzt loslassen. Versuch, bis zum Eingang der Bucht zu schwimmen.«

Er ließ mich los, und ich begann sofort, zu sinken. Mein erster Instinkt war, panisch um mich zu schlagen, doch dann beherrschte ich mich und zwang meine Arme dazu, die Bewegungen nachzuahmen, die er mir gerade gezeigt hatte. Ich hob den Kopf und bewegte mich ein paar Meter weit durch das Wasser. Aufregung durchströmte mich, und ich trat stärker mit den Beinen aus.

»Gut. Sorg dafür, dass sich deine Arme und Beine im gleichen Takt bewegen.«

Ich tat es, und ehe ich mich versah, war ich auf der anderen Seite des Beckens.

»Hurra!« Ich drehte mich um und wollte mich aufrichten, aber der Boden des Beckens schien an dieser Stelle viel tiefer zu liegen. Ich schrie auf, als ich unterging, und dieses Mal bekam ich tatsächlich Wasser in die Lungen.

Starke Hände packten mich um die Taille, und ich keuchte und prustete, als er mich wieder aus dem Wasser hob.

Er trug mich wie ein japsendes Kind und brachte uns dorthin, wo es flacher war.

»Wir müssen auch das Wassertreten üben.«

KAPITEL 23

REYNA

Der Schock darüber, wie ein Stein zu sinken, zwang mich dazu, mich auf das Schwimmen zu konzentrieren und nicht auf Mazriths Körper.

Ich bemühte mich, die Bewegungen korrekt und präzise auszuführen, und ignorierte die Wärme seiner Hände an meiner Taille und die gelegentliche Berührung seiner kräftigen Beine unter dem Wasser. Langsam wurde ich mit dem Fließen und Wogen des Wassers vertraut, dann begann ich, den Rhythmus der Schläge und Züge zu spüren, die mich durch das stille Wasser der Quelle trugen. Als ich nicht mehr unterging, begann ich, es zu genießen.

Doch jedes Mal, wenn ich spürte, dass ich an Geschwindigkeit zulegte oder versuchte, meine Beine mit mehr Kraft zu bewegen, klebte mein Unterhemd an mir und verhedderte sich zwischen meinen Schenkeln. Ich ging zur Stufe zurück.

»Ich glaube, ohne das könnte ich mich viel leichter bewegen«, sagte ich mit klopfendem Herzen, als Mazrith mir einen durchdringenden Blick zuwarf.

»Du möchtest deine Kleidung ausziehen?«

»Du kannst mich nicht sehen, ich bin unter Wasser. Das Hemd verheddert sich immer wieder, und ich möchte schneller schwimmen.«

Sein Kiefer spannte sich an, aber er protestierte nicht, also schälte ich das Hemd von meinem Körper und achtete darauf, meine nackten Brüste unter der dampfenden Wasseroberfläche zu halten. Mein Baumwollhöschen behielt ich an.

Als ich mich von der Stufe abstieß, glitt Mazrith hinter mich und brachte meine Beine und Hüften in die richtige Position, sodass ich kräftiger austreten konnte. Seine Hände verweilten jedoch auf meinen Oberschenkeln, und ich war mir nicht sicher, ob diese Berührung noch dem Unterricht diente.

Mit einer plötzlichen, entschlossenen Bewegung schlang er beide Hände um meine Hüften und zog mich an sich. Ich schnappte nach Luft, als ich seine Erregung an meinem Hintern spürte, und als er mich fester umschlang, wurde mein Rücken gegen seine Brust gepresst. Er bewegte sich nicht, hielt mich einfach nur fest.

»*Gildi*«, murmelte er in mein Haar. »Sag mir, dass ich aufhören soll.«

Mein Herz hämmerte gegen meine Rippen. Heißes Verlangen durchströmte meinen Körper, als ich spürte, wie hart sein eigenes Herz schlug. »Nein.«

Wasser schwappte über meine Haut, als er mich zu sich umdrehte, seine Hände unter meinen Hintern schob und mich hochhob. Ich schlang meine Beine um seine Taille, und er zog mich stöhnend an sich. Sein hartes Glied drückte gegen die Verbindungsstelle meiner Schenkel, und nur der Baumwollstoff meines Höschens lag noch zwischen uns. Wasser lief über meine Brüste, als Mazrith meinen Mund mit einem heißen Kuss eroberte. Unsere Körper glitten gemeinsam durch das warme Wasser, und ich griff nach seinen Schultern, um in diesem Meer voller Glückseligkeit etwas Halt zu finden.

Er stöhnte gegen meinen Mund. Jeder Muskel in seinem Oberkörper war angespannt und wiegte sich zu den unbewussten Bewegungen meiner Hüften, während kleine Wellen um uns herum schwappten und schäumten.

Er löste sich von meinem Mund, und seine Lippen zeichneten eine kribbelnde Spur über meinen Hals bis zu meinem Schlüsselbein. Er hob mich höher, sodass meine Brüste aus dem Wasser auftauchten, und ich bewegte mich jeder Liebkosung seiner Hände und seines Mundes entgegen, bis jede Faser meines Körpers zu kribbeln schien. Seine Zunge umkreiste eine meiner Brustwarzen und machte sie hart, ehe er sanft daran zu saugen und zu knabbern begann. Ich schrie auf und vergrub meine Finger in seinem Haar, um ihn an Ort und Stelle zu halten, während ich von Wellen der Lust überrollt wurde. Er wandte sich der anderen Brustwarze zu, und mit jeder seiner Berührungen nahm das heiße Verlangen zwischen meinen Schenkeln zu. Als er seine Küsse über meinen Bauch hinweg fortsetzte, zitterte ich vor Lust und war bereit, genau das zu tun, was ich ihm gesagt hatte, dass ich es nicht tun würde: Betteln.

Mazrith bewegte sich mit mir durch das Wasser, bis wir den Beckenrand erreichten. Ich keuchte angesichts der Kälte des Eises, als er sich umdrehte und mich absetzte. Ich ließ ihn widerwillig los und starrte in seine wilden, leuchtenden Augen. Er fuhr mit seinen Fingern über meine Oberschenkel und schob sie dann auseinander.

Die Kälte des Eises wurde von prickelnder Wärme abgelöst, und die Vorfreude ließ meine Nerven in Flammen aufgehen. Meine Atemzüge waren heiß und schnell, als er den Stoff meines Höschens ergriff, ihn langsam zerriss und mich völlig entblößte. Eine einzelne Fingerspitze strich über meinen Schlitz und löste einen Schwall feuchten Verlangens aus. »Ich habe so lange darauf gewartet, dich zu spüren«, zischte er. Ich biss mir auf die Lippe, um mich davon abzuhalten, etwas Dummes zu sagen. Etwas, was ihn dazu bringen könnte, aufzuhören. »Ich wollte dich dazu bringen, zu betteln. Ich habe dir *gesagt*, dass du betteln würdest.«

Scheiße, ich würde mehr tun als betteln. Ich war so erregt von seiner federleichten Berührung, dass ich alles tun würde.

Aber er zwang mich nicht dazu. Sein Kopf senkte sich so schnell, dass ich erst vor Überraschung und dann vor Vergnügen aufschrie, als sich seine Lippen um die Stelle schlossen, sie sein Finger gerade gestreichelt hatte.

Das Becken, das Eis, die ganze verdammte Welt verschwanden, als ich den Kopf nach hinten fallen ließ und von Lust verschlungen wurde. Er erkundete mich mit seinen Lippen, seiner Zunge und seinen Zähnen und knurrte bei jeder Bewegung meiner Hüften. Zwei seiner Finger glitten in mich hinein und bewegten sich in regelmäßigen Stößen, während er seine Aufmerksamkeit auf meinen Kitzler richtete, den er so schnell gefunden hatte.

Ich klammerte mich am Beckenrand unter mir fest, keuchte und krümmte mich, während eine intensive Hitze durch meinen Körper schoss. Der Druck in meinem Leib nahm immer mehr zu, sodass er bald unerträglich wurde. Mazriths Finger krümmten und drehten sich und fanden bei jedem Eindringen einen Punkt in meinem Inneren, der so empfindlich war, dass mir vor Vergnügen schwindelig wurde. Seine Zunge leckte mich weiter, bis ich heftig kam und sich meine Muskeln in Wellen um ihn herum verkrampften, die kein Ende mehr nehmen wollten. Er hörte nicht auf, bis ich schlaff wurde und zitterte. Noch nie hatte ich solches Glück empfunden. Mazrith richtete sich wieder auf, seine Augen waren voller Verlangen. Ich konnte spüren, wie sein harter, pochender Schwanz gegen mich drückte. »Du schmeckst so süß wie Met«, knurrte er. Seine Hände ergriffen meine Hüften, als er sich gegen meinen empfindlichen Körper presste und mich nach Luft schnappen ließ.

Mein Atem versiegte jedoch auf meinen Lippen, als ein Schwall goldener Runen von seiner nackten Brust und seinen Schultern aufstieg, über sein wunderschönes Gesicht strichen und dann verschwanden.

Es waren zu viele, als dass ich sie hätte lesen können. Er versteifte sich, und seine Finger gruben sich in meine Haut.

Langsam ließ er mich los und wich von mir zurück, während das Wasser seinen nackten Körper verschluckte. Die Runen wurden weniger und versiegten dann ganz.

Meine Brust hob und senkte sich, während ich ihn anstarrte, und mir wurde plötzlich bewusst, dass meine Beine immer noch weit gespreizt waren. Ich schloss sie rasch und setzte mich aufrecht hin.

»Warum passiert das?«, stieß ich hervor.

»Mein Fluch«, knurrte er. »Davor musste sie mich gewarnt haben.«

Die Nebel des überwältigenden Verlangens, das mich verzehrt hatte, begannen sich zu lichten. »Was? Wovon redest du?«

Etwas, das weder Angst noch Wut war, das ich aber auch nicht wirklich einordnen konnte, zeichnete sich auf seinem Gesicht ab. »Es gibt nur eine begrenzte Menge an Runen«, sagte er leise.

Verwirrung, verstärkt durch das Verlangen, das immer noch in mir wütete, veranlasste mich dazu, meine Hände zu Fäusten zu ballen. »Bitte«, sagte ich langsam. »Ich verstehe nicht.«

Er knirschte mit den Zähnen, dann strich er sich wütend das Haar aus seinem Gesicht. »Wenn die letzte goldene Rune von meiner Haut verschwindet, ist es vorbei. Und aus welchem Grund auch immer, deine Nähe lässt sie von meinem Körper schweben.«

Ich starrte ihn an. »Du hast gerade gesagt, *sie* hätte dich gewarnt.«

»Meine Mutter. Als sie mir sagte, dass ich dich finden sollte, sagte sie, du seist ... gefährlich.«

Mein Magen zog sich zusammen. Nicht nur wegen dem, was ich offensichtlich mit Mazrith tat, sondern auch, weil er das Wort *gefährlich* verwendete.

Da war eine Dunkelheit in mir. Das hatte ich befürchtet, seit die Hungernden zum ersten Mal in meinem Kopf aufgetaucht waren, und seither war diese Angst nur noch größer geworden. Jetzt war sie überwältigend.

»Wie gefährlich?«, fragte ich leise.

»Das hat sie nicht gesagt. Nur, dass ich dir nicht zu nahe kommen sollte.«

»Warum würde ich deinen Fluch schlimmer machen?«

»Ich weiß es nicht.«

»Könnte es Zufall sein?« Meine Gedanken wanderten zurück zu dem Tag, als wir mit seinem Boot vom Goldhof weggesegelt waren. Ich dachte an die goldene Rune, die von seiner Haut geschwebt war, als er mich vor einem Sturz bewahrt hatte.

Er schüttelte den Kopf. »Nein. Vielleicht würde jeder *Goldgeber* den Effekt des Fluchs beschleunigen. Schließlich seid ihr alle mit Gold verbunden.«

Ich nickte und hoffte, dass es so war. Kalte Luft wehte durch den Dampf und verursachte eine Gänsehaut auf meiner nackten, nassen Brust. Ich rutschte zurück ins Wasser, jetzt unbeholfen und unsicher. Mein Körper pochte immer noch vor Verlangen nach ihm, aber der

Schmerz, den ich verspürte, als er erneut vor mir zurückwich, ließ mich mir auf die Zunge beißen.

»Reyna ... du ...« Ich sah ihn an, während er nach etwas suchte, das er sagen konnte.

»Ich ...?«

Er bewegte sich so schnell durch das Wasser, dass die Wellen bis zu meinem Hals hoch schwappten, dann umfasste er meinen Hinterkopf und legte seine Lippen zärtlicher auf meine, als die Wildheit der Bewegung hätte vermuten lassen. Seine Zunge leckte über meine, und auf seinen Lippen lag eine Entschuldigung, von der ich wusste, dass er sie nicht aussprechen konnte.

Und, wie ich hoffte, ein Versprechen.

Eine Rune schwebte von seiner Schläfe empor, als er sich von mir löste, und dieses Mal wich ich zurück. »Nicht«, sagte ich. Meine Stimme bebte und klang nicht mehr wie meine eigene. »Ich will dich nicht verletzen.«

Gefährlich.

»Wir werden diesen Fluch brechen.« Seine Stimme war noch rauer als meine. »Und wenn ich dich das nächste Mal berühre, wird es kein Traum sein. Es wird das Wirklichste, das Intensivste und das Überwältigendste sein, was du je erleben wirst. Und wenn ich dich nehme, wird es nicht nur dein Körper sein. Ich werde all deine Wünsche erfüllen, und du wirst mich nie wieder verlassen wollen. Du wirst für immer mir gehören.«

Trotz des Wassers fühlten sich meine Knie weich und schwach an. Ich glaubte ihm.

Aber ich gehörte ihm bereits.

Ich warf einen Blick auf die dunkle Rune an meinem

Handgelenk, und die Intensität des Augenblicks wurde von einer kalten Realität getrübt.

Ich hatte mein Leben damit verbracht, davor zu fliehen, jemandes Besitz zu sein. Wenn ich mich Mazrith hingab und zuließ, dass er sich meinen Körper nahm, würden ihm dann auch mein Herz und meine Seele gehören?

Denn nur so konnte er mich wirklich besitzen. Durch Liebe.

Als ich sein Gesicht betrachtete, wurde ich von einer nie dagewesenen Klarheit überkommen. War es das, was er in der Bibliothek gemeint hatte? Er hatte gesagt, dass man jemandem gehören und trotzdem frei sein konnte.

Konnte Liebe das tun?

Seine strahlenden Augen wurden weicher. »Jetzt hast du Angst vor mir. Du willst niemandem gehören.«

Einen Moment lang dachte ich, er hätte meine Gedanken gelesen, aber sein Stab war nicht im Becken. Langsam schüttelte ich den Kopf. »Wir beginnen, einander zu vertrauen«, sagte ich. »Und es ist offensichtlich, dass wir uns zueinander hingezogen fühlen.« Die pochende Hitze in meinem Leib und sein steinharter Schwanz ließen keine Zweifel zu. »Aber wenn es bedeutet, dass ich nie wieder gehen kann, dann ...«

»Ich habe nicht gesagt, dass du mich nicht verlassen können wirst. Nur, dass du es nicht wollen wirst.«

Ich starrte ihn an, seine Augen waren voller Verlangen. Hingabe. In seinen Worten lag keine Arroganz. Nur Gewissheit.

»Bis der Fluch gebrochen ist, spielt es keine Rolle«,

sagte ich schließlich. »Ich werde nicht riskieren, dich zu töten.«

Er nickte, sein Blick war weiter auf mich gerichtet. »Wir finden den Nebelstab, wir brechen den Fluch. Wir töten die Königin. Und dann werde ich die Leere in deinem Leben füllen, *Gildi*.«

KAPITEL 24
REYNA

Den Rest des Tages schwirrten mir tausend Gedanken durch den Kopf. Während des Abendessens beteiligte ich mich halbherzig an den Gesprächen am Tisch, aber meine Gedanken drehten sich immer wieder nur um eins.

Um Mazrith.

Um den Fae-Prinzen des Schattenhofs.

Jedes Mal, wenn ich ihn ansah, sah er jemanden oder etwas anderes an, aber ich spürte seinen Blick genauso oft auf mir ruhen, wie ich ihn ansah.

Er war auch still, und Frima und Svangrior mussten sich regelmäßig wiederholen, weil er nicht verstanden hatte, was sie zu ihm gesagt hatten.

Wenn der Fluch nicht existieren würde und ich mich dem Prinzen hingegeben hätte, hätte das etwas zwischen uns verändert?

Ich liebte ihn nicht, das wusste ich.

Ich *konnte* ihn nicht lieben.

Dafür gab es viele Gründe, und sie wanderten mir immer und immer wieder durch den Kopf, während ich mich fragte, warum ich das, was passiert war, nicht einfach als Lust abtun und weitermachen konnte.

Ich respektierte Mazrith, und ich war mir sicher, dass er auch mich respektierte. Zum Wohl unserer Welt mussten wir zusammenarbeiten, und wie es aussah, hatten höhere Mächte vor sehr langer Zeit den Weg dafür geebnet. Das waren Tatsachen. Kalte, harte Fakten.

Gefühle waren keine Fakten.

Als ich in der Kabine ins Bett fiel, merkte ich, dass mir Voror fehlte.

»Ich schätze, das Schwimmen war mehr als nur Schwimmen«, sagte Frima und zog sich ohne jede Scham aus.

»Es war nur Schwimmen«, murmelte ich in mein Kissen.

»Aha. Warum bist du dann so niedergeschlagen?«

»Ich vermisse meine Eule.«

Sie hob die Augenbrauen. »Du hast eine Eule?«

Da ich wusste, dass sie früher oder später von Voror erfahren würde, nickte ich. »Er spricht mit mir.«

Sie schürzte die Lippen. »Und würdest du ihm die Wahrheit über Maz und dich erzählen, wenn er hier wäre?«

Ich schnaubte. »Wahrscheinlich würde er nur wieder versuchen, mir eine Lektion in menschlicher Fortpflanzung zu geben und seine Sorge in Bezug auf den Austausch von Körperflüssigkeiten ausdrücken.«

Frima sah mich mit funkelnden Augen an. »Also habt ihr es doch getan.«

»Nein. Das würde es ... kompliziert machen.«

Sie seufzte, zog sich ein Gewand über und deckte sich mit ein paar Pelzen zu. »Ich sage das nur ungern, aber ich glaube, dass alles, was euch bevorsteht, kompliziert sein wird.«

»Vielleicht hast du recht.«

Ich fiel in einen unruhigen Schlaf. Nachdem ich in dem zusammenstürzenden Eisgebäude nur knapp dem Tod entgangen war, war ich nicht überrascht, dass meine Träume von Monstern heimgesucht wurden. Diesmal waren die Hungernden zu Eis erstarrt. Ihre Gliedmaßen brachen ab und zersplitterten, während sie meinen Namen riefen und übereinander hinwegkletterten, um mich zu erreichen. Wo ich auch hinschaute, sah ich nichts als verstümmelte, stöhnende, mit Eis bedeckte Leichen.

Ich erwachte früh. Frima schlief noch, also wickelte ich mich in Mazriths Umhang und ging aufs Deck hinaus. Der Blick von der Bucht auf das endlose, gefrorene Meer war faszinierend. Ich blickte in die Ferne und versuchte, meine Gedanken zu ordnen. Heute stand mir ein weiteres Spiel bevor, eines, bei dem ich ertrinken könnte. Mazrith würde mir nicht helfen können, wenn ich in Schwierigkeiten geriet, das wusste ich jetzt. Ich versuchte, das Hochgefühl zurückzubringen, das ich verspürt hatte, als ich auf Rasas Rücken zum Sieg geritten war, um den Schmerz der gestrigen Niederlage zu verdrängen.

»Du kannst es schaffen, Reyna«, sagte ich laut.

Ich hatte instinktiv mit einer Antwort von Voror gerechnet, weil ich oft eine erhalten hatte, wenn ich mit mir selbst gesprochen hatte. Ich hatte nicht gelogen, als ich Frima gesagt hatte, dass ich ihn vermisste. »Ich weiß, dass du das nicht hören kannst, Voror, aber ich mag es, wenn du bei mir bist«, flüsterte ich.

Ein paar Stunden später erwachte das Deck zum Leben, als Tait und Svangrior und kurz darauf auch Brynja aufstanden.

»Ich schätze, ich werde meine Rüstung heute nicht brauchen«, sagte ich zu Frima, als ich zurück in meine Kabine ging, um mich anzuziehen.

»Eigentlich sollten wir nichts davon wissen, dass es bei dem heutigen Spiel ums Schwimmen geht«, sagte sie.

»Oh. Werde ich Zeit haben, sie abzulegen, bevor wir anfangen?«

Sie zuckte mit den Schultern. »Ich habe keine Ahnung. Ist sie schwer genug, um dich zu behindern?«

»Gestern habe ich es kaum geschafft, mich über Wasser zu halten. Alles hat mich behindert.«

»Dann hättest du mehr Zeit mit Üben und weniger Zeit mit Ficken verbringen sollen.«

Ich warf einen Stiefel nach ihr. Sie fing ihn geschickt auf und warf ihn zurück. Meine Hand verfehlte ihn, und er traf mich an der Schulter.

Mit finsterem Blick zog ich ihn an. »Ich werde die Rüstung nicht tragen. Nur die Fingerkrallen.«

»Na schön.«

Mazrith war genauso still wie am Tag zuvor, als wir unserer Eskorte zum Schiff mit der Walfigur folgten. Abgesehen von einem kurzen »Guten Morgen« sagte er kein Wort zu mir, und ich fragte mich, ob auch er die ganze Nacht wachgelegen und darüber nachgedacht hatte, warum Gefühle so verdammt verwirrend sein konnten.

Vielleicht war es einfach nur Lust für ihn. Überwältigende Lust vielleicht, aber doch einfach nur Lust.

Wie könnte ein Fae-Prinz eine menschliche *Runenträgerin* lieben? Einen unsicheren Schwächling, der sich von allem und jedem angegriffen fühlte?

Nein, sicherlich war es nichts als Arroganz gewesen, als er gesagt hatte, dass ich ihn nie würde verlassen wollen. Oder Resignation, weil er eingesehen hatte, dass wir aneinander gebunden waren, und er mich nicht mehr loswerden konnte.

Ich trug wieder meinem eigenen Umhang und Mazrith seinen. Er starrte auf die Eisgebilde, zwischen denen wir uns hindurchbewegten.

Er musste gespürt haben, dass ich ihn ansah, denn er drehte sich langsam zu mir um, doch anstatt wegzuschauen, hielt ich seinem Blick stand. Schatten wirbelten in seinen Augen, sein Gesichtsausdruck war mir ein Rätsel. Bereute er das, was zwischen uns passiert war?

Sosehr es mich auch verwirrt hatte, ich bereute es nicht. Keine Sekunde davon.

Aber ich war auch nicht diejenige, die kostbare Zeit

an einen tödlichen Fluch verloren hatte, also konnte ich unsere Gefühle nicht wirklich vergleichen.

Wir näherten uns einem Eisberg, auf dem sich im Gegensatz zu dem von gestern kein Wald befand. Es gab jedoch die gleichen Sitzreihen und drei riesige, frei stehende Spiegel. Die anderen Teilnehmer kamen mit ihren Booten an, und meine Kehle schnürte sich zu, als wir vom Boot auf das Eis traten.

Bitte, Freya, lass dieses Spiel besser laufen als das letzte.

Schlimmer konnte es kaum werden.

Wenn Orm dir nicht das Leben gerettet hätte, wäre es viel schlimmer gewesen, erinnerte mich die Stimme in meinem Kopf.

Ich beschloss, alles in meiner Macht Stehende zu tun, um nicht in eine Situation zu geraten, in der ich diesem Mistkerl noch mehr schuldete, und ging dorthin, wo die anderen Aufstellung genommen hatten.

»Du kannst gewinnen.«

Ich erschrak, als ich Mazriths Stimme in meinem Kopf hörte, und ich drehte mich zu ihm um, während ich zu den anderen Teilnehmern ging. Er hatte in dem für die Schatten-Fae reservierten Bereich Platz genommen, so weit wie möglich von Königin Andask entfernt. Seine leuchtenden Augen waren auf mich gerichtet, und er hielt seinen Stab.

Ich hielt mich davon ab, die Königin anzuschauen, obwohl ich ihren Blick auf mir spürte, nickte Mazrith zu und drehte mich wieder um.

Die Königin des Eishofes stand auf und klatschte in die Hände, während sie ihren Stab hielt. Er blitzte strahlend blau auf, und es erschienen vier große Löcher im Eis, als wären sie von einem riesigen Schürhaken hineingeschmolzen worden. Dampf stieg von der Wasseroberfläche darunter auf.

Warmes Wasser. Erleichterung überkam mich. Tait hatte recht gehabt.

»Die Regeln sind einfach«, rief die Königin. »Vier Truhen sind am Boden der Quelle verankert. Wer als Erster an den Inhalt seiner Truhe gelangt, gewinnt.« Ihre kalten Augen funkelten. »Möge der Mutigste gewinnen!«

KAPITEL 25

REYNA

Orm verschwand spritzend im von Blasen aufgewühlten Wasser, noch ehe ich überhaupt daran denken konnte, mich zu bewegen. Die anderen folgten ihm. Hastig zog ich an meinen Fingerkrallen, hielt den Atem an und sprang hinein.

Ich begann sofort mit den Beinen zu strampeln, als das Wasser über meinem Kopf zusammenschlug und ich die Orientierung verlor. Ich zwang meine Augen auf, um herauszufinden, woher das Licht kam und wo oben und unten war.

Während ich unbeholfen durch das Wasser sank, blickte ich nach unten und sah die vier Truhen, eingebettet in riesige Eisspitzen.

Dokkar hatte die ihre bereits erreicht. Dicke Ranken wuchsen aus seinem Stab und gruben sich in das Eis.

Orm ließ das Eis mit einem gleißenden Lichtstrahl schmelzen, während er auf den Grund sank. Kaldar war die letzte der drei, die ihre Truhe erreichte und ihren Stab gegen das Eis hielt. Es verschwand sofort.

Orm gab ein wütendes Gurgeln von sich, dann hielt er seinen Stab in die Höhe und richtete den Lichtstrahl auf sie statt auf das Eis an seiner Truhe.

Ein vom Wasser erstickter Schrei drang an meine Ohren, und Kaldar ließ ihren Stab fallen und hob die Hände vor die Augen. Ich meinte, Blut zwischen ihren Fingern zu sehen, und eine Mischung aus Sorge und Angst durchfuhr mich, gefolgt von einer sehr körperlichen Reaktion: Ich begann, mit den Füßen zu treten.

Endlich war ich ganz unten angekommen.

Meine Lungen fühlten sich an, als würden sie langsam zusammengedrückt, und ich benutzte die Krallen an meinen Fingern, um das Eis zu zerschlagen. Ich war erleichtert, zu sehen, dass sie dieser Aufgabe gut gewachsen zu sein schienen. Aufregung erfüllte mich, als ich sah, wie schnell ich mich durch das Eis arbeitete. In dem Moment schwamm Dokkar nach oben in Richtung Oberfläche, eine Eisenkugel in den Armen.

Scheiße. Er würde gewinnen.

Wenigstens war es nicht Orm.

Ich warf einen Blick auf den Gold-Fae und öffnete überrascht den Mund, wodurch Wasser hineinströmte.

Kaldar hatte sich ihren Stab zurückgeholt, und nun war es Orm, der von einer Eisspitze umhüllt war, genau wie seine Truhe. Unter der durchsichtigen Oberfläche war sein wütend verzerrtes Gesicht zu sehen, und Kaldar blickte ihn starr an, während tiefrote Tränen von ihren grauen Wangen gewaschen wurden.

Das Brennen in meinen Lungen zwang mich dazu, meinen Blick von ihnen loszureißen. Ich klemmte zwei meiner Krallen in den Spalt unter dem Deckel der Truhe, um sie aufzuhebeln.

Es war nicht nur das dringende Bedürfnis nach Luft, dass mich dazu trieb, die Kugel in der Truhe zu packen. Es war auch das Wissen, das ich *nicht verlieren würde*.

Als ich mit den Beinen zu strampeln begann, stellte ich mit Schrecken fest, dass mich das Gewicht der Kugel so sehr behinderte, dass ich mich kaum vom Grund der Quelle wegbewegen konnte. Es machte auch Kaldar auf mich aufmerksam. Orm schien bewusstlos geworden zu sein, und ich fragte mich kurz, ob er vielleicht sterben könnte.

Das brennende Gefühl in meiner Brust verstärkte sich, und meine Sorge verlagerte sich wieder auf mich selbst.

Ich musste zurück an die Oberfläche, am liebsten, bevor Kaldar mich in einen Eisblock verwandelte oder mein Körper dem Drang nach Luft nachgab und meine Lungen mit Wasser füllte.

Ich trat kräftig mit den Beinen aus und benutzte meinen freien Arm, um mich nach oben zu ziehen, wie Mazrith es mir gezeigt hatte. Mein Überlebensinstinkt schien meinen Beinen übermenschliche Kräfte zu verleihen. Ich glitt durch das Wasser, und das Loch über mir war sowohl beängstigend weit weg als auch verlockend nah.

»Du hast es fast geschafft. Schneller«, erklang Mazriths Stimme in meinem Kopf.

Schneller.

Ich strampelte mit den Beinen, der Schmerz in meiner Brust war jetzt unerträglich, und kleine Bläschen entwichen mir, als ich unwillkürlich ausatmete.

Schneller.

Ich brach im selben Augenblick durch die Wasseroberfläche, in dem mein Körper aufgab und nach Luft schnappte. Überraschte Stimmen erhoben sich, vermischt mit halbherzigem Klatschen, als ich Wasser trat und versuchte, mich an der Oberfläche zu halten. Aber meine Beine waren erschöpft und die Kugel so schwer, dass ich prustend wieder untertauchte.

Panik trieb mich zurück zum Rand des Lochs. Ich packte ihn, ließ die Kugel auf das Eis fallen, zog mich nach oben aus dem Wasser und sog die frische, kühle Luft ein. Das Geschwätz hatte sich in Gelächter verwandelt.

Aber es war mir egal.

Dokkar grinste mich an, während er am Rand seines eigenen Lochs saß und seine Kugel festhielt. Sein nasses Haar klebte ihm am Kopf und sah aus wie Seetang.

Kaldar sprang aus ihrem Loch, als ich mich in eine sitzende Position brachte. Sie hielt ihre Kugel hoch, und die Menge jubelte. Zwei Gold-Fae stürmten herbei und redeten auf das Königspaar ein. Ich konnte nicht hören, was sie sagten, aber ich konnte es erraten.

Könnte Orm tatsächlich dort unten sterben?

Der König seufzte und blickte dann zu Kaldar. Er musste telepathisch mit ihr kommuniziert haben, denn ihr Gesicht wurde erst mürrisch, dann widerspenstig, doch dann sprang sie zurück in ihr Loch. Langsam stand ich auf. Da ich nicht mehr im warmen Wasser war, brachte mich die eiskalte Luft zum Zittern. Ich nahm mir meinen Umhang und wickelte ihn um mich, als Kaldar wieder aus dem Loch auftauchte. Sie hielt Orms bewusstlose Gestalt im Arm.

Dokkar kam auf dem Weg zu den Erd-Fae in der Zuschauermenge bei mir vorbei. »Ich würde sagen, dass das Resultat dieses Spiels sehr viel befriedigender war«, sagte er leise.

»Da kann ich nur zustimmen.« Ich grinste.

»Seht Euch Königin Andask an.« Seine Stimme war kaum mehr als ein Murmeln.

Ihr Blick war auf Orms bewusstlose Gestalt gerichtet, die jetzt auf dem Eis lag. Die Gold-Fae waren herbeigeeilt und verabreichten ihm etwas aus einem Fläschchen, das sie an seine blauen Lippen hielten. »Denkt Ihr, dass das nach Besorgnis aussieht?«

»Vielleicht«, antwortete ich genauso leise. Sie machte sich auf jeden Fall mehr Sorgen um Orm als um mich. Andererseits schauten *alle* gebannt zu, um zu sehen, ob sich der arrogante Gold-Fae-Lord wieder erholen würde.

»Ich denke, da ist etwas zwischen ihnen. Und das könnte ihnen einen Vorteil verschaffen.«

»Wie?«

»Das sollten wir nicht hier besprechen. Aber wenn anderswo Bündnisse entstehen, wäre es vielleicht nicht ganz falsch, wenn wir etwas mehr übereinander wüssten.«

Seine Worte waren weder anzüglich noch unangebracht. Sie machten Sinn. Und Dokkar hatte versucht, der falschen Stimme beim Rennen im Schattenhof zu helfen. Für mich bewies das, dass er ein gutes Herz hatte.

Ich nickte. »Was habt Ihr im Sinn?«

»Ich denke, wir werden meinen Sieg mit einer Partie *Kubb* feiern. Ihr, Euer Verlobter und seine Krieger seid herzlich willkommen, sich uns anzuschließen.«

»Ich werde es Mazrith ausrichten.«

Der Erd-Fae warf mir einen wissenden Blick zu und schritt dann mit der prahlerischen Haltung eines Siegers davon.

Ganz so stolz konnte ich mich nicht geben, als ich auf Maz, Frima und Svangrior zuging, aber ich war zufrieden. Ich war nicht ertrunken und dazu Zweite geworden.

»Einen Moment«, erklang die Stimme der Königin des Eishofs. Ich hielt inne und sah sie an, dann blickte ich zu Orm. Er war wieder bei Bewusstsein und hatte sich aufgesetzt. *Verdammt.*

»Diejenigen von Euch, die es geschafft haben, ihre Kugeln an die Oberfläche zu bringen, sollen diese mitnehmen. Wenn es Euch gelingt, sie zu öffnen, soll der Inhalt Euch gehören.« Selbst aus dieser Entfernung konnte ich das Leuchten in ihren Augen sehen.

War die Kugel eine Falle oder eine Belohnung?

Dokkar und ich drehten uns um, um unsere Kugeln zu holen. Kaldar hatte ihre bereits mitgenommen. Könnte sie dies bereits gewusst haben, oder war es eine Taktik, um uns glauben zu lassen, die Kugeln seien ungefährlich? Sicherlich würde es der Eishof nicht riskieren, sie in Gefahr zu bringen.

Als ich die Metallkugel aufhob, erblickte ich Runen, die ich nicht kannte. Falle oder nicht, ich hatte das Gefühl, dass Tait sich darüber freuen würde.

»Gut gemacht«, sagte Mazrith, als ich endlich zu ihnen zurückkehrte.

Meine Zähne klapperten, aber mir war bei Weitem nicht so kalt wie am Tag zuvor. Der trockene Umhang machte einen entscheidenden Unterschied. »Der Schwimmunterricht hat geholfen«, sagte ich.

Frima lachte prustend und versteckte es dann mit einem Husten.

»Glaubst du, dass es sicher ist, sie zu öffnen?« Ich hielt die Kugel hoch und versuchte, das Thema zu wechseln.

»Wahrscheinlich nicht. Aber nicht einmal Thors Hammer könnte Tait davon abhalten, es zu versuchen.«

»Das dachte ich ebenfalls. Es wird ihm etwas zu tun geben, während wir unterwegs sind.«

Mazrith hob eine Augenbraue, und Frima beugte sich vor. »Wohin gehen wir?«, fragte sie.

»Wir haben eine Einladung bekommen, die wir meiner Meinung nach nicht ablehnen sollten.«

Wie vermutet, stürzte sich Tait sofort auf die Eisenkugel. Auch er kannte die Runen darauf nicht und begann sofort, leise murmelnd in Büchern zu blättern. Selbst als wir uns hinsetzten, um den Lammeintopf zu essen, den Brynja zubereitet hatte, hatte er ein Buch auf dem Schoß, und seine Lippen formten beim Lesen stumme Worte.

Ich hoffte, dass er sich nicht verletzte, wenn es ihm gelang, die Kugel zu öffnen, und dass sie tatsächlich eine Belohnung enthielt.

»Wäre es möglich, dass der Eishof Geschenke verteilt?«, fragte ich und rieb mit einem Stück Brot über den Boden meiner Schüssel, um den Rest der köstlichen Soße aufzusaugen.

»Ich weiß nicht, wie gut sich König und Königin Verglas mit den offiziellen Regeln in Bezug auf Gäste auskennen«, sagte Mazrith. Seine Stimmung schien seit dem Ende des Spiels etwas besser zu sein.

»Gehörte es früher zum guten Ton, Geschenke zu überreichen?« Ich deutete mit einer Hand auf die Bucht. »Diese Gastgletscher sind ziemlich toll, wenn man bedenkt, dass sie schon lange keine Gäste mehr hatten.«

»Vielleicht hatten sie Gäste.« Alle sahen Tait an, und er rückte seine Brille zurecht und zuckte mit den Schultern. »Der Schattenhof hätte keine Ahnung, wenn andere Fae hier zu Gast gewesen wären.«

Er hatte recht. Frima sah mich an. »Waren die Fae des Goldhofs je hier zu Gast?«

Ich schüttelte den Kopf. »Ich hatte nie etwas mit solchen Angelegenheiten zu tun, aber in der Zeit, in der ich im Palast gelebt habe, habe ich nie etwas davon gehört.«

Mazrith sagte: »Es wären Geschenke gemacht worden, um die Loyalität dem Hof gegenüber zu stärken«, antwortete er, um meine ursprüngliche Frage zu beantworten.

»Wenn der Eishof also – im Gegensatz zu deiner verrückten Stiefmutter – versuchen würde, das Richtige zu tun, wäre es möglich, dass die Kugel sicher ist.« Ich zeigte auf die Kugel neben Taits unberührtem Essen.

»Ja.«

»Ich werde sie nicht öffnen, bevor ich die Bedeutung der Runen kenne«, sagte der Schattenspinner. »Es besteht also kein Grund zur Sorge.«

»Ich bezweifle, dass die Runen auf eine Gefahr hinweisen würden – das ist eine Falle«, schnaubte Svangrior.

»Ich bin sicher, dass sie mir etwas verraten werden«, antwortete Tait und blickte dann wieder auf sein Buch.

»Ho!«, rief eine Stimme vom Eis. Mazrith, Frima und ich standen auf und blickten über die Reling. Ein Erd-Fae winkte uns zu, flankiert von denselben zwei Eis-Fae, die uns den Besuch der heißen Quelle ermöglicht hatten.

Ich hob eine Hand. »Hallo.«

»Lord Dokkar möchte, dass Ihr uns bei einem Spiel *Kubb* anschließt. Ich bin hier, um Euch zu ihm zu begleiten.« Er war jung, seine Haut dunkler als die von Dokkar, und seine leuchtend grünen Augen hatten etwas Schelmisches.

»Wir kommen gleich.«

»Ich vertraue ihm nicht«, knurrte Svangrior leise, während er seine Axt an die Seite seines Körpers schnallte, die nicht von seinem Stab eingenommen wurde.

»Du schockierst mich«, sagte Frima sarkastisch.

»Vertraust du ihm etwa?«, fauchte er sie an.

»Nein, aber ich brauche ihm auch nicht zu vertrauen.« Sie warf mir einen Blick zu. »Vertraust du Dokkar?«

»Ich glaube, dass er sicherstellen will, dass Orm und Königin Andask weder ihm noch den seinen schaden kann. Er scheint eingesehen zu haben, dass der Feind seines Feindes sein Freund ist«, sagte ich.

»Das ist kein Ja oder Nein.«

Ich zuckte mit den Schultern. »Weil ich es nicht weiß. Aber er wird uns heute Abend nichts tun, da bin ich mir sicher.«

Mazrith trat neben mich, und ich drehte mich zu ihm um. »Nimm deine Krallen mit. Nur für den Fall.«

Ich nickte. Ich hatte trockene Kleidung angezogen und trug Hose, Hemd und einen Lederumhang anstelle eines Kleides. Dokkar wäre es egal, ob ich mich als Arbeiterin oder als elegante Fae-Frau verkleidete. Ich öffnete meinen Umhang, um Mazrith meinen eindeutig nicht magischen Stab zu zeigen, dann schob ich meine Hand in die Hosentasche und zog ein paar der messerscharfen Krallen heraus. »Ich mag Dokkar, aber dumm bin ich nicht.«

Seine Augen blitzten. »Das hätte ich nicht gedacht.«

»In deinem Hof dürfen Menschen und Fae also heiraten?« Der junge Erd-Fae blickte zwischen mir und Mazrith hin und her, während wir den beiden Eis-Fae folgten, die uns eskortierten. Sein Haar war von einem leuchtenderen Grün als Dokkars, und er war muskulöser und robuster gebaut.

»Ähm ...«, begann ich, aber Mazrith unterbrach mich.

»Wie heißt Ihr?«

»Henrik.«

»Und was seid Ihr für Lord Dokkar?«

Er zuckte mit den Schultern. »Ein Freund.«

»Seid Ihr ein Lord?«

Er schnitt eine Grimasse, die mich an Frima erinnerte. Sein Gesicht war voller gespielter Verachtung. »Auf keinen Fall.«

»Warum möchtet Ihr kein Lord sein?«, fragte ich.

»Sie reden zu viel und unternehmen nichts.« Er warf Frima einen Blick zu, und ich war mir sicher, dass er versuchte, mit ihr zu flirten.

»Hat Dokkar Verwandte hier?«, fragte Mazrith.

Henriks Gesicht wurde misstrauisch. »Warum fragt Ihr?«

»Ich bin neugierig.«

»Habt Ihr Familie hier? Außer Königin Andask?«

»Sie gehört nicht zu meiner Familie.« Wie es aussah, war er nicht daran interessiert, den Erd-Fae gegenüber vorzugeben, mit der Königin verbündet zu sein. »Und nein.«

Wir kamen auf der anderen Seite des Tunnels an, und ich hob überrascht die Augenbrauen.

Auf dem Eisberg direkt vor uns befand sich ein Kreis aus Kohlebecken, und in der Mitte war ein Spiel aufgebaut. Um die Kohlebecken herum waren Felle ausgelegt worden, auf denen Erd-Fae saßen, redeten und tranken oder dem Spiel zusahen. Insgesamt waren es etwa fünfzehn Fae, dazu Dokkar und eine Fae, die einander gegenüberstanden und kurze Holzstöcke auf die zehn Fuß entfernte Reihe größerer, dickerer Spielfiguren warfen. Der kurze Stock traf eine Figur und warf sie um. Die Frau schrie triumphierend auf, rannte über das Spielfeld und klopfte Dokkar auf den Arm.

»Das«, sagte Henrik und zeigte auf sie, »ist Doks Frau. Und sie ist verdammt gut im Kubb spielen. Wisst Ihr, wie man spielt?«

Alle außer Svangrior nickten, auch ich. Ähnlich wie

beim Schwimmen hatte ich versucht, es mit den Kindern im Palast zu spielen, aber ich war nie wirklich willkommen gewesen, also hatte ich es alleine versucht. Leider war Kubb ein langweiliges Spiel, wenn man es alleine spielte.

Ich hörte, wie Frima Svangrior erklärte, dass das Ziel des Spiels darin bestehe, mit den kurzen Stöcken die Spielfiguren des Gegners, die sogenannten Kubbs, umzustoßen.

»Angenommen, Team Thor wirft drei Kubbs des Teams Odin um«, sagte sie, und Svangrior nickte, »dann muss Team Odin erst die drei gefallenen Figuren umwerfen, welche auf dem Spielfeld von Team Thor wieder aufgestellt wurden, bevor sie versuchen können, die eigentlichen Kubbs von Team Thor zu treffen.«

»Was passiert, wenn alle umgeworfen worden sind?«

»Dann müssen sie die Figur in der Mitte, den sogenannten König, umwerfen.«

»Klingt einfach«, grunzte er.

»Es gibt noch ein paar andere Regeln, aber das ist das Wesentliche«, sagte Henrik. »Kommt. Dok! Deine ... *Gäste* sind da!«

Dokkar wandte sich vom Spiel ab und kam auf uns zu, als wir in der Nähe eines Kohlebeckens anhielten und sich die beiden Eis-Fae entfernten und auf den Rand des Eisbergs zusteuerten. Dokkars Frau folgte ihm, und ich sah sie interessiert an. Sie trug kein Kleid. Unter ihrem moosgrünen Umhang war Kleidung zu sehen, die der meinen ähnelte. Kleine Zöpfe waren in ihr dunkelgrünes Haar geflochten, und ihre klugen Augen strahlten.

»Ich freue mich, dass Ihr gekommen seid«, sagte Dokkar zur Begrüßung. »Und gerade rechtzeitig, um mich davor zu bewahren, von meiner Frau gedemütigt zu werden. Khadra, das sind Prinz Mazrith und seine Verlobte Reyna …«

»Thorvald«, beendete ich den Satz für ihn. »Und das sind Frima und Svangrior.«

Sie nickte uns zu. »Ich bin Khadra.« Sie zeigte auf die Kubbs. »Wisst Ihr, wie man spielt?«

»Ja«, sagte Mazrith sofort.

Sie lächelte. »Dann trinkt etwas und lernt unsere Leute kennen. Sucht mich auf, wenn Ihr bereit seid für ein Spiel.«

Sie schlenderte davon, und Dokkar sagte: »Ich habe keine Beweise dafür, dass Orm und Königin Andask unter einer Decke stecken«, sagte er so leise, dass die Fae, die in der Nähe auf dem Boden saßen, ihn nicht hören konnten. »Aber mein Instinkt sagt mir, dass hinter diesem *Leikmot* mehr steckt, als wir wissen, und dass der Goldhof sich zu wenig Sorgen macht.«

»Dann sind wir uns einig«, sagte Mazrith.

»Habt Ihr Beweise?«

»Nein. Die Königin hat diese Spiele als eine Überraschung zu meinem Geburtstag organisiert, weswegen ich nicht einmal ansatzweise daran beteiligt war.«

»Es war bemerkenswert leicht für dich, den Goldhof mit drei Gefangenen zu verlassen«, sagte ich. Der Gedanke kam mir, während ich ihn aussprach.

Mazrith sah mich stirnrunzelnd an. »Glaubst du, Orm hat zugelassen, dass ich dich mitnehme? Sein offensichtlicher Rachedurst lässt etwas anderes vermuten.«

»Gutes Argument.«

Dokkar zuckte mit den Schultern. »Meine Absicht damit, Euch einzuladen, hatte weniger mit dem Austausch von Informationen zu tun, sondern vielmehr mit dem Wunsch, eine gegenseitige Loyalität aufzubauen.« In Dokkars Augen leuchtete dieselbe Intelligenz wie in denen seiner Frau, und mein Instinkt sagte mir, dass ich dem Fae nicht blind vertrauen sollte.

Wusste er, dass für den Schattenhof mehr auf dem Spiel stand als der Sieg bei diesen Spielen? Er musste es wissen. Die Zwietracht zwischen dem Prinzen und der Königin, die derselben Königsfamilie angehörten, musste mehr als deutlich machen, dass die Schatten-Fae in einer schwierigen Lage steckten.

Aber welche Ziele könnte er verfolgen, abgesehen von einem Sieg beim *Leikmot*?

»Wir sind froh, hier zu sein«, sagte Mazrith etwas steif, und ich wusste, dass auch er versuchte, den Fae-Lord zu durchschauen.

Dokkar schenkte uns ein entspanntes Lächeln, dann streckte er einen Arm aus und winkte einen Fae herbei. »Henrik, serviere unseren Gästen ein paar Getränke, ja?« Er sah uns wieder an. »Entspannt Euch. Sprecht mit unseren Leuten. Vergewissert Euch, dass wir diejenigen sind, die Ihr benötigt.«

»Um *ihnen* zu beweisen, dass *wir* diejenigen sind, die *Ihr* benötigt?«, fragte Mazrith.

Dokkars Lächeln wurde breiter. »Ich vertraue

ihnen.«

Was bedeutete: Ich vertraue euch nicht.

Mir wurde klar, dass dies ein Spiel war, damit wir uns gegenseitig einschätzen konnten. Er ging davon, um das Spiel mit seiner Frau fortzusetzen. Zwei weitere Fae schlossen sich ihnen an und nahmen auf den beiden gegenüberliegenden Seiten Aufstellung.

Der Fae, den er gerufen hatte, reichte mir einen Becher aus glattem, poliertem Holz. »Danke. Was ist das?«

»Brennnesselwein«, grinste er. Er konnte nicht viel älter als zwanzig sein.

»Habt Ihr keine menschlichen Diener, um Getränke zu servieren?«, fragte Frima.

Er schüttelte den Kopf. »Nein. Nicht seit der Krankheit. Aber es macht mir nichts aus. Ich helfe gerne. Stimmt es, dass Ihr Stäbe für diese gierigen Gold-Fae herstellt?« Er starrte mich aus großen, grünen Augen an.

»Krankheit?«, fragte Mazrith, noch ehe ich antworten konnte. »Welche Krankheit?«

Eine Frau eilte herbei und legte eine Hand auf die Schulter des Jungen. Ihr Blick drückte eine gewisse Panik aus. Er war genauso groß wie sie, aber sie zog ihn von uns weg. »Einige Menschen-Clans werden in letzter Zeit von einer schlimmen Krankheit heimgesucht, aber macht Euch darüber keine Gedanken.« Sie warf dem Jungen einen Blick zu, und er blinzelte erst sie, dann wieder mich an.

»Stellt Ihr Stäbe für die Gold-Fae her?«, wiederholte er.

»Nicht mehr«, sagte ich und erkannte die Wahrheit dieser Worte, als ich sie aussprach. Würde ich je wieder mit Gold arbeiten? Der Gedanke verursachte einen Anflug von Panik und das Gefühl, verloren zu sein, doch dann konzentrierte ich mich wieder auf den Jungen. »Habt Ihr einen *Holzbauer* dabei? Ich würde zu gerne mit einem Runenträger der Erd-Fae sprechen.«

Die Frau sah mich misstrauisch an. »Nein.«

»Oh. Was passiert, wenn Dokkars Stab bei den Spielen beschädigt wird?«

Das Misstrauen in ihren Augen verstärkte sich kurzzeitig, doch dann wirkte sie nervös. »Ich meine, ja. Natürlich haben wir einen dabei. Es hat also keinen Sinn, Doks Stab ins Visier zu nehmen«, sagte sie schnell.

»Ich suche nicht nach Möglichkeiten, ihn zu schwächen«, sagte ich sanft. »Wir sind hier, um zu sehen, ob wir Verbündete werden können.«

»Hm. Vielleicht sollte ich Euch ein paar der anderen vorstellen.« Es schien ihr nicht zu gefallen, die einzige zu sein, die mit uns sprach, und viele der anderen Fae warfen uns neugierige Blicke zu.

»Gut«, sagte Mazrith.

Sie führte uns von einem Kohlebecken zum anderen und stellte uns allen vor. Ich wusste, dass ich keine Chance hatte, mir alle Namen zu merken. Niemand sprach höhnisch oder abweisend mit uns, aber alle wirkten angespannt. Alle außer Henrik, der sich immer wieder der Gruppe anschloss, und regelmäßig neben Frima herging oder sich neben sie setzte.

Schließlich erklang ein lauter Schrei vom Kubb-Spiel,

gefolgt von Jubel. Dokkar kam kopfschüttelnd auf uns zu.

»Beinahe hätte ich sie besiegt«, sagte er. »Ich denke, Ihr seid an der Reihe, es zu versuchen.«

»Wie viele pro Team?«

»Mit vier funktioniert es gut. Schattenhof gegen Erdhof?«

»Ist das eine gute Idee?«, fragte ich leise. Die Völker *Yggdrasils* hassten es, zu verlieren. Und jemand *würde* verlieren.

»Ich denke, dass wir ein Freundschaftsspiel überleben werden. Schließlich fordern solche Geschicklichkeitsspiele die wahre Natur einer Person heraus. Außerdem kann ich so auf der Seite meiner Frau spielen.« Er grinste.

Mazrith nickte. »Einverstanden. Und vielleicht eine Strafe für den Verlierer?«

Dokkars Augen wurden groß. »Ihr habt ein Teammitglied, das noch nie gespielt hat, und meine Frau ist ein unangefochtener Champion. Trotzdem seid Ihr Euch sicher, dass Ihr gewinnen werdet?«

»Mein Team wird gewinnen«, sagte Mazrith.

»Was für eine Strafe schlagt Ihr vor?«

»Das Team, das verliert, springt ins Meer. Nackt«, rief Henrik.

Die Fae lachten alle, und Dokkar und Mazrith warfen sich Blicke zu. »Tun wir es«, sagte Dokkar.

Ich stöhnte. »Ich werde dieses Wasser nicht überleben«, murmelte ich.

»Dann sollten wir wohl besser gewinnen«, antwortete Frima.

»Hm.« Eine Eis-Fae, die Wache stand, hustete, und wir drehten uns zu ihr um, überrascht von ihrer Anwesenheit. »Keiner von Euch würde dieses Wasser überleben. Es ist voller Kreaturen, die Euch töten würden, bevor Euer Kopf in das Wasser eintaucht.«

»Oh.«

Sie schluckte, schaute zu Boden und blickte dann wieder Dokkar an. »Aber wenn Ihr auf der Suche nach einer guten Strafe seid, könnte ich eine schöne Schneeverwehung erzeugen. Sie wird nicht tödlich sein, aber verflucht kalt.«

Dokkar schenkte ihr ein breites Grinsen. »Möchtet Ihr mitspielen?«

Sie stutzte. »Wir sind nur zwei. Nicht genug für ein Team.«

»Einer von Euch kann sich unserem Team anschließen, der andere den Erd-Fae«, sagte Mazrith.

»Ich werde beim Schattenhof mitspielen«, sagte sie sofort, ehe sie sich umdrehte und die zweite Wache herbeirief. Sie unterhielten sich kurz, und er warf uns unsichere Blicke zu, ehe er ihr folgte. Dokkar klopfte ihm auf die Schulter.

»Wie heißt Ihr?«

»Ich bin Maya, und das ist Erik.«

»Euch wird es nicht viel ausmachen, zu verlieren«, sagte Dokkar und beäugte ihre größtenteils nackten Körper, »aber ich möchte wirklich gerne vermeiden, dass mein Schwanz mit Schnee bedeckt wird. Lasst uns gewinnen.«

KAPITEL 27
REYNA

»Hm. Wer hätte gedacht, dass Svangrior so gut ausgestattet ist?«

»Frima!« Ich schlug ihr auf den Arm und versuchte, meinen Blick von dem splitternackten Krieger abzuwenden, der sich in die Schneewehe stürzte, die Maya gerade gemacht hatte.

Dank Dokkars Frau hatten wir das Kubb-Spiel verloren, denn sie war tatsächlich so gut, wie er behauptet hatte.

Obwohl Svangrior nicht für unseren Verlust verantwortlich war, hatte er alle überrascht und sich freiwillig bereit erklärt, die Strafe für das Team zu übernehmen.

»Ich habe ein schlechtes Gewissen, weil er das alleine macht«, sagte Frima. »Er hat mehr Kubbs getroffen als ich.«

»Du kannst dich ihm gerne anschließen«, murmelte ich. »Ich werde das ganz sicher nicht tun.«

Sie zuckte mit den Schultern und begann dann, sich auszuziehen. »Ehre ist Ehre«, sagte sie.

Ich starrte sie an und deutete dann auf Svangrior, der zitternd aus dem Schnee gewatet kam und von einem Fuß auf den anderen hüpfte, während die Erd-Fae johlten und jubelten. »Es ist eisig.«

»Ich werde einen Weg finden, um mich aufzuwärmen«, sagte sie und richtete sich wieder auf. Sie zwinkerte mir zu, stieß einen Schlachtruf aus und rannte direkt auf die Schneewehe zu.

»Deine Krieger sind verrückt«, sagte ich kopfschüttelnd.

»Sie sind wild und tapfer«, antwortete Mazrith. Stolz lag in seiner Stimme, aber auch ein Hauch von Belustigung. »Ich hatte eine Idee.«

Als Frima aus dem Schnee getaumelt kam, lief Henrik mit einem Haufen Pelze in den Armen auf sie zu. Ich hätte schwören können, dass das, was er zu ihr sagte, ihre Wangen rot werden ließ.

»Eine Idee, wie?«

»Ja. Ich denke, wir sollten versuchen, die Eis-Fae dazu zu bewegen, mehr Wein zu trinken, als gut wäre.«

Ich runzelte die Stirn. »Du willst sie betrunken machen?«

»Ja. Dann wird sie nicht wissen, dass ich in ihre Gedanken eindringe.«

Mein Mund klappte auf. »Nein! Das kannst du ihr nicht antun. Sie vertraut uns. Sie hat in unserem Team mitgespielt.«

Sein Gesicht war angespannt. »Und unter normalen

Umständen würde ich dieses Vertrauen nicht enttäuschen, aber sie wird wissen, was für ein Spiel morgen stattfinden wird.«

»Nein. Es fühlt sich falsch an«, zischte ich kopfschüttelnd. »Und wenn du erwischt wirst, wird dir keiner von ihnen je wieder vertrauen.«

»Reyna, dein Überleben ist wichtiger«, sagte er mit zusammengebissenen Zähnen.

Genervt verzog ich das Gesicht. »Lass mich mit ihr reden. Vielleicht verrät sie es mir freiwillig.«

»Du wirst Verdacht erregen.«

»Nein, das werde ich nicht.«

Er warf mir einen Blick zu, und ich seufzte. »Du hast gesagt, dass sie nichts gegen unsere Verlobung hat, nicht wahr?«

Er nickte. »Ja. Und die Tatsache, dass sie heute Abend zu uns kam, verstärkt diese Annahme.«

»Dann werde ich sehen, ob ich diese Tatsache nutzen kann, um ein Gespräch anzufangen. Wenn es nicht funktioniert, werden wir deinen Vorschlag noch einmal überdenken.«

Er sah mich unentschlossen an. »Also gut«, sagte er schließlich.

Noch ehe er seine Meinung ändern konnte, wandte ich mich ab und ging auf Maya zu.

»Du hast gut gespielt.« Ich lächelte, als ich sie erreichte. Mein Blick blieb an ihrem Stab hängen, und sie bemerkte es.

Sie hielt ihn in die Höhe. »Du stellst diese für die Gold-Fae her?«

Ich nickte. »Aber deiner sieht ganz anders aus.«

»Das überrascht mich nicht. Unsere Völker sind sehr unterschiedlich«, sagte sie. Sie warf einen Blick über meine Schulter hinweg, und ich vermutete, dass sie Mazrith ansah. Ich drehte den Kopf und folgte ihrem Blick. Er stand allein da und sah einigen der jüngeren Fae beim Kubb zu, während einige der älteren Fae auf dem Boden saßen, tranken und redeten.

»Er scheint anders zu sein, anders als andere Schatten-Fae«, sagte sie.

»Weißt du, ich glaube, dass er das ist.«

Sie sah mich aufmerksam an. »Wirst du von seinem Volk akzeptiert?«

»Nein, nicht wirklich. Ich wurde vom Schattenhof dazu gezwungen, an diesen Spielen teilzunehmen. Nicht von Mazrith.« Ich erwähnte nicht, dass es ein Teil des Plans der Königin war, der Mazrith als unfähigen Herrscher darstellen sollte.

Maya sah enttäuscht aus. »Du kannst das *Leikmot* nicht gewinnen«, sagte sie.

Ich sträubte mich. »Das weißt du nicht.«

Es lag kein Mitleid in dem Blick, den sie mir zuwarf, sondern Resignation. »Du bist ein Mensch.«

Vielleicht nicht. Der Gedanke tauchte in meinem Kopf auf, aber ich verscheuchte ihn.

»Ich habe den Eindruck, dass du der Meinung bist, dass es Menschen und Fae erlaubt sein sollte ... mehr Zeit miteinander zu verbringen?«

Sie richtete sich auf, und ihre Augen wurden schmal. »Nein. Das wäre unangebracht.«

Sie log. Ich zuckte mit den Schultern und zeigte stattdessen auf ihren Stab. »Die Arbeit, die in diesen Stab gesteckt wurde, ist unglaublich.«

Ihre abwehrende Haltung ließ nach, als sie ihren Stab ansah und lächelte. »In der Tat. Die Runenträger sind unheimlich talentiert.«

Sie mit solchem Respekt über die Runenträger sprechen zu hören, war etwas, was ich im Goldhof nie erlebt hatte, und es machte sie mir noch sympathischer. »Wie viele verschiedene Edelsteine verwenden sie?«

Sie beäugte mich misstrauisch. »Warum willst du so viel über meinen Stab wissen?«

»Ich bin eine Runenträgerin«, sagte ich und zeigte auf mein Handgelenk. »Es liegt in meiner Natur, mich für Stäbe zu interessieren. Ich kann es mir nicht verkneifen, zu fragen.«

»Hm. Würdest du mir von deinen Goldstäben erzählen?«

»Sicher. Was möchtest du gerne wissen?«

Sie schürzte die Lippen. »Wie lange brauchst du für die Herstellung?«

»Das ist unterschiedlich, aber normalerweise drei bis sechs Wochen.«

Sie legte den Kopf schief. »Unsere werden in der Hälfte dieser Zeit hergestellt.«

»Wirklich? Muss man die Edelsteine selbst herstellen? Wir müssen das Gold aus Klumpen formen.«

»Ah, das muss der Grund sein, warum es länger dauert. Unsere Edelsteine kommen in ihrer von den Göttern bestimmten Form aus den Minen.«

»So viele verschiedene Juwelen«, sagte ich und blickte auf die Spitze des Stabes. »Ist das hier ein Diamant?«

»Ja. Und hier sind noch zwei weitere, und das hier ist ein Rubin aus der Grafa-Mine.« Stolz lag in ihrer Stimme.

»Alles aus den Minen dieses Hofs?«

»Aber sicher. Die Diamantenmine ist die größte, aber man kann die Edelsteine nur zu bestimmten Tageszeiten abbauen, wenn das Licht im richtigen Winkel auf die Vorkommen trifft.«

»Habt ihr menschliche Sklaven, die in den Minen arbeiten?«

»Nein. Die Arbeit im *Jökull* kann nur Fae anvertraut werden.«

»*Jökull?* Ist das ein heiliger Ort?«

Sie schaute über ihre Schulter und zeigte in eine Richtung. »Es ist der Gletscher, auf dem der Palast liegt. Obwohl«, sie sah sich um und senkte ihre Stimme. »Ich glaube, dass das morgige Spiel dort stattfinden wird. Eine Art Rennen, und du und Lord Dokkar werdet im Nachteil sein, weil ihr im ersten Spiel verloren habt.«

»Wirklich? Was für ein Rennen?«

»Ich weiß es nicht mehr. Bitte erzähle niemandem, dass ich dir etwas gesagt habe. Aber ich würde mir wünschen, dass du dich in diesen Spielen gut schlägst. Oder sie zumindest überlebst.«

»Das weiß ich zu schätzen«, sagte ich, und das tat ich wirklich.

»Hast du alles gehört?«, fragte ich Mazrith, als wir alleine waren.

»Ja.«

»Ich habe dir doch gesagt, dass ich Informationen beschaffen kann, ohne sie misstrauisch zu machen.«

Er warf mir einen Blick zu, der verriet, dass er mir nicht zustimmte.

»Was? Sie war nicht misstrauisch! Nur ein bisschen.«

»Sie hat dir nicht gerade viele Informationen gegeben.«

»Sie hat mir sehr viel gegeben. Rennen sind gut«, sagte ich.

»Ich bezweifle, dass es zu Pferd sein wird. Es könnte ein Schlittenrennen sein, oder dann auf Brettern.«

»Auf Brettern?«

»Sie werden an deinen Stiefeln befestigt, damit du nicht im Schnee einsinkst.«

Ich verzog das Gesicht, denn die Vorstellung gefiel mir nicht. »Wird das hier gemacht?«

Er nickte, aber in diesem Moment kam Svangrior auf uns zu. Er taumelte leicht. »Ich denke, es ist Zeit, dass ich mich in mein Bett zurückziehe, Maz«, sagte er. Er sprach schleppend. Er hatte mit drei von Dokkars Kriegern eine Art Trinkspiel gespielt, und wie es schien, hatte ihm der Wein zugesetzt.

»Ich werde mich ebenfalls zur Ruhe begeben«, sagte ich. Je mehr Schlaf ich vor dem Spiel bekommen konnte, desto besser.

Frima entschied sich dafür, bei den Erd-Fae zu bleiben, und Maya begleitete die anderen zurück zu unserem

Boot. »Warum bleibt sie bei ihnen?«, grummelte Svangrior, als wir über die ruhigen Wellen zu unserem Gletscher zurücksegelten.

»Ich glaube, es hat mit Henrik zu tun«, sagte ich.

Svangrior warf mir einen scharfen Blick zu, was in hartem Kontrast zu seinen trägen Bewegungen stand. »Henrik?«

»Ja.«

Er schnaubte und starrte dann wütend auf das Wasser hinaus.

Als wir das Schiff erreichten, war Brynja bereits zu Bett gegangen, aber Tait war noch wach. Die Kugel lag vor ihm auf dem Tisch, und er war in ein Buch vertieft. Als wir an Bord kamen, winkte er uns abwesend zu.

»Schlaf etwas und sei auf alles vorbereitet, was auf dich zukommt«, sagte Mazrith zu mir, als wir vor unseren Kabinen stehen blieben. »Du hast schon einmal ein Rennen gewonnen. Du kannst ein weiteres gewinnen.«

Beim Gedanken an das letzte Rennen fiel mir etwas ein. »Maz«, sagte ich, als er sich abwenden wollte. Er hielt sofort inne und sah mich an. »Mir ist gerade etwas klar geworden.« Ich flüsterte und wusste, dass nur Tait uns hören konnte. »Seit ich im Eishof bin, hatte ich keine Visionen mehr.«

»Glaubst du, das hat etwas zu bedeuten?«, fragte er stirnrunzelnd.

»Ich habe keine Ahnung. Falls ich über Magie verfüge, würde sie dann nur im Schattenhof funktionieren? Oder bedeutet das, dass es jemanden oder etwas im

Schattenhof gibt, der für diese Magie verantwortlich ist?«

»Oder sie funktioniert nur, wenn deine Eule bei dir ist.«

Ich riss die Augen auf. Daran hatte ich nicht gedacht. »Glaubst du, es könnte Voror sein?« Ich schüttelte den Kopf. »Falls ja, glaube ich nicht, dass er es weiß.«

»Ich weiß, dass du mir nicht sagen willst, woher er kommt, aber die Magie, die wilde Tiere zum Sprechen bringen kann, ist unglaublich mächtig.«

»Ich weiß nicht, ob ich ihn ein wildes Tier nennen würde.«

Mazrith warf mir einen Blick zu. »Du weißt, was ich meine.«

»Ich werde ihn fragen. Wenn wir zu *Yggdrasil* zurückkehren.«

»Vielleicht wirst du feststellen, dass die Visionen beim morgigen Spiel zurückkehren«, sagte Mazrith.

Zu meiner Überraschung hoffte ich, dass das der Fall sein würde. Sie hatten mir im ersten Spiel nicht das Leben gerettet, und sie waren auch nicht der Grund dafür gewesen, dass ich das zweite Spiel gewonnen hatte, aber sie hatten mir enorm geholfen, und ich konnte jede Hilfe brauchen, die ich bekommen konnte.

KAPITEL 28
MAZRITH

Es war die zweite Nacht in Folge, in der ich nicht schlafen konnte.

Wie sollte ich Ruhe finden, wenn Reyna in der Kabine neben mir war?

Ich war bereits zu weit gegangen und hatte den Preis dafür bezahlt. Die Erinnerung an die goldenen Runen, die von meiner Haut schwebten, weckte den Wunsch in mir, den winzigen Raum auseinanderzureißen.

Svangrior schnarchte neben mir, und ich zwang mich dazu, meine Fäuste zu entspannen.

Wenn die Runen aufgebraucht waren, konnte ich ihr nicht mehr helfen. Dieses Risiko konnte ich nicht eingehen. Ich konnte sie nicht mit dem *Leikmot*, meiner Stiefmutter und dem Rest unserer Suche allein lassen.

Aber ich sehnte mich nach ihr, und jetzt wusste ich mit Sicherheit, dass sie mich genauso sehr wollte, wie ich sie.

Aber sie hatte nicht dieselben Gefühle für mich. Wie konnte sie? Ich war ihr um Jahre voraus.

Schuldgefühle durchströmten mich. Ich hatte sie dazu gebracht, mir ihre dunkelsten Geheimnisse zu verraten, und doch gab es noch so viel, was ich ihr vorenthielt.

Angst versiegelte meine Lippen. Angst davor, dass sie mir nicht verzeihen und unsere Suche aufgegeben würde. Das durfte nicht passieren, sowohl zu ihrem eigenen Wohl als auch zu meinem.

Inzwischen war ich mir sicher, dass die Suche nach dem Nebelstab nicht nur ein Teil meines, sondern auch ihres Schicksals war.

Sie war kein Mensch. Und jemand da draußen wusste, wer sie war. *Was* sie war. Würde diese Person versuchen, sie auszunutzen, wenn Reyna das gefunden hatte, was wir suchten?

Ich brauchte diesen Stab. Ich brauchte ihn für mehr, als meine Stiefmutter zu besiegen und meinen Hof zu beschützen.

Ich brauchte ihn, um Reyna zu beschützen.

Ich stand früh auf, setzte mich an den Tisch und betrachtete die Aussicht, die Reyna am Morgen zuvor genossen hatte. Die Einsamkeit konnte meine Aufregung nicht mindern.

Als Reyna ein paar Stunden später aus ihrer Kabine kam, musste ich meine Wut darüber unterdrücken, dass es Frima gewesen war, die ihr in ihre gefiederte Rüstung geholfen hatte, und nicht ich.

Ihr Haar war zusammengebunden, aber ihr neuer Zopf ragte aus der kupfern schimmernden Frisur hervor. Ihre Finger waren mit den Krallen bestückt, und sie winkte mir damit zu, als sie an den Tisch kam. »Ich weiß nicht, ob ich damit Kaffee trinken kann.«

»Scheiß auf den Kaffee. Nimm dir Met«, sagte Frima und tat genau das. Sie war zum Boot zurückgekehrt, kurz nachdem ich aufgestanden war, obwohl ich dafür gesorgt hatte, dass sie mich nicht sah.

Reyna sah sie einen Moment lang an und zuckte dann mit den Schultern. »Er würde mir helfen, und ich könnte in ein paar Stunden sterben. Warum nicht?«

Frima holte eine Flasche Met aus einer der Truhen und schenkte ihnen beiden ein Glas davon ein. Reynas Worte gingen mir durch den Kopf. *Ich könnte in ein paar Stunden sterben.*

»Maz? Willst du etwas?«

Ich schloss mich Reyna an und nickte. »Warum nicht.«

Wir stießen mit unseren Gläsern an.

»Auf Reynas bevorstehenden Sieg«, sagte Frima grinsend.

Reyna lächelte zurück, doch ohne die Selbstsicherheit der Fae-Kriegerin, die den Toast ausgebracht hatte.

»Du hast bereits ein Rennen gewonnen«, sagte ich, und meine Kehle schnürte sich zu, als ihr Blick auf meinen traf. Angst, Entschlossenheit und vielleicht auch ein wenig Hoffnung leuchteten in den Tiefen ihrer grünen Augen.

Sie presste die Lippen zusammen. »Diesmal wird Orm etwas zu beweisen haben.«

»Kaldar war diejenige, die ihn bewusstlos geschlagen hat«, schnaubte Frima. »Sollen sie das zwischen sich regeln.«

Reyna machte sich immer noch Sorgen über das Ausbleiben ihrer Visionen, wurde mir klar, als ich zusah, wie sie an ihrem Met nippte. Sie hatten ihr geholfen, das letzte Rennen zu gewinnen, und hier hatte sie bisher keine solche Hilfe erhalten.

Ich wünschte, ich hätte eine Ahnung, was sie war und wie ich ihr helfen konnte.

Aber ich wusste nur, dass sie etwas Besonderes war. Vom Schicksal auserwählt.

Mein.

Das Wort schoss mir durch den Kopf, und ich stand auf und wandte mich ab.

Frima fluchte, als meine plötzliche Bewegung dazu führte, dass sie ihr Getränk verschüttete. Ich ging zur Reling und starrte hinaus aufs Meer.

»Mazrith?« Als ich Reynas sanfte Stimme meinen Namen sagen hörte, verkrampfte sich jeder Muskel in meinem Körper.

»Es ist Zeit«, sagte ich, setzte ein steinernes Gesicht auf und drehte mich um. »Wenn du nicht gewinnen kannst, hast du als Zweite immer noch eine Chance. Stirb einfach nicht.«

Als wir das Ende des Tunnels erreichten, warteten Maya und Erik auf dem Schiff mit der Wal-Galionsfigur auf uns. Es herrschte eine nervöse Stille, als wir zwischen den Eisbergen hindurchsegelten, und ich bemerkte, dass uns die Route langsam von der Seite des Gletschers wegführte, auf der sich der Palast befand, und uns stattdessen auf die andere Seite brachte. Nach dem, was Königin Andask getan hatte, konnte ich verstehen, dass die Eis-Fae so vorsichtig waren, aber ich wünschte, ich könnte den Palast zu sehen bekommen.

»Er sieht aus wie ein strahlend blauer Berg«, murmelte ich, als ich den Gletscher betrachtete. »Ich frage mich, ob der Palast so groß ist wie der des Goldhofs.«

»Meine Mutter wollte immer die Paläste aller Höfe sehen«, sagte Mazrith leise. Ich sah ihn an, und der Zorn in seinen Augen verging, als er meinen Blick erwiderte.

»Ich bezweifle, dass es noch viele Fae gibt, die diesen Wunsch haben.«

»Sie wollte, dass die Fae miteinander auskommen?«

»Ja. Um sowohl Wissen als auch Waren auszutauschen. Jeder Hof ist vollkommen anders. Sie glaubte daran, dass die Macht, die aus der Kombination aller Materialien und allen Arten von Magie entstehen könnte, enorm sein würde.« Ich sah, wie Maya uns beobachtete, während er sprach.

»Ich wette, sie und Tait verstanden sich gut.«

»Ja.«

Wir umrundeten den Fuß des bergigen Gletschers und erreichten einen Bereich, in dem die Hänge flacher waren. Ein eisiges Ufer ragte ins Meer hinaus, das die mittlerweile vertrauten Reihen von Zuschauerbänken und die großen Spiegel beherbergte, die der Menge zeigten, was sich außerhalb ihrer Sichtlinie abspielte. Hinter dem Zuschauerbereich, der sich schnell mit plappernden Fae füllte, befand sich ein Wald, der an der Seite des Gletschers emporkroch. Die Bäume waren mit Schnee bedeckt, der im Licht so hell glitzerte, dass ich die Augen zusammenkneifen musste.

»Verdammtes Licht«, knurrte Svangrior, als wir aus dem Boot stiegen. Ich war geneigt, ihm zuzustimmen.

Kaldar und Orm waren noch nicht angekommen, aber Dokkar stand in der Nähe der beiden Throne, auf denen König und Königin Verglas saßen.

»Wünscht mir Glück«, murmelte ich.

»Du brauchst kein Glück.«

Königin Andask eilte an uns vorbei auf die Sitzbänke

zu, auf denen die Schatten-Fae saßen. »Ah, Mazrith, Liebling. Ich wollte den Platz neben mir für dich reservieren«, sagte sie strahlend, ehe sie mich ansah. »Das letzte Spiel war knapp«, sagte sie mit funkelnden Augen. »Wirklich unterhaltsam, dieses *Leikmot*.«

»Da bin ich mir sicher. Geht es Lord Orm wieder besser?« Ich beobachtete ihr Gesicht und wartete auf eine Reaktion, und wurde mit einem ihrer übertrieben süßen Lächeln belohnt.

»Woher soll ich das wissen?«

Bevor irgendjemand antworten konnte, legte Lord Orms Boot am Ufer an, und die Leute zeigten und schwatzten. Er stieg mühelos aus und schritt auf die anderen Teilnehmer zu. Er schien sich vollständig erholt zu haben. Ein Seufzer der Enttäuschung kam über meine Lippen, und Mazrith knurrte leise.

Die Königin grinste ihn an und ging dann zu ihrem Platz.

»Gewinne, Reyna«, zischte Mazrith durch seine Zähne hindurch, bevor er ihr folgte.

»Ich werde es versuchen.« Ich ging zu den anderen, als König Verglas in die Hände klatschte und die Aufmerksamkeit aller auf sich zog.

»Willkommen zum letzten Spiel in unserem Hof«, rief er. »Es ist ein Rennen. An vielen Bäumen in diesem Wald sind Stoffstreifen befestigt. Wer als Erster alle in seiner Farbe gefunden hat, gewinnt. Orm ist Gold, Dokkar ist Grün, Kaldar ist Blau und Reyna ist Schwarz. Lord Orm und Lady Kaldar werden aufgrund ihres Erfolgs im ersten Spiel mit je einer Flagge beginnen.«

Nervosität machte sich in meinem Magen breit. Es waren weder schweres Heben noch Magie erforderlich, es sei denn, die Flaggen waren unmöglich zu erreichen. Ich warf einen Blick auf die Bäume, die ich auf dem unebenen, verschneiten Gelände sehen konnte. Keiner sah allzu hoch aus.

Königin Verglas erhob sich neben ihrem Mann und klatschte in die Hände. Vier Schlitten kamen aus dem Wald geglitten, jeder wurde von drei riesigen, zottigen, weißen Hunden gezogen. Einer nach dem anderen kamen die Schlitten vor ihren entsprechenden Teilnehmern zum Stehen. Die Hunde waren beinahe so groß wie ich selbst. Ihre gelben Augen musterten mich, während ich versuchte, ein Selbstvertrauen auszustrahlen, das ich nicht wirklich empfand.

»Hallo«, flüsterte ich. Zögernd kletterte ich auf den Holzschlitten und nahm die Zügel.

Ein Gong ertönte, und die anderen drei Schlitten stoben unter den lauten Rufen der Fae davon.

Mein Schlitten bewegte sich nicht. Ich zog an den Zügeln und rief den Hunden zu, doch meine Stimme ging im Gelächter der Zuschauer unter.

»Bitte lauft los«, forderte ich die Hunde auf. »Am Ende gibt es ein leckeres Essen für euch.« Ich wusste nicht, ob das stimmte, aber zum Glück begannen sie jetzt, meinen Schlitten in Richtung Wald zu ziehen.

Die drei anderen Schlitten waren direkt in den Wald hineingefahren, aber ich bemerkte eine Bewegung in einer dichten Baumgruppe direkt am Waldrand. An den unteren Ästen hing kaum Schnee.

Mehrere Fahnen waren an einem hohen Ast festgebunden. Ich zog kräftig an den Zügeln, um die Hunde
zum Anhalten zu bewegen.

»Bitte, bitte, wartet hier auf mich«, flehte ich sie an
und sprang vom Schlitten. Der Leithund beäugte mich,
und ich lächelte ihn an. »Steaks. Ich werde dafür sorgen,
dass ich Steaks für euch auftreiben kann.«

Neues Gelächter erhob sich von den Zuschauern, als
ich meine Beine um den schlanken Baumstamm schlang
und zu klettern begann. Ich hatte keine Magie, mit der
ich die Flaggen herunterholen konnte, also musste ich es
so schaffen.

Mazriths Stimme ertönte in meinem Kopf, während
ich den Knoten bearbeitete, mit dem die Flagge festgebunden war. »Jeder einzelne *Veslingr*, der sich über dich
lustig macht, wird seinen schlimmsten Albtraum erleben, wenn ich ihn alleine erwische.«

»Danke, Maz«, flüsterte ich, während ich die
schwarze Fahne vom Ast zog und wieder nach unten
kletterte. Ich sprang zurück auf den Schlitten, schüttelte
die Zügel, und die Hunde setzten sich sofort wieder in
Bewegung. Eine Fahne war geschafft. Freya mochte
wissen, wie viele es noch waren.

Der eisige Wald huschte an mir vorbei, als die Hunde
über gefrorene Bäche und um riesige Bäume herum
liefen. Einige wurden von der Geschwindigkeit des
vorbeifahrenden Schlittens durchgeschüttelt, während

andere steif und ganz von Eis eingeschlossen waren. Orm, Dokkar und Kaldar mussten nach meinem langsamen Start irgendwo vor mir sein, und sie würden auch nicht anhalten müssen, um auf Bäume zu klettern, um ihre Flaggen zu erreichen. Ich biss die Zähne zusammen, fest entschlossen, sie einzuholen.

Meine Hunde legten an Tempo zu, meisterten sowohl vereiste Senken und als auch enge Kurven, bis wir aus dem Wald heraus und auf einen zugefrorenen See hinaus schossen. Ich konnte die Bäume am anderen Ende der glitzernden Eisfläche sehen, auf der ein Labyrinth aus Barrikaden und Hindernisse errichtet worden war, offensichtlich, um es uns schwer zu machen, ans andere Ufer zu gelangen. Ich holte tief Luft und ließ die Zügel schnappen.

Wir rutschten um scharfe Kurven, rasten über Unebenheiten hinweg, die uns kurzzeitig abheben ließen, und sausten Senken hinunter, die den Schlitten fast zum Kippen brachten. Aber die Hunde waren gut erzogen und reagierten auf jeden meiner Befehle, und ich vermutete, dass sie das diese Manöver schon oft ausgeführt hatten. Mein Versprechen, ihnen Steaks zu besorgen, schien zu wirken. Wir waren auf halbem Weg über den See, als ich Orm vor uns entdeckte, der in der Nähe einiger Flaggen anhielt, die oben an einer riesigen Eisspitze festgemacht waren.

Als ich näher kam, drehte er sich knurrend um und hob seinen Stab. Gleißendes Licht brach daraus hervor, und ich zwang mich sofort dazu, die Augen zu schließen. Ich erinnerte mich nur zu gut an Kaldars blutende

Augen. Ich riss mit aller Kraft an den Zügeln, um eine Kollision mit der Eisspitze zu vermeiden, aber mein Schlitten kippte gefährlich zur Seite, und ich stürzte auf das Eis. Ein heftiger Schmerz schoss durch meinen linken Knöchel. Ich rappelte mich auf, ignorierte den Schmerz und stürzte mich auf die Eisspitze, um mir die schwarze Flagge zu schnappen.

Orm schlug mit seinem Stab zu und traf mich an der Schulter. Meine Rüstung absorbierte den Schlag, sodass ich keinen Schmerz verspürte, aber die Kraft reichte aus, um mich nach hinten fallen zu lassen. Er lachte, schnappte sich seine eigene Flagge und brüllte dann seine Hunde an. Sie rasten davon, während ich ihm Beleidigungen hinterher schrie.

Meine Hände zitterten so sehr, dass ich mehrere Versuche brauchte, um an der rutschigen Eisspitze emporzuklettern und meine Flagge zu entfernen.

Wo in Odins Namen blieben meine Visionen? Wenn ich gewusst hätte, dass er mich blenden würde, hätte ich früher anhalten können.

Mühsam richtete ich meinen Schlitten wieder auf, während die Hunde auf dem Eis scharrten, und kletterte dann wieder hinein. Vielleicht langweilte sie das Warten, denn die Hunde setzten sich sofort wieder in Bewegung. Ich ergriff die Zügel und kämpfte mit rasendem Herzen darum, auf dem Schlitten zu bleiben, während ich gleichzeitig versuchte, die Geschwindigkeit beizu-behalten.

Wir glitten über eine Reihe von Rampen und segelten durch die Luft, bevor wir mit einem Ruck wieder auf dem Eis landeten. Die Stöße erschütterten meinen schmerzenden Knöchel, aber wir wurden nicht langsamer.

Vor uns machte die Strecke eine Kurve zwischen riesigen Eisspitzen hindurch, die kaum Platz zum Manövrieren ließen. Ich holte tief Luft und lockerte die Zügel, damit die Hunde tun konnten, was sie am besten konnten, doch auf einmal bebte und knackte das Eis unter den Kufen meines Schlittens, und ich warf mich zur Seite. Zum zweiten Mal stürzte ich auf den harten, gefrorenen Boden, wobei mein Schlitten umkippte und außer Reichweite rutschte.

Benommen stemmte ich mich in die Höhe, aber mein Bein konnte mein Gewicht nicht mehr tragen – mein Knöchel wurde durch den harten Sturz noch schlimmer verletzt. Ein unheilvolles Knarren erfüllte die Luft, und der Boden bebte unter meinen Händen und Knien. Zu meinem Entsetzen öffnete sich ein Riss zwischen den Hunden und mir, der sich schnell vergrößerte. Durch das Wirrwarr aus Leinen hindurch konnte ich sehen, wie sich die Hunde in ihren Geschirren abmühten, aber sie waren immer noch an dem schweren, umgekippten Schlitten befestigt. Die Kufen, die ihn normalerweise leicht über das Eis gleiten ließen, ragten nach oben in den Himmel, und das zersplitterte Holz hatte sich im Eis verankert. Ich begann, auf sie zuzukriechen und verzog vor Schmerz das Gesicht. Sie knurrten und schnappten panisch um sich, als das Eis unter ihren Füßen zersprang, sodass der Schlitten in Richtung Abgrund glitt. Ich rutschte bis um äußersten Rand des Spalts, streckte einen Arm aus und kämpfte darum, das Geschirr des Leithundes zu erreichen.

Mit einem erleichterten Zischen schloss ich meine Finger um den Verschluss und öffnete ihn. Als der Schlitten in den gähnenden Riss kippte, stürzte sich der größte Hund nach vorn und zog die anderen mit sich, die immer noch an ihm festgebunden waren. Seine scharfen Krallen gruben sich in das Eis und gaben ihm Halt, und dann war er in Sicherheit. Ich atmete erleichtert auf, als die anderen ihr folgten und sich von dem Riss im Eis entfernten.

Der Boden unter mir bebte, und mir stockte erneut der Atem. Ich war so auf die Hunde konzentriert gewesen, dass ich nicht bemerkt hatte, wie zerbrechlich das Eis unter mir geworden war.

Ich rutschte auf meinem Hintern nach hinten und schob mich so schnell ich konnte über die rutschige Oberfläche. Doch jetzt brachen neue Risse aus dem klaffenden Loch, die mich schnell einholten.

Ich versuchte, aufzustehen, stürzte aber erneut. Als meine Hände versuchten, meinen Sturz abzufangen, war kein Eis mehr da, sondern nur noch dünne Luft.

Mein Schrei verhallte, als ich in die Dunkelheit unter mir stürzte.

KAPITEL 30

REYNA

Kalt.

Das war mein erster Gedanke, als ich mein Bewusstsein zurückerlangte.

Ich fror.

Wie in Odins Namen war ich noch am Leben?

Ich zwang mich dazu, die Augen zu öffnen.

Schnee. Alles, was ich um mich herum sehen konnte, war Schnee. Sofort setzte eine klaustrophobische Panik ein.

Ich war gefangen.

Ich versuchte, mich zu bewegen, aber all meine Glieder schmerzten, und ich schaffte es nicht, mein eigenes Gewicht in die Höhe zu stemmen. Der Schnee über mir bewegte sich, denn offensichtlich war er nicht so tief oder dick wie die Schicht unter mir. Ich grub meine Finger hinein und versuchte, mir einen Weg hindurch zu bahnen.

Wie hatte ich überlebt?

Spielte das überhaupt noch eine Rolle, da ich mich vermutlich am Grund eines Abgrunds befand, der mit eiskaltem Schnee gefüllt war, der mich innerhalb weniger Stunden umbringen würde?

Meine scharrenden Bewegungen wurden immer hektischer, und ich entfernte den Schnee um mein Gesicht herum. Über mir gähnte eine endlose Dunkelheit, nur ganz oben befand sich ein langer, schmaler Streifen aus hellem Licht. Mein hart klopfendes Herz machte einen Sprung.

»Bleib liegen. Ich komme zu dir.«

Mazriths Stimme tauchte in meinem Kopf auf und vertrieb die aufkeimende Panik in mir. Heiße Tränen brannten in meinen Augen. Noch nie war ich so erleichtert gewesen, seine Stimme zu hören.

»Freya sei Dank«, murmelte ich mit klappernden Zähnen.

Wie würde er mich erreichen? Es würde mich nicht überraschen, wenn ich die Hälfte meiner Knochen gebrochen hätte, denn meine Arme und Beine verweigerten mir den Dienst.

Vielleicht konnten mich seine Schatten befreien?

Ein rauer Überraschungsschrei entwich meinem Mund, als der Schnee unter mir plötzlich nachgab.

Wie in einem Tunnel flog ich nach unten und hörte erst auf zu schreien, als ich ein schwarzes Huschen um mich herum erkannte.

»Maz?«

»Ich bringe dich zu mir.«

Eine Sekunde später purzelte ich aus dem Schnee, zu

benommen und zu durchgefroren, um etwas anderes wahrzunehmen als die starken Arme, die mich auffingen.

Wärme ging von Mazriths Körper aus, als er mich auf seinem Schoß ablegte. Mit einer schnellen Bewegung zog er mir meinen nassen Umhang aus, presste mich an seine Brust und hüllte mich mit seinem Pelzmantel ein.

»Trink.« Unter den Fellen erschien eine Hand, die eine Flasche hielt.

Ich betete, dass es Met war, ergriff sie mit meinen tauben Fingern und trank gierig davon. Eine selige Wärme durchströmte meinen Körper.

»Bist du verletzt?«

»Ich ... ich weiß es nicht.«

Ich legte meinen Kopf in den Nacken, um ihn anzusehen. Sein Gesichtsausdruck war hart, aber in seinen Augen konnte ich Sorge erkennen. Ich zwang mich dazu, den Blick abzuwenden und sah mich um. »Sind wir in einer Höhle?«

»Ja. Im Gletscher unter der Kluft.« Ich zitterte, und er presste mich fester an sich und zog mir den Umhang über den Kopf. »Du musst deinen Kopf warm halten«, sagte er sanft. »Trink den Rest des Mets.«

»Das werde ich«, murmelte ich an seiner Brust. »Was ist passiert?« Langsam wurde mir ein wenig wärmer, und ich nippte weiter an der Flasche, während er sprach.

»Ich weiß nicht, was den Riss verursacht hat, aber ich glaube nicht, dass es ein Unfall war. Als er aufklaffte und ich dich hineinfallen sah, habe ich ... eine Ablenkung geschaffen, um dich zu finden. Ich habe auch die Spiegel zerbrochen.«

»Also kann uns momentan niemand sehen?«

»Nein. Ich glaube nicht.«

»Warum hast du das getan?«

Sein Körper spannte sich an, und ich wünschte, ich könnte sein Gesicht sehen. »Wenn derjenige, der für den Riss verantwortlich war, gesehen hätte, dass du noch am Leben bist, wäre er vielleicht hierhergekommen, um dir den Rest zu geben.«

Ich zögerte kurz, bevor ich fragte: »Dachtest du, ich sei tot?«

»Nein. Schnee ist weich, und deine Rüstung bietet einen hervorragenden Schutz. Aber ich wusste, dass dich die Kälte umbringen würde, wenn ich dich nicht schnell genug finde.«

»Suchen die Eis-Fae ebenfalls nach mir?«

»Ja. Aber sie können dich nicht mithilfe des Rings finden. Ich schon.«

Wir verfielen in Schweigen, während ich mehr Met trank und spürte, wie das Leben in meine Glieder zurückkehrte. Sie waren nicht gebrochen, wurde mir klar, als ich sie vorsichtig bewegte. Sie waren einfach nur von der Kälte betäubt gewesen.

»Willst du aufstehen?«

»Ja. Aber mein Knöchel ist verletzt, daher weiß ich nicht, wie gut ich laufen kann.«

Er legte seine Hände um meine Taille und half mir beim Aufstehen. Wärme ging von seinen Handflächen aus, und ich widerstand dem Drang, wieder in seinen Umhang zu kriechen und mich an ihn zu drücken.

Ich fand mein Gleichgewicht wieder und sah mich in der Höhle um. Der Tunnel, den er durch den Schnee gegraben hatte, um zu mir zu gelangen, lag hinter mir, und drei weitere Tunnel führten in andere Richtungen davon. Die Wände und die Decke bestanden aus glitzerndem Eis, das in der Dunkelheit leuchtete, sodass genug Licht vorhanden war, um etwas zu sehen. Tatsächlich war es fast gleich hell wie im Schattenhof.

»Wie geht es deinem Knöchel?«

Ich machte einen Schritt. »Nicht gebrochen. Verstaucht vielleicht.«

»Hier.«

Ich drehte mich zu ihm um, und er reichte mir einen trockenen Umhang. Frimas Umhang, erkannte ich.

Ich nahm ihn dankbar entgegen und legte ihn mir um die Schultern.

Der Blick seiner leuchtenden Augen bohrte sich in meinen, und wieder verspürte ich den Drang, auf ihn zuzugehen. Um ihm dafür zu danken, dass er kam, als ich ihn brauchte. Dass er mir das Leben gerettet hatte. Noch einmal.

»Wir müssen diesen Ort verlassen«, sagte er.

»Ich bin stark genug. Aber wir müssen langsam gehen.«

»Es ist nicht weit.«

Ich stützte mich auf seinen Arm und humpelte los. Als wir in den Tunnel auf der linken Seite eindrangen, versuchte ich, herauszufinden, wie ich am besten gehen konnte, ohne höllische Schmerzen zu verspüren. Der Tunnel stieg steil an, die blassblauen Wände funkelten, und als wir die nächste Höhle erreichten, blieb ich stehen und sah mich um.

Adern aus Rohdiamanten glitzerten wie Sterne in der eisigen Oberfläche. Überall dort, wo die Meißel und Spitzhacken der Bergleute gegraben hatten, sammelten sie sich zu großen Klumpen. Massive Eissäulen stützten eine Decke, die mit messerscharfen Eiszapfen überzogen war.

»Wir sind in einer Diamantenmine«, hauchte ich.

»Ja. Es war der schnellste Weg, um zu dir zu gelangen.« Er warf mir einen Blick zu. »Wenn uns die Eis-Fae hier drin erwischen, ganz egal, was unsere Gründe sind, befürchte ich, dass es kein gutes Ende nehmen wird. Wenn wir des Diebstahls beschuldigt würden, während wir im Eishof zu Gast sind …«

Ich nickte verstehend und versuchte, schneller zu humpeln.

Wir bewegten uns durch weitere Tunnel und Höhlen, die alle bergauf führten, bis ich schließlich Licht vor mir sah. Der Boden des Abgrunds, in den ich gestürzt war, musste ein Stück unter dem Meeresspiegel liegen, denn als wir den Tunnel verließen, befanden wir uns in einer winzigen Bucht. Dort schaukelte das Schiff mit der Wal-Galionsfigur in den Wellen, und eine Eis-Fae schaute sich besorgt um.

»Maya!«

»Beeilt euch«, sagte sie und gestikulierte wild mit

den Händen. »Wenn ich erwischt werde, verliere ich mehr als nur meine Position als Wache.«

Mazrith hob mich auf das Boot, und sie trieb es viel schneller durch die Eispassagen als zuvor.

»Maya hielt mich während des ganzen Durcheinanders in der Zuschauermenge davon ab, in den Wald zu rennen«, sagte Mazrith. »Sie sagte mir, dass es einen schnelleren Weg gibt.«

»Ich bin dir ewig dankbar. Danke.«

Sie warf mir einen finsteren Blick zu. »Freya möge wissen, warum ich den Drang verspüre, dir zu helfen«, murmelte sie.

»Ich habe eine Ahnung, warum«, sagte ich leise. »Du hast einen menschlichen Freund, von dem du dir wünschst, er wäre mehr als das.«

Sie starrte mich an, widersprach aber nicht.

»Wenn ich König des Schattenhofs bin und meine menschliche Ehefrau auf dem Thron neben mir sitzt, wird vielleicht auch eure Königsfamilie ihre Meinung ändern«, sagte Mazrith mit überraschend sanfter Stimme. Mein Herz pochte hart bei seinen Worten, und ich verdrängte das Bild, das sie in meinem Kopf hervorriefen. Ich war keine Königin, und momentan fühlte ich mich nicht in der Lage, die Vorstellung, eine zu sein, zu verarbeiten.

Maya sah ihn mit zusammengepresstem Mund an, doch in ihren Augen lag ein Funke Hoffnung. »Allein über solche Verbindungen nachzudenken, kostet mich fast mehr, als ich geben kann«, sagte sie. »Aber vielleicht. Vielleicht werden die Dinge eines Tages anders sein.« Sie verstummte, als wir weitersegelten, und wenige Augenblicke später erreichte das Boot ein winziges Ufer, hinter dem sich der Wald abzeichnete.

»Steigt hier aus und geht durch den Wald zum Hauptufer«, sagte Maya und brachte uns zum Stehen.

Wir kletterten so schnell aus dem Boot, wie es mein Knöchel zuließ.

»Wenn ich König bin, wirst du an meinem Hof jederzeit willkommen sein«, sagte Mazrith. Maya nickte ihm zu, dann stieß sie das Boot ab und segelte über das Wasser davon.

»Ich habe dir doch gesagt, dass du ihr Vertrauen nicht missbrauchen sollst«, flüsterte ich, als wir uns zwischen den Bäumen hindurchbewegten.

»Und du hattest recht.«

Ich hob eine Braue, aber er sah mich nicht an, sondern half mir nur, schneller zu humpeln.

Als wir ein paar schmerzhafte Minuten später aus dem Wald kamen, herrschte Chaos.

Die großen Spiegel waren zerbrochen, und große Glasscherben lagen am Ufer herum. Überall waren Fae, viele mit weit aufgerissenen Augen und leuchtenden Stäben, die in allen Farben leuchteten, während sie versuchten, in die *Karven* zu gelangen, die am Ufer lagen.

Wachen des Eishofs standen vor den Booten und weigerten sich, irgendjemanden gehen zu lassen.

»Ich muss meine Krieger finden. Wenn sie für meine

Ablenkung verantwortlich gemacht werden, könnten sie in Schwierigkeiten geraten«, grollte Mazrith.

»Was hast du getan?«

Ein verwegener Ausdruck trat in seine Augen, als er mich ansah. »Ich habe einige der einheimischen Wildtiere gerufen.«

Ich runzelte die Stirn, dann wurde mir klar, was er meinte. »Schlangen?«

»Seeschlangen. In diesen Gewässern gibt es einige unglaubliche Exemplare.«

»Prinz Mazrith!« Eine Stimme übertönte das Chaos, und alle verstummten und schauten zu uns herüber. »Ihr habt Reyna gefunden.«

Dokkar kam in großen Schritten auf uns zu und wandte sich dann an eine der Wachen mit eisblauem Haar und mehr Zöpfen, als ich zählen konnte. »Sie wurde gefunden«, sagte er und deutete auf mich. »Dürfen wir jetzt gehen?«

»König und Königin Verglas wurden in Sicherheit gebracht, ich muss mich mit ihnen beraten«, antwortete der Eis-Fae so laut, dass alle es hören konnten.

Er wandte sich ab, und sein Stab leuchtete.

»Wurden in Sicherheit gebracht? Vor dem Abgrund oder deinen Schlangen?«

»Ich glaube, vor den Schlangen des Prinzen«, sagte Dokkar, als er uns erreichte. »Was ist passiert?«

Ich erzählte ihm von der Kluft, die sich unter mir geöffnet hatte, während sich seine Frau, Frima, Svangrior und Henrik aus der wartenden Menschenmenge vor den Booten lösten und ebenfalls herüberkamen.

Frima kam direkt auf mich zu und klopfte mir auf die Schulter. »Danke für den Umhang«, sagte ich zu ihr.

»Gern geschehen. Weißt du, jemand versucht eindeutig, dich zu töten.«

»Ich freue mich, dir sagen zu können, dass er bisher gescheitert ist.«

»Dieser schlappschwänzige Gold-Fae kann es nicht gewesen sein.« Svangrior streckte Maz seinen Arm hin. Unter seinem zerrissenen Hemd waren zwei leuchtend rote Punkte zu sehen. »Wenn du das nächste Mal Schlangen beschwörst, könntest du ihnen sagen, dass wir nicht zu ihren Feinden gehören, bevor du einfach so verschwindest?«

Eine Schattenranke erhob sich von Mazriths Stab und schlang sich um Svangriors Wunde. Der Krieger verzog das Gesicht.

»König und Königin Verglas möchten ihr tiefes Bedauern darüber ausdrücken, dass das letzte Spiel von Saboteuren unterbrochen wurde«, dröhnte die Eis-Fae-Wache. »Daher fordern sie, dass diese Runde des *Leikmot* beendet wird und alle Besucher nach Hause zurückkehren. Als das Spiel unterbrochen wurde, hatte Lady Kaldar die meisten Flaggen und wurde daher zur Siegerin erklärt.« Es gab ein wenig Applaus und vereinzelte Jubelrufe von den Zuschauern.

Die Wachen, welche die Leute von den Booten fernhielten, traten zur Seite, und die Fae begannen einzusteigen, offensichtlich genauso sehr daran interessiert, nach Hause zu fahren, wie es der König und die Königin des Eishofs verlangten.

Ich zitterte, denn ich fror und hatte Schmerzen. Ich bedauerte es nicht, abreisen zu müssen.

»Ich glaube, die nächste Runde wird im Erdhof stattfinden«, sagte Dokkar zu Mazrith und sah dann mich an. »Wartet auf die Nachricht unserer Abgesandten. Wenn du bis dahin am Leben bleiben kannst.« Er schenkte mir ein Grinsen, nahm dann Khadras Hand und ging mit ihr davon.

»Er findet es wohl lustig, dass jemand versucht, dich zu töten?«, knurrte Mazrith während er ihnen hinterhersah.

»Nein. Ich glaube, das Grinsen ist einfach sein Ding.«

»Wie ist das Spiel gelaufen?«, rief Tait fröhlich, als wir unser Boot erreichten.

»Nicht so gut«, sagte ich und quietschte erschrocken, als Maz mich hochhob und auf das Deck sprang. Er setzte mich am Tisch ab.

»Met, Brynja«, sagte er, und sie eilte mit einem besorgten Blick auf mich davon. »Tait, kannst du Reynas Knöchel verbinden?«

»Natürlich.« Er legte seine Bücher ab und kramte einen hauchdünnen Stoff aus einer Tasche auf den Planken, während ich mit zusammengebissenen Zähnen meinen Stiefel auszog. Mazrith ging zur Vorderseite des Bootes und hielt seinen Stab in die Höhe. Schatten schossen daraus hervor und blähten das Segel auf.

Schnell verließen wir die Bucht. Unser Boot wurde

auf beiden Seiten von Eisschichten getroffen und hinter ein zweites, viel größeres Boot manövriert. Mit finsterem Blick wurde mir klar, dass es unserem eigenen Boot unglaublich ähnlich sah. Es war das Boot der Königin.

Tait wickelte den Stoff um meinen Knöchel, und als die Bandage richtig saß, fühlte es sich gleich viel besser an. »Wer hat das Spiel gewonnen?«, fragte er, während er arbeitete.

»Kaldar«, seufzte ich. »Wenigstens war es nicht Orm.« Aber das war ein weiterer Sieg für einen der anderen Teilnehmer. Im Eishof hatte ich sehr wenig erreicht, abgesehen davon, dass ich vielleicht ein paar neue Freunde gefunden hatte. Und erfahren hatte, dass ich Mazrith töten könnte, wenn ich Sex mit ihm hatte.

Ich kippte den Rest meines Mets herunter. »Wenn es euch recht ist, gehe ich ins Bett.«

KAPITEL 31

REYNA

Sie ließen mich schlafen, bis wir den Baum erreichten. Der Met hatte seine Wirkung entfaltet, während ich geschlafen hatte, und ich fühlte mich deutlich besser, wenn auch etwas steif, als ich mich wieder anzog.

Ich freute mich darauf, Voror wiederzusehen. Ich glaubte nicht, dass es an einem so schönen Ort irgendwelche Gefahren gab, aber es wäre trotzdem beruhigend, zu sehen, dass es ihm gut ging. Und ich wollte ihn fragen, was er von Mazriths Vermutung hielt, dass er für meine Visionen verantwortlich sein könnte. Im Eishof hatte ich keine einzige gehabt.

Und ich hatte kein einziges Spiel gewonnen.

Als ich das Deck betrat, spannte mein Knöchel zwar, aber er tat nicht wirklich weh. Die riesigen Eistüren im Stamm von *Yggdrasil* waren bereits geöffnet, und ich hob die Augenbrauen.

»Die Königin ist gerade hindurchgesegelt.« Frima reichte mir eine Tasse Brennnesseltee.

»Danke. Ich gehe davon aus, dass es keine Probleme gab, während ich geschlafen habe?«

»Probleme? Du meinst mit der Königin?«

Nein, mit den Horden von Hungernden, die nach mir suchen. »Ja.«

»Nein. Es war ruhig.«

Mazrith stand neben der Schlangengalionsfigur, als wir durch die Tore in das warme, einladende Licht des Bauminneren segelten. Das Schiff der Königin war bereits außer Sichtweite. Mazriths Schatten huschten um die Segel herum, und wir kamen beinahe zum Stillstand.

»Voror?«, flüsterte ich.

Sofort kam die Eule angeflogen. Ich strahlte ihn an, als er auf dem Geländer landete, und konnte mich kaum davon abhalten, die Hand auszustrecken und ihn zu streicheln. In Walhalla würde er das auf keinen Fall zu schätzen wissen.

»Wie geht es dir?«

»Nun. Dieser Ort passt zu mir, aber es gibt nur wenig zu essen.«

»Keine Ratten in dem heiligen Baum, was?« Mir war bewusst, dass mich alle anstarrten, da sie nur meine Seite des Gesprächs hören konnten, aber ich ignorierte sie.

»Keine. Wie hast du dich bei den Spielen geschlagen?« Seine großen Augen suchten mein Haar ab. Auf der

Suche nach einem Zopf. Ich verspürte einen Anflug von Scham, unterdrückte das Gefühl dann aber.

»Ich habe keins gewonnen, und bei zwei davon hat jemand versucht, mich zu töten.«

»Ah.«

»In der Tat, ah. Wie hast du dich« – ich schaute über meine Schulter hinweg und begegneten den steinernen Gesichtern der anderen – »geschlagen?«, beendete ich den Satz und ahmte seine Wortwahl nach.

»Es gibt viele Geheimnisse in diesem Gehölz. Ich glaube, dass zwei Bereiche von besonderem Interesse sind.«

Ich warf Mazrith einen Blick zu. »Können wir hier irgendwo anlegen?«

Sein Gesichtsausdruck veränderte sich. Vielleicht schöpfte er Hoffnung. »Hier gibt es keine Ufer. Frima, Svangrior, vielleicht müssen wir hier im Baum verweilen.«

Beide Fae stöhnten. »Warum?«

»Wir müssen etwas suchen.«

»Maz, du kannst nichts vom heiligen Baum des Lebens nehmen«, sagte Frima entsetzt.

»Du weißt, dass ich das nicht tun würde. Kannst du deine Schatten nutzen, um das Schiff an die Statue von Thor zu binden?«

Ich schaute mich um und betrachtete die unendlich hoch erscheinenden, mit Rinde bedeckten Wände, in denen die fünf Tore zu den Höfen eingelassen waren. Der Ring aus Statuen umgab den zentralen Wasserfall. In meiner Vision hatte sich die Treppe zwischen zwei Toren befunden. Ob es weiter oben eine versteckte Ebene gab, auf der sich die Truhe befand, die ich gesehen hatte?

»Maz, es fühlt sich nicht richtig an, die Statuen dafür zu nutzen«, sagte Frima. Sie runzelte die Stirn und blickte unruhig zu Thors Abbild auf.

Ich sah wieder Voror an. »Gibt es hier Ufer? Versteckte? Oder andere Orte, an denen wir das Boot festmachen könnten?«

Die Eule klickte mit dem Schnabel. »Ja. An den Wänden sind Ringe befestigt.«

»Wirklich? Mazrith, Voror sagt, dass die Wände mit Ringen versehen sind.«

Alle suchten die Rinde der Wände zwischen den Toren zum Eis- und dem Erdhof ab.

Voror schlug mit den Flügeln, seufzte in meinen Gedanken und flog davon. »Das menschliche Sehvermögen ist schlecht, aber die Fae sollten sie sehen können«, murmelte er. Er flog in ein paar Fuß Höhe über das Wasser, und als er die Wand erreichte, packte er etwas mit seinen Krallen. Es sah aus wie ein Teil der Rinde, dann keuchte ich überrascht, als sich ein großer, hölzerner Ring aus der Wand löste.

»Er war getarnt«, murmelte Mazrith.

Er manövrierte das Boot darauf zu, und von Frimas Stab wirbelten Schatten, die sich um den Ring schlangen. Als er wieder flach an der Wand lag, war der Ring beinahe unsichtbar.

»Wohin jetzt, Voror?«

»In der Zehe der Statue von Odin sind Runen eingraviert.«

»Was bedeuten sie?«

Er blinzelte mich an. »Meine Fähigkeiten sind bemerkenswert, aber lesen kann ich nicht.«

Ich warf ihm ein entschuldigendes Lächeln zu. »Wir müssen zur Odin-Statue, Maz.«

»Svangrior. Die *Karve*.«

Der Krieger und der Prinz gingen zu der Luke im Deck und zogen ein kleines Boot heraus, das kaum groß genug für den riesigen Prinzen war. Er ließ es ins Wasser gleiten, und noch ehe ich etwas sagen konnte, ergriff er mich um die Taille und hob mich über das Geländer. Das winzige Boot wackelte, als meine Füße den Boden berührten, und ich setzte mich rasch, um es zu stabilisieren. Mazrith stieg neben mir ein, dann bewegten wir uns rasch auf die Statuen zu.

Es war so still im Baum, dass ich es nicht wagte, etwas zu Mazrith zu sagen, was die anderen hören könnten. Aber sollte er ihnen nicht eine Art von Erklärung liefern?

Voror flog über uns hinweg und landete auf dem linken Fuß der Odin-Statue. Mazrith steuerte unser kleines Boot auf ihn zu.

Die Inschrift war kaum größer als mein Fingernagel, aber sie war in der alten Sprache verfasst. Ich konnte nichts davon lesen. »Wie hast du das gefunden?« Ich starrte den Vogel an. »Es ist winzig.«

Er schüttelte stolz die Federn. »Mit meinen herausragenden Fähigkeiten.«

»Natürlich.«

»Es ist ein weiteres Rätsel«, flüsterte Mazrith.

Ich unterdrückte ein Stöhnen. »Wieder eine Kombination von Buchstaben?«

»Nein, es ist einfacher als die anderen. *Ich bewege mich nicht, obwohl ich falle, habe keine Lungen, obwohl ich laut schalle.*«

»Ein Tier?«

»Nein, das kann nicht sein. Tiere bewegen sich fort, und sie haben Lungen.«

»Es ist ein Wasserfall.« Ich sah Voror an und gab dann seine sehr selbstgefällig gesprochenen Worte an Mazrith weiter.

Langsam blickten wir den riesigen Wasserfall hinter den Statuen an.

Frima hatte die Statue nicht einmal mit ihren Schatten berühren wollen, doch jetzt kletterten wir darüber, als wäre sie eine Kletterwand für Kinder. Ich war nicht so abergläubisch wie die meisten Fae, aber es fühlte sich trotzdem falsch an.

Das kühle Wasser spritzte auf mein Gesicht, als wir die andere Seite der Statue erreichten, wo sich ein schmaler Vorsprung befand. Er war wie ein Ring geformt und verband die Rückseiten aller Statuen miteinander.

»Ringförmig angeordnete Statuen waren wohl beliebt bei den Göttern.« Der Wasserfall war leise und doch laut genug, dass ich sicher war, dass uns die anderen nicht hören konnten.

Der Wasserfall selbst hatte eine kreisrunde Form, als

würde das Wasser ein Rohr zu bilden versuchen. »Wie kommen wir hinein? Mit der *Karve*?«

Mazrith schüttelte den Kopf. »Nein, ich glaube, sie würde sofort kentern.« Er sah mich an. »Wir schwimmen.«

Ich starrte ihn erschrocken an. »Hier habe ich keine Chance, den Boden zu berühren.«

»Ich werde dich nicht ertrinken lassen.«

Ohne zu zögern zog Mazrith seinen Pelzumhang aus, legte ihn auf dem Felsvorsprung ab und begab sich ins Wasser. »Es ist warm. Komm.«

Auch ich zog meinen Umgang aus und glitt dann weitaus weniger selbstbewusst ins Wasser. Meine Finger tasteten sofort nach ihm, während ich Wasser trat, um mich an der Oberfläche zu halten.

Er streckte einen Arm aus, während er leicht im Wasser trieb und mich oben hielt. »Halte den Atem an, wenn wir in den Wasserfall eintauchen.«

»Okay«, keuchte ich und fühlte mich bereits jetzt erschöpft.

Er schwamm los, und ich hielt mich an ihm fest und strampelte mit den Beinen. Als wir uns dem sprudelnden Wasser näherten, wurde mir klar, dass der fehlende Lärm täuschte. Die Kraft des rauschenden Wassers war enorm, und heftige Wellen rollten uns entgegen, als wir näher kamen.

»Wird er uns unter Wasser drücken?«, keuchte ich.

»Vielleicht. Was auch passiert, lass mich auf keinen Fall los.«

KAPITEL 32

REYNA

Noch ehe ich ihn aufhalten oder widersprechen konnte, schwamm er entschlossen los und führte uns unter dem herabfallenden Wasser hindurch.

Die Wucht des Wasserfalls war enorm. Ich schaffte es gerade noch, tief Luft zu holen, bevor wir unter das Wasser gedrückt wurden. Meine Hand packte Mazriths Arm, während wir im Wasser umhergeworfen wurden, und ich versuchte verzweifelt, mich mit der anderen Hand zu stabilisieren. Wir drehten uns immer wieder, und ich spürte, wie sich meine Finger lösten, doch in diesem Moment wurde ich hart an der Schulter gepackt. Mit einem Ruck wurden wir aus der Abwärtsströmung herausgezogen. Ich brauchte Luft, wusste jedoch nicht, wo oben und unten war, doch Mazrith zog mich mit sich und brach einen Augenblick später durch die Wasser-oberfläche.

Ich paddelte mit den Füßen, obwohl es kaum zu

helfen schien, schnappte keuchend nach Luft und klammerte mich an Maz fest. Hoffentlich hatten wir es zumindest auf die andere Seite des Wasserfalls geschafft.

Das hatten wir. In der Mitte des runden Raums im Wasserfall befand sich ein Sockel, doch vom Wasser aus konnte ich nicht erkennen, was sich darauf befand. Mazrith schwamm darauf zu, schob mich dann zur Seite und schob meinen Hintern nach oben, um mir dabei zu helfen, aus dem Wasser zu klettern.

Ich war zu erschöpft, um seine Berührung als mehr als praktische Hilfe anzusehen.

»Freya sei Dank, dass du so gut schwimmen kannst«, keuchte ich schwer.

Er selbst stemmte sich in einer schnellen, anmutigen Bewegung nach oben, dann strich er sich das Haar aus dem Gesicht und sah nach oben.

Auch ich schaute nach oben. Die Decke war so hoch, dass man sie nicht sehen konnte. Wir mussten uns in der Mitte des Baumes befinden, in dem Hohlraum, der direkt durch die Mitte des riesigen Stammes verlief. Sanftes Licht ging von dem glitzernden Wasser aus, das um uns herum herabfiel, nur dass ich es jetzt überhaupt nicht mehr hören konnte, nicht einmal ein sanftes Plätschern.

Ich schaute das Podest an, und mir stockte der Atem.

Da war ein goldener Baum, einen Fuß hoch und *Yggdrasil* nachempfunden. Eine riesige Schlange wand sich um seinen Stamm, doch anstatt der fünf Tore gab es acht. Unten ragten statt Wurzeln Inschriften in alten Runen hervor.

»Was steht da?«

»Es gibt eine für jeden Hof«, murmelte Mazrith, während er um das Podest herumging, um sie zu lesen.

»Und die anderen drei?«

»Eine für die Zwerge ... eine für die Vanir ... und eine für die Fenrir.«

»Fenrir? Sind das nicht Wölfe?« Ich erinnerte mich an die Gruselgeschichten, die sich die Kinder im Palast erzählt hatten. Sie hatten von uralten Wolfskreaturen gehandelt, angeführt von dem furchterregenden Beowulf.

»Ja. Aber sie sind ausgestorben, genau wie die Vanir und die Zwerge.«

»Die drei gesichtslosen Statuen im Schrein – glaubst du, dass es ihre Abbilder sind?«

»Ja, das könnte sein.«

Ich wollte Voror danach fragen, doch dann wurde mir klar, dass er auf keinen Fall durch den Wasserfall hätte gelangen können. Auch seine Stimme hatte ich nicht mehr wahrgenommen. Als ich mein Stirnband berührte, zog sich mein Magen zusammen. Seine Feder war nicht mehr da. Sie musste vom Wasserfall weggewaschen worden sein.

»Hier gibt es noch eine Inschrift.« Mazrith zeigte auf ein paar Runen, die über den Rücken der Schlange verliefen, winzig und kunstvoll verziert. Er betrachtete sie aufmerksam, dann sah er mich durchdringend an. »Das ist der Grund. Deswegen musstest du eine *Goldgeberin* sein«, flüsterte er.

»Was?«

»Hier steht: Schick die Schlange nach Hause.«

Ich sah erst ihn, dann den goldenen Baum an. »Was bedeutet das?«

»Ich denke, dass du es verändern musst. Damit sich die Schlange auf das Tor des Schattenhofs zubewegt.«

»Bist du sicher, dass dies ihr Zuhause ist?«

Er warf mir einen langen Blick zu.

»Okay. Ja. Das ist es wahrscheinlich.« Ich tat einen tiefen Atemzug. Ich war nicht wirklich in der Verfassung, Gold zu bearbeiten, aber ich konnte nicht abstreiten, dass es so aussah, als müsste ich das tun.

»Ich habe kein Werkzeug«, sagte ich und ging in die Hocke, um den Rest des Sockels zu untersuchen, für den Fall, dass es dort etwas gab, das ich mir zu Nutzen machen konnte.

»Was benötigst du?«

»Im Idealfall meine gesamte Ausrüstung, aber zumindest etwas Scharfes, etwas Glattes und etwas Schweres.«

»Hast du deine Fingerkrallen dabei?«

Ich schob meine Hand in die Tasche meiner nassen Hose und zog zwei davon heraus. »Ja. Das ist zumindest etwas Scharfes.«

Er griff in sein Haar und entfernte eine große Perle von einem seiner Zöpfe. Sie war silbern, und als ich sie ihm abnahm, spürte ich, wie glatt und makellos die Oberfläche war.

»Das wird funktionieren. Jetzt noch etwas, um das

Gold zu zerschlagen und es neu zu formen«, murmelte ich.

Diesmal wanderte seine Hand an seinen Hals. Er tastete sich durch vier oder fünf der Lederschnüre, dann zog er eine davon über seinen Kopf. Ein schweres Amulett, das wie eine Sanduhr geformt war, um die sich Schlangen wanden, hing daran. »Würde das gehen?«

Es hatte gute Kanten und ein beachtliches Gewicht. »Ja, ich glaube schon. Ich weiß nicht, wie lange es dauern wird«, sagte ich. »Werden es Frima und Svangrior so lange im Baum aushalten können? Und du?«

Seine Augen wurden schmal. »Ja. Wir werden nicht krank oder schwach. Wir werden ...« Er suchte nach dem richtigen Wort. »Wild.«

»Wild?«

»Unsere Instinkte übernehmen. Unsere Selbstkontrolle nimmt ab. Für Fae ist die Magie dieses Ortes berauschend.«

»Oh. Ich verstehe.« Das musste der Grund dafür gewesen sein, dass der König Tait hierher gebracht hatte, dachte ich. »Dann fange ich besser an.«

Nachdem ich so lange nicht mehr mit Gold gearbeitet hatte, verspürte ich ein intensives Gefühl von Befriedigung, als sich meine Sicht golden färbte. Runen schwebten von dem Metall empor, und ich ließ sie mich in ihren Bann ziehen. Vorsichtig löste ich die Schlange aus ihrer aktuellen Position, dann wartete ich auf neue

Anweisungen von den Runen. Ich veränderte den Winkel, dann platzierte ich den zerbrechlichen Schlangenkopf vor den Toren des Schattenhofs. Meine provisorischen Werkzeuge waren alles andere als ideal, aber die scharfen Fingerkrallen waren tatsächlich besser als das Skalpell, das ich normalerweise verwendete.

Ich hatte keine Ahnung, wie lange ich gearbeitet hatte, als mein goldener Blick wieder verschwand. Als ich auf meine Arbeit blickte, war die Schlange wieder intakt und sah aus, als wäre sie auf dem Weg nach Hause.

Erschöpfung überkam mich, gefolgt von einer überwältigenden Angst. Jetzt würden die Visionen kommen. Ich war bereit. Ich verspürte kein Verlangen danach, die Älteste wiederzusehen, andererseits war ich mir sicher, dass sie beim letzten Mal versucht hatte, mit mir zu sprechen.

Vielleicht hatte ich diesmal den Mut, ihr zuzuhören.

Ich setzte mich im Schneidersitz auf das Podest, während mich Mazrith aufmerksam beobachtete. »Was soll ich tun?«

»Nichts. Es wird schnell wieder vorbei sein.«

Plötzlich war ein knirschendes Geräusch zu hören, gefolgt von einem Rauschen und dem Bersten und Brechen von Rinde und Zweigen.

Mazrith blickte alarmiert auf, aber der Ring aus herabfallendem Wasser um uns herum hatte sich nicht verändert. Ich setzte zum Sprechen an, als ich von Dunkelheit eingehüllt wurde.

Ich wartete auf die Schatten, die Feuchtigkeit, das

Gefühl, dass etwas nicht stimmte. Stattdessen wurde ich vom Duft von Lilien umhüllt, und zwei goldene Augen blitzten in der Dunkelheit auf.

Mein Atem stockte, als die Vision verschwand, aber ich hielt meine Augen geschlossen. Ich wusste bereits jetzt, dass ich keine Hungernden zu sehen bekommen würde.

Die zweite Welle kam, und ein wütendes Brüllen erfüllte meine Ohren. Mazrith und seine Mutter waren das Einzige, was ich in der Dunkelheit erkennen konnte, und in der Luft lag der metallische Geruch von Blut. Die Vision verschwand, und ich presste meine verschwitzten Handflächen aneinander.

Es stand mir nicht zu, das zu sehen. Das war seine Vergangenheit, nicht meine.

Die dritte Welle überrollte mich, und jetzt war ich ihnen näher. Diesmal sah ich den Dolch, der aus der Brust der Frau ragte. Er hatte ihr Herz durchbohrt.

Und Mazriths Finger lagen fest darum, während er voller Wut brüllte.

Meine Hände zitterten, als sich die Vision lichtete.

Bitte keine vierte. Bitte keine vierte. Ich hatte bereits mehr gesehen, als ich wollte.

Doch die Dunkelheit brach erneut über mich herein. Und dieses Mal sah Mazrith mich an. Ob in der Vision oder im wirklichen Leben, mein Herz setzte einen Schlag aus.

Es war nicht der Mazrith, den ich kannte.

Es war nicht einmal der vernarbte Mazrith, den ich in der Höhle gesehen hatte, als er verletzt worden war.

Vernarbt beschrieb ihn nicht einmal annähernd. Narben bedeckten jeden Zentimeter seiner Haut, aber diesmal waren sie tief und rau und die Ränder schwarz. Sie zogen sich über faltiges Fleisch, das so weiß wie Kreide war. Sein Gesicht war wild und verzerrt, und die Farbe seiner Augen wechselte von glänzendem Gold zu dumpfem, seelenlosem Schwarz. Schwarz wie die Augen der Hungernden.

Die Vision verschwand, und ich schnappte nach Luft. Als ich mich aufrappelte, schlug mein Herz wie wild.

Benommen blinzelte ich Mazrith an.

»Du hast deine Mutter getötet.«

Sein Gesichtsausdruck wurde steinern.

»Und ... ich habe dich gesehen«, murmelte ich schwer atmend. »Dein wahres Ich.«

Alle Farbe wich aus seinem Gesicht.

»Du bist kein Schatten-Fae.« Ich wusste es mit einer so unumstößlichen Gewissheit, wie ich wusste, dass ich eine *Runenträgerin* war. »Du bist ein Gold-Fae.«

Die Geschichte geht im nächsten Buch, *Hof der Schlangen und Geheimnisse*, weiter.

DANKE FÜRS LESEN!

Vielen Dank, dass Sie *Hof der Monster und des Bösen* gelesen haben. Ich hoffe, das Buch hat Ihnen gefallen! Wieder einmal ein offenes Ende, ich weiß. Es tut mir nur ein bisschen leid, denn es lohnt sich – versprochen.

Wenn Sie einige exklusive, erotische Kunstwerke von Maz' und Reynas Traum sehen möchten, können Sie auf elizaraine.com meinen Newsletter abonnieren. Und Sie sollten ihn lieber nicht in Gesellschaft öffnen!

Die Geschichte geht im nächsten Buch, <u>Hof der Schlangen und Geheimnisse, weiter, die hier erhältlich ist.</u>